U0945975

世纪小说馆
纯美笔触 悲悯情怀 叩问人性 直面现实

没有浓墨重彩的描绘，也没有陷入情绪的自言自语，虽然注重心理的铺排，但却做到了恰到好处的节制。她只是往下讲述，层层推进，人何以沦为如此。

那与那之间

NayuNazhijian

李燕蓉／著

图书在版编目（CIP）数据

那与那之间 / 李燕蓉著 . -- 南昌 : 二十一世纪出版社，2012.9（2022.4重印）

（21 世纪小说馆）

ISBN 978-7-5391-7973-5

Ⅰ . ①那… Ⅱ . ①李… Ⅲ . ①短篇小说 - 小说集 - 中国 - 当代 Ⅳ . ① I247.7

中国版本图书馆 CIP 数据核字 (2012) 第 192167 号

那与那之间 李燕蓉 / 著

策　　划 张　明
责任编辑 张　宇
出版发行 二十一世纪出版社
（江西省南昌市子安路 75 号　330009）
www.21cccc.com　cc21@163.net
出 版 人 张秋林
经　　销 新华书店
印　　刷 北京金康利印刷有限公司
版　　次 2013 年 5 月第 1 版　2022 年 4 月第 4 次印刷
开　　本 700mm × 1000mm　1/16
印　　张 16.25
字　　数 168 千
书　　号 ISBN 978-7-5391-7973-5
定　　价 28.00 元

赣版权登字—04—2012—695

出版前言

这是一个令人激动、亢奋又无奈、伤感，一个“神马都是浮云”、令人无法把握和逆料的信息娱乐化时代；一个挟带着无以伦比的超能力量，真正以迅雷不及掩耳之势便能瞬间瓦解和改变所需要的一切，令人百感交集却又身不由己，连真实的人生都能被摇晃的前所未有的浮躁时代。

所幸还有小说——这个文学门类中最坚不可摧的艺术形式，依然用它对人生悲悯的宽容和抚慰，让人的心灵还能保有一丝清澈和真诚。虽然文学板块在信息浪潮的强烈冲击下，不可遏制地发生着巨大的变化，但文学的真正重心和意义却是无法逆转的。

小说是叙事的艺术，要有真实的情感和人生感悟。它所要传达的永远是应该直达内心的深刻的思想性，只有这样，小说才会具有永恒的生命力。

新世纪的文学发展至今，已整整是第十个年头。面对纷繁复杂、剧烈变化的当下时代，小说家们无疑遭遇了前所未有的文学创作挑战。怎样挖掘和表现当下社会情状下的真实生活和思想，是他们所面临和思考的。带着这样的使命和情感，我们策划出版“21世纪小说馆”系列。

启动“小说馆”，力图囊括当下具有广泛影响力及切合当下市场因素的新锐作家和重要作家的代表作品，以当下风格、当下气派和文学价值观上的当下立场，来展示历史进程、社会变迁、当下生存与现实画景，尤其是表现思想的表情、真实的人性、人民对生活的自己的理解和安排。

挂一漏万，偏颇缺失也在所难免。但在当下的市场经济和社会转型下，这项文学工程将尤其警惕审美趣味的走低、语言的粗陋及想象力、原创力的匮乏，而特别倡导当代作家对社会责任的承担，对现实敏锐大胆的把握、对人精神深处犀利而透彻的挖掘、对当下国人复杂而多彩生活的表现、对未来乐观而坚韧的希望、以及对优美汉语言的精心重铸、传承启后。

如此，这方“馆”将会是欣欣向荣的中国文学事业的一个缩影，是生机勃勃的转型期中国小说界的一件雅事盛事，其文学价值和社会意义，相信只会随时间的推移而日益彰显。

静下心来，用一颗善感的心去阅读它们，去感受当下世相人生的脉动，则每颗心灵必多一份丰沛润泽。观照别人的人生心性，享受不可多得的愉悦，这或许是生命发酵的催化剂，生命便得以多出了酿造人生的时间。

是为前言。

目录

那与那之间

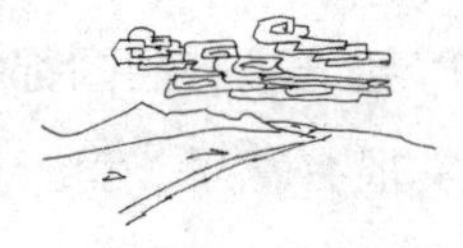

事物常常被意义和语境所覆盖。我们日常总习惯性地行走在这些所谓意义的光滑表面上。很容易就听到别人告诫我们：应该这样，不要那样，那样做是毫无意义的。真正的意义是什么样呢？绘画作为一种影像艺术是要去说明表现意义呢，还是应该把这些意义和语境从客观的周围全部剥除干净？我不想把人作为描绘对象，因为人本身带有太多的意义。

那篇论文的开头是这样写的。原谅我只说这么一点点，论文有十几页，两万多字，我所能记住的也只有这些。因为绕口，一开始觉得很难记，但后来反而记住了。在一次座谈会上，它被复印了十几份分别发送到每一个到会者的手中。事实上复印的件数远不止那么多，据我所知，当时有许多人都看过，像看黄色手抄本一样，反复传阅。甚至内容都有篡改，人为地添加一些章节。我想他们的出发点是好的，无非为了使这件事更离奇些。但绝对是真的，当时我看到的论文是他的导师刘传闻亲手复印的。在那次座谈会上我们还看到了他的毕业作品。通过多媒体完成的一些影像。说实话我不大能理解，好像那些影像源自油画布上的一些无规则色块，但我确实没看懂。虽然在当时，无论如何也不能这样说，此情此景下我所说的也只能是“惊讶、吃惊、出乎意料”之类的话，反正那样的话无所谓对错。他的那篇论文一直在否定意义这么一个说法，然而那天的座谈会还是给了他一个有意义的结论。我们详细分析了他的论文，他的指导老师刘传闻又给大家看了一些他以前的作品。那些油画都装上了很贵的画框，都是新装的。有一些画确实很有意思。有一幅，是那种灰白色调，一个窗户上那么放着几个破瓶子，感觉很好。我看比他的毕业创作好。我每天说那么多的废话。但我不是一个坏人啊，你说是不是？我从来没敢说自己好，我知道，我自己就是懦弱，真的就是懦弱。

话还没说完庞鸣就趴在了桌子上，嘴里还在继续咕噜着。郝刚把杯子里的酒全都灌到肚子里。胃里热热的，像尿一样，连打的嗝都有一股尿骚味。庞鸣的嘴一直张着，桌子上已经积了一滩涎水，他像破了的塑料袋一样到处都扁塌塌的。以往他们的说话最终总会落在女人身上，那样多少会有个归宿。用庞鸣的话说，那温暖、滑润的子宫才是他该待的地方。不知道那些女人见了流着涎水的庞鸣会怎么样。他们两个扯了一晚上。瞎扯些什么，真是傻B。这也是庞鸣的话。现在很少听到他这么说了。进化了，就像数码宝贝一样，全都他妈的进化了。

快两个星期了，郝刚还是不知道这篇稿子该怎么结尾，它的主题又是什么。许多时候过分地去细想一件事，会不由得陷入一些蛛丝马迹里，鬼影憧憧。自己原本认为正确的东西、想法，被一块一块肢解、消融；而另一些生硬的看似错误的没来由的东西，像街上横七竖八的楼一样立了起来。郝刚原本是有一些想法的。关于这篇文章的命题、立意都有想好的一套。但这么多天下来，来来回回的被那么多人的话语硬生生给湮没了下去。了解得越多越无从下手。光报纸就攒了一大摞，包括那个李操的论文，也终于找来了原稿的复印件。搞艺术的人真是神经啊，这么好的机会，应该说是机遇吧，眼看着就名利双收了，到头来却被他那莫名其妙的几句话活生生地葬送了。那天的新闻播了半截就插入了三次治性病请到光华医院的广告，再无下文。光华医院说，无痛人流，引进德国全新科技，简简单单只要两分钟，药到病除。多好，还无痕。仿佛什么都没有发生过。昙花一现的事不断地在铺天盖地的事件当中出没。郝刚那里就有出事当天的带子。他不止一次看过。

李操周围挤满了记者，灯光闪烁，眼花缭乱。

新闻主播响脆的声音像喊口号一样，明显地有别于往常。观众朋友们，我们一直追踪报道的我市青年油画家李操先生在社会各界的关注和帮助下，在医务人员的不懈努力下，勇于同病魔作斗争，在失忆了三十三天后终于又清醒了。

接下来一些领导和相关人员依次作了讲话。讲话的人不少，时间也不短，看得出这是一些喜欢讲话的人。说得满面春风，兴致勃勃，井井有条。李操的康复让大家兴奋不已，一个个慷慨激昂，讲话持续了四十分钟，终于镜头又切换到了李操的病房。他在镜头里不停地吞咽唾沫，嘴张了几次，终于开口了。磕磕巴巴地说道，我没有失忆，我只不过搞了个行为艺术。万事开头难，李操在说出几个字后话语渐渐变得顺滑起来，后来几乎像抹了油一样变得爽滑无比。

相对于李操的激动，在场的人开始变得木讷，不知所措，甚至开始困难重重，最后周围的人干脆像集体失忆了一样，背景似的挂到了墙上。这个傻B。从嘴巴里冒出来的话偏离了大家期待的视野。电视台甚至都配好了一首激进有力振奋人心的背景音乐，然而到头来最大的主角却玩弄了他们。后来有人嘴角开始明显地抽搐。电视台的人甚至都准备了礼花，漫天飞舞。主持人拿着话筒完全不知身在何处，在耳边的人不断催促下才磕磕绊绊地说，李操很激动，很激动。导演也很激动，他粗暴地摁下了摄像机。领导刚走，这是一个现场直播，领导的讲话偏离了主题，当事人的说话更是没有支撑住节目主创人员的设想。李操不是鲁滨逊。李操没有理由在这么多领导和关心者的帮助下疯掉。

每次看到这里郝刚都会笑。这个傻B，真是个傻B。很爽，并不是故意要骂谁。那样一个欢欣鼓舞热情洋溢的场面却被李操的几句话活活地强奸了。之前医务人员和相关领导的讲话都被他强奸了，粗暴，肆无忌惮，一瞬间体无完肤。对于像郝刚这样的人来说可能会有快感，甚而畅快淋漓，然而对于某些人肯定会有心理障碍，好长时间都会记得这样一个屈辱的细节。它会生根发芽，会不时像虫子一样在你不防备的时候咬你一口。发作只不过是迟早的事。

李操的突然恢复导致许多人一时不知自己身在何处。不止这些。李操握着肇事者的手说，谢谢你，谢谢你，没有你的参与，就没有这个作品。还和医务人员逐个握手。

李操恢复记忆了。这个消息千真万确。第二天各大报纸没有像预料的那样做一次轰动性的报道。然而在这个小城，众口相传，口若悬河，添油加醋，神秘此刻在这座小城出没。有心的人在这样一个节目播出半截后开始了各种各样的猜测。

郝刚也去见过李操。那样一个传说中的人物在现实中却显得有些拖沓，完全没有镜头里的神采奕奕。郝刚问了一大堆，李操只淡淡地说了几句，既不回绝，也不配合。李操自顾自地走来走去，拿着刷子什么的，一会儿往画布上抹点儿一会儿抹点儿，然后离得老远再眯着眼看。郝刚像他画室的一些静物一样成了摆设。真是啊，你学乖了啊，不说了，迟了，先前一副我有话要说的样子，说吧，再让你说。郝刚心里不停地说着，靠这个来迎合李操的沉默。最后他实在撑不下去了，便很客气地告辞。李操盯着他看了几秒，那样的眼神让人心有余悸。空空地看过来，明明看着你，甚至看着你的眼睛，然而却能越过你的身体落在背后的某个地方，好像抛过来的不是眼神而是一个有体积的物件一样，抛接的过程中没有任何中途的逗留和遗失。

从李操那儿回来，郝刚整晚都没有睡好，杂七杂八的人和事不断地涌进他的梦里，说话，走动，使他总处在似睡似醒之间，到了天快亮才死死地睡过去，一袋红薯一样结结实实。郝刚家的猫却仿佛在一夜之间被偷梁换柱了，烦躁、刺耳的叫声连连迭起，在刚刚寂静下来的社区里显得突兀、生硬。成长变成了钟表上的某一个刻度，让人记忆犹新。昨天还温驯乖巧有事没事就只知道瞎迷糊的猫，在郝刚睡了一觉的功夫突然就觉醒了。早晨，像受惊吓的小孩啼哭一样，猫开始了它的首次告白。声音传到郝刚的耳朵里，完全就是一把铁铲子不停地刮着空空荡荡的锅底，尖厉、生硬地揪在耳膜上。之后，那种坚定锐利的声音被郝刚下意识扔出去的一只拖鞋镇压了两分钟。然而，好景不长，正当郝刚准备进入一个美梦时，号丧的声音再次响起，绵延不绝，穿过铁门，越过楼道，在某个拐弯抹角处停留了片刻，又回荡在死寂的社区里。一只拖鞋飞出窗外，伴随着玻璃的稀里哗啦。正锻炼的老头老太回过头望了望，面无表情，回过头去又在空气里抖动着两条绵软的胳膊，摸着。

郝刚不是一个歹毒的人，一点儿也不，甚至说刻薄都显得有些牵强，但那天早上就是容不下一只猫的叫声。到了晚上回家时郝刚特意看了看那只猫，它像一只真正的瓷器撑着前腿，立在那里，一动也不动。看不出脸上有什么特别的表情，然而还是让郝刚觉得别扭，但又说不出是哪里不对劲。猫离他远远的，看见他进门了，瞥了他一眼，若有若无，若无其事，生疏就顺藤摸瓜闪进他的眼里。照以往，郝刚会很亲密地叫上几声宝贝，或者问问饿了没有，或者抱起它梳梳它的毛发。看得出来，它没有亲近他的意思。准备了一天的好心情此刻无比的低落，陷入了又一个深谷不可自拔。为什么要干涉别人的生活呢？他不是一个爱干涉别人的人啊。虽然猫没有任何无礼的举动，郝刚还是觉出了不自在。许多蛛丝马迹正在一些不经意的细节中显山露水。在一个动物面前，在一只温驯的猫面前，郝刚还是表露了他的一些性格的侧影，比方说多疑、脆弱。当然，他很快就调整了心态，以很好的心理素质适应了猫的反应。他甚至还做了一个习惯的敬礼姿势，然后友好地拍了拍猫头。这可是一只名贵的猫，吃的比人的伙食还好，可以算得上奢侈，在还有那么多人还没有脱离温饱的现实底下。郝刚笑了笑，幸福不言而喻。猫怎么会和他计较呢？真是的。那天大约快十点的时候，猫又继续拾起了早晨那种尖锐的叫喊，撕心裂肺。一声比一声高，一声比一声持久地抖落在窗外。那么高的声音，那么多的声音，居然没有一只徘徊的，散步的，或是游走的猫听到吗？郝刚开始替猫担心。有一种豁然开朗在郝刚的心底升腾，得为猫找一个归宿了。

庞鸣又来找郝刚喝酒的时候，天气闷热得连水也挤不出来。到处都黏糊糊的，肉体粘着裤子，裤子粘着椅子。他们在几杯冰啤下肚后又提起了李操和那场匪夷所思的车祸。

其实那也不过是两个多月前的事，但无论是说起来还是感觉上都让人有一种经历流年的错觉。李操是美院的学生，毕业在即，和其他人一样终日行色匆匆，好像很忙碌的样子，实际上也不过是在女人和出路上左右徘徊，如同一个落难的人，闯进大海，茫然四顾，绝望丛生。出事的那天，无法和一个早有预谋的行为联系到一起。他抱着毕业论文和毕业创作跨过那条路时，一辆车不偏不倚把他撞飞。天时，地利，人和。同时飞起来的还有画和白纸。就是这样一个事情，因为被当天的都市栏目记者偶然拍到，结果就在当天的“事发突然”栏目播了，报道出来后引起了社会各界的广泛关注，尤其是领导的爱民之心，更是感动了许多人。领导颤抖着双手，语无伦次的话语显现出了内心的急切和真诚。总之，一切事出有因。其实在这个城市里哪一天没有车祸呢？只不过处理妥当，鲜活的生命就可以很干净地抹掉，像什么都没有发生一样。只不过这次被没事找事干的记者偶然拍到了，本来习以为常的事就变得不同寻常起来。由此电视上展开了对他论文的讨论和分析，还请了一系列的教授级的专家。李操在医院的日日夜夜里，人们对他的重视程度超出了他三十三年来所有的生活经历。一批一批的人不断地去医院探望、慰问，在镜头前夸夸其谈；一批一批的人不断地因为他而说话、演讲，字字珠玑。因为李操的失忆，他的老师、家人，一切和他蛛丝相关的点滴都成了他挺尸过后的代言人。他不断地被人们回忆、诉说，生活的一些陈谷子烂芝麻被不断放大提炼。有一个人想起了李操爱吸手指的动作，被电视台播出后，现场的专家和学者进行了一番大讨论，他们列举了知名艺术家的许多癖好，到头来证实李操的无意中的举动与那些伟人们如出一辙。李操的导师刘传闻在这之前从没上过电视。李操的失忆让刘传闻有了抛头露面抛砖引玉的机会。刘传闻的脸那些天终日泛着油光，口才之流利超出了他的学生的想象。这一年报考他的考生多如牛毛。当然，人们解说着李操，诠释着李操，关于李操的许多座谈会也在紧锣密鼓地进行着。

规格最大的要算一个名为“远去的记忆”，副标题是“英才早逝”的座谈会。与会人员达六十之多。会上人们对他的作品予以了高度评价，在今天，多媒体创作虽然前卫却并不新鲜，但他的作品在人们的分析下有了新的高度，新的含义。那些无规则的影像，油画布上的色块，被人们分析出了意义。当时的李操终日躺在病床上盯着电视。他虽然失忆了，人们却把他当一个正常人看，天才都是有特别之处的，不用推论，跟着电视上的报道走好了。人们着急和他握手，合影留念，还摆着姿势，李操在镜头前又被赋予了新的道具功能。背景选得真好。据说这样强制性的接受有助于他的记忆，让他听，让他看。大家通过他的论文解读他的作品，又通过他的作品来验收他的论文。同时尽可能地从他身边的人的关系中来了解他。人们热切地盼望他早日康复，然后就可以给他一个突然的袭击、突然的惊喜。认识一个人要全面，这是谁说过的话？怎么这么熟悉？好像是一个伟人说的。在那天的会议上，刘传闻还作了一番总结性的发言：李操的作品启发了我们，鼓舞了我们，让我们更真切地触摸到了艺术。什么是艺术？我觉得李操在他的论文中说得很好，艺术就是自恋，艺术就是人的倒影。人光是活着还不够，还要了解自我，感受自我，表现自我。李操是新一代年轻艺术家的楷模。李操的画带给了我们一个全新的视角，一个独一无二的世界。什么是丰富？这就是丰富。什么是创造？这就是创造。丰富不是多，大画家的色彩异常丰富，可是调色板只有几种颜料。小提琴钢琴响起来，多丰富，只一个人在那里玩几根弦，几个键。李操的作品为多媒体影像的推广作出了不可磨灭的贡献。

有种光鲜的东西浮出表面，刘传闻带着满怀成就的微笑面对着镜头。他很欣赏自己的发言，铿锵有力，掷地有声。在开会之前他已经反复练习了好几遍，甚至连停顿，连看台下的眼神，连台下什么时候鼓掌都一一作了考虑。没想到啊，李操这个死眉瞪眼的小子也能一夜成名，没想到他刘传闻到老还能赶上最后一班车，露上一次脸，而且还能为这么多领导和专家作一次报告。

什么是机遇？这就是机遇。刘传闻觉得自己能把握住。昨天他还专门给系里打了报告，要求专门成立一个李操艺术研讨小组，没想到系里这个时候会这么爽快，当即作了批复，由他全权负责。应该说刘传闻是尽职的。他把李操画过的画统一装了最好的实木画框，并拍了照片，一一存档。真品我们没有见过，反正他说得老泪横流，极为诚恳。同时他还把李操的论文和专家对他的评价一一对照、记录，组织开会讨论。李操的论文被反复传阅的同时，刘传闻早已把那篇论文背得滚瓜烂熟，熟记于心。要不怎么当老师啊？名师才能出高徒嘛！这句话是谁说的来着？好像也是一位名人说的。名人和普通人的区别首先是从技能上比较出来的。一个刘传闻和一位李操先生。本末倒置了。一日为师，终身为父啊。啊？啊！

任何时候刘传闻都能熟练地拿出李操论文中的话来进行对话、讨论，研究研究。

“日日追踪”栏目还适时报道了李操的一段恋情，一个长相极为普通的女孩子在演播室里配合着主持人的一问一答。她们的谈话被女孩的眼泪时不时地打断，主持人恰到好处地准备了纸巾和白开水。女孩在灯光的围堵下显得楚楚可怜。他们可怜的爱情在灯光的扫射下一览无余，被点亮、放大，成为茶余饭后的作料。最后主持人代表观众问她：你会等他吗？你会和失忆的天才继续走完人生之路吗？女孩犹豫片刻后在大家的目光压制下，仿佛是满怀深情好像又是极为悲伤地给出了一个肯定的答案，一个符合传统伦理道德的选择，一个符合马克思列宁主义的人道主义选择。在人生的岔路口她终于没有让我们的广大人民群众失望。节目在一片掌声中圆满结束。片尾是幕后的工作人员的辛苦劳作，情绪由紧张到长嘘一口浊气，吐出一口浓痰。

然而谁也没想到李操会如此不负责任地说出这样一句话，

这样一番与期待已久的结果背道而驰的话。他在一次发言中明确表示，要感谢肇事司机，说是他配合自己搞成了这样一次行为艺术。还说，在这样一个纷乱的时代，人类的智力咕嘟咕嘟地往出冒泡，做行为艺术最好，不管是异想天开地脱光了满大街跑还是要吃一些死孩子，他们从本质上都是最热爱艺术的。不止这些，从他的被截断的表情中你就敢肯定他还有话要说，欲言又止，而且是被迫，可以想见其中深藏的压抑和痛苦。人可以三十三天不说话吗？当然可以，李操不是最好的例证吗？也许是深思熟虑了的缘故，也不排除是深恶痛绝，李操那天一说开就有些刹不住车，被拉开的闸门放纵了洪水，翻江倒海，波涛汹涌。他说他一直在看电视，看别人怎么样曲解他的论文，曲解他的作品，周围人的表现就是他这次行为艺术的主题。他还举出了刘传闻和另一位知名艺术家对他的论文是怎样地肢解，张冠李戴，冠冕堂皇，技术却是那样娴熟、老到。如此种种，李操让所有的人都陷入了混乱之中，也包括庞鸣和我。

我还好，谈不上对他有多大的深仇大恨，可庞鸣不这样想。庞鸣觉得在这场没有事先商量的演出中，李操玩弄了大家纯真的感情，圣洁的感情。从此，庞鸣经常挂在嘴边的一句话就是：病人，什么是病人？就是李操这样的人。庞鸣参加李操的座谈会不下三次。庞鸣不止一次地说起那样的场面，为一个失忆的人开座谈会，气氛的热烈程度远远地超过了为那些正常的有记忆的人开的座谈会。每个当事人都可以畅通无阻地畅所欲言，发表自己的看法、观点。当然肯定要压过否定，形势不是一点两点地好，而是一片大好，所以这样的会是成功的。一切都是水到渠成。由于李操是失忆的，大家宛如说起已故去的一段历史，自己还是见证人，有模有样，随心所欲，浮想联翩。由于失忆，他的未来变成了无限的可能。大家不但肯定他的过去，还帮他遥想未来。由永不能相见而衍生出一种水一样绝望的未来。那样的场面，几乎像在缅怀，尽管没有宗教般的虔诚，然而人们却在嘻嘻哈哈中以最为真实的方式表达了他们前所未有的宽容和谅解。没有一个人唱反调，就是一曲黄河大合唱，众口铄金。但这一切都被那个白痴打破了，喧哗和骚动，不是病人又是什么？好像这个世界上就他一个人有高雅的气质，而别人都粗俗无比，真是一个自以为是的白痴。他没有按预定轨道着陆，所以他后来的遭遇理应如此，不会再获得人们的点滴同情，人民的眼里能揉进沙子吗？

这一点有目共睹，庞鸣的酒量没有郝刚大，但女人却比郝刚经历得多。他们在谈李操的时候也谈到了女人。说起李操的女朋友的普通，庞鸣只用了一个词形容：互不相干。扩展开就是，五官各有特色，都极力想往外突出，可最终却四平八稳，所有的努力都黯然失色，无疾而终。当然，郝刚的话就更恶俗些，他会撇着嘴说道，还艺术家呢？看哥们儿的女人，那是什么段位？你不知道那天那个女人多够味儿，吓了我一大跳，那种反应是由下而上的。先前脸还木木的冷冷的，一副拒人于千里之外的模样，我都快放弃了。谁知道洗澡的时候会叫我进去洗。一碰她的腿，身体就全开了。我的身体差点儿没散了架，你没听过那样的叫声，崩溃，真是崩溃。郝刚神秘兮兮地凑过去说，还记得白永强吧，你说在宿舍的那次够不够行为艺术啊？庞鸣含在嘴里的酒差点喷了出去，两人会心地大笑起来。和李操相比，白永强的那次，仿佛更可爱，也更有冲击力，至少他俩在一起谈及时都会有感觉。那天，好像是快毕业了吧，大家在宿舍里肆无忌惮地说黄段子。说着说着就不知是谁和白永强打开了赌。庞鸣就去逗白永强。一人押了五十块钱，庞鸣动手了，睡在上铺的郝刚恰如其分地发出一些莫名其妙的声音。过程进行得很顺利，不到五分钟就搞定了。白永强突然竖起来大喊一声，闪开，闪开，三十米之内不要站人，然后就在宿舍用手猛烈地动起来。大家都傻了，直到有一道白光喷出，才开始狂笑。那是瞬息万变的，睡在上铺的郝刚下意识往后一闪，笑得差点背过气去。已经毕业三年了，大家一见到白永强还是会不由得想笑，会想起经典的那一晚。你说，啊，是不是够行为艺术的啊，哈哈……酒喝到一定的份上就有些让人扛不住。郝刚的嘴有些打颤。想起以前在学校的那些无聊又快乐的时光，郝刚突然觉得自己变老了，老得都有些麻木了。

后天就要交稿了，郝刚必须得把那篇报道写完。这两天心一直慌乱着，原以为喝完酒会好受一些，结果却相反，困意是有了，然而大脑却身不由已，仍旧在老远的地方漫无边际地溜达，漫不经心。猫也叫，搞得人心烦意乱，自己的问题都解决不了，何况是一只猫，应该把它放出去了。想是这么想，但还是怕它去外面饿着，说不上来，好像先前一直压着的许多情绪一一翻了起来，一上一下地漂浮着，无论怎样也压不下去。他常想起在新西兰的郭亮。他还记得去年过年见郭亮时，郭亮那样的一副神情，定格成一个画面，再钉上画框，挥之不去。他以为郭亮是幸福的，自己跑到新西兰，环境那么好，能在那么好的地方继续上学，是多么好的事呢？找不出一个合适的形容词来，因为没有经历，那种感觉肯定无法替代。但郭亮却说，生活在别处，他在那儿也是熬，等着两年毕业后回上海或者是去别的地方打工。生活在别处吗？他呢？还有庞鸣？庞鸣最近总是要喝醉，好像只有喝醉才能尽兴。而郝刚的眼袋也一日一日地见长，那个李操只不过比他们大五六岁而已。他一想起那天从李操的画室出来时的李操的眼神，就难受，在大热天也觉得凉，冰冰的，不是冰爽。浑身都沁着寒意。

李操说那么多的道理的时候，开始别人都沉默着。李操很认真地——对别人给出的结论作了纠正。他说了他真实的想法，真实的构思，说了一大堆的话。他觉得他在认真地回应别人。他等着大家回复他。隔了不到一星期，铺天盖地的骂声开始袭来，人们开始怀疑他的道德。一个没有道德的人还能算什么东西？他女朋友做得更绝，为了证明她识人的失误，在媒体上作了公开道歉，并表示要和这样一个神经病人决裂。浪费了大量的人力、物力、财力,只是为了搞自己的行为艺术，不是有病又是什么？欺骗别人的感情，侮辱好人的善良，视公众的同情如儿戏。这样的人简直就是社会的渣滓，甚至连垃圾都不是。一个混蛋。大家忙死忙活策划了半天却让这个混蛋给搅了局，是谁让他开口说话的？肇事的司机为什么不做得更干净彻底？李操本以为大家会对先前自己所说的话进行攻击，他早就想好了一大堆论点来支撑自己的想法。行为艺术有什么错呢？然而正面上的交锋一直没有在期待中出现。彻底的混乱。人们的指责与他想象中的样式南辕北辙。战火刚起时，他还会解释，但每解释一些事就会在另一些别人的攻击里陷得更深。他的解释反而变成了别人攻击的佐证。只不过一个月的时间，他迅速地瘦了下去，系里的教授更是不愿见到这样不肖的弟子。是的，是他这个不懂事的人活生生地毁掉了许多东西，大家的颜面全被他糟践完了。去他妈的李操，去他妈的行为艺术。李操不知从什么时候开始了保持沉默了，像先前失去记忆时一样不再开口说话。人们的同情心再一次拯救了他。人们是不会和一个病人一般见识的。

郝刚的报道终于写完了。郝刚在那篇报道中第一次没有再用什么立场，他只是想把一件事情尽可能地说得明白些。但他对自己表示怀疑。经过那么长的时间，事情本来的样子早被弄得面目全非，当然也可以说是焕然一新。他怎么能把它们一一捋清楚？写完的当天他居然先拿给了李操。可惜李操连看都没看，旁若无人，只是一门心思地在画架旁一个奇怪又复杂的装置上鼓捣。紧接着在旁边的一个屏幕上出现了一些怪异的影像。很难说清那是一些什么东西。对于李操态度的冷漠，郝刚并不觉得生气，相反还有一种释然的感觉。临走时他对李操说，其实你不必太在意，你不说话就表明你在意，时间一长大家早就忘了，那件事我写出来也是没有办法，但我不会歪曲。我只想尽量按真实的样子去写。尽管郝刚说得很动情，李操却还是无动于衷，没有搭理他，临走时只是送给他一个让人想入非非的眼神。这或多或少让郝刚觉得有些失落。刚才自己都被那番话打动了，可李操还是无动于衷，风马牛不相及。

郝刚每想起那个让他跑来跑去的女孩儿就会为自己感动。她没有叫他这样。他心甘情愿。她心花怒放，肯定在内心里是这样，要不她怎么会美成那样子？他会为她坐车坐两个小时，从这个小城到另一个他陌生的小城。只是为了看她一眼，听她说说话，在一起待不到两个小时就又得坐车回来，因为时间给予他们的极为有限。女孩儿只要在电话里一哭，他就会不顾一切地跑过去，再远再热也要跑过去。他只想她哭的时候他能抱着她。他也哭过，为那伤感的氛围。郝刚喜欢自己不顾一切的那个年龄，不像现在永远都在权衡，永远都在犹豫。昨天庞鸣打来电话说自己可能要走了，去另一个城市。语气里没有兴奋也没有伤感，像是从家到单位那么从容，甚至连从容都没有，轻描淡写，脚踏实地，心却飘着，无处着陆，没有分量。但在晚上和郝刚一块儿喝酒时，却说了一大堆的话，说起了李操，说起了自己在李操座谈会上无中生有的发言。也说起了女人。说他自己的心空空的，无论怎样也填不满，最后竟然哭了。郝刚没有更好的话去劝他，酒此刻充当了一个好角色，可以让人装着，充耳不闻，喝到烂醉为止。就好好哭吧，反正眼泪又不费钱，可以再循环。早晨刚起来时猫还在叫，这次是带着颤音在哼。郝刚拉开了门，外面是广阔的天地，空气清新。一道黑影越出房间的门，天花板底下骤然收紧了一个人的瞳孔。眼睛闭着，还是可以听到楼道里猫爪子挠铁门的声音，哧哧的，像是嗓子里沾住了一根鸡毛，挠得人心慌慌。得寸进尺，以为真可以找到自己的幸福了。

郝刚在床上坐了足有一个小时才去洗脸刷牙。他又看了一遍自己的报道，推敲着每一个可能要被引起歧义的主观表达。他喜欢那段情绪化的结尾：

我们总是徘徊在事情之外去解读事情的真相，意义被复制，繁殖，时间一天一天会过去，然而我们还是不愿直截了当地说出，总希望把一件事情拉得更长，更繁复，花样百出。没有什么是不可以忘记的，连自己都可以忽略，忘不了的只有曾经坦然面对的一个人而已。样子都可以模糊，只有感觉存活。

他喜欢这样的收尾，虽然是一篇报道，写得却像散文一样留有意味。就像李操如果那天不在路上走，就不会遇到车祸，没有车祸也就不会有相关的报道。其实好多人都觉得李操真的那次撞得失忆了会合情合理得多，会让一切有个符合常规的说法，就像人们想象中的那样，有个完美的女人等了一辈子，有个光环闪烁一辈子，可李操却偏偏让人们的想法落了空。让一切变得不那么对劲。

稿子交了的那天松了口气，又找庞鸣去喝酒，庞鸣却忙着处理调动的后事，心事重重，心不在焉，也没有特别的冲动去推波助澜，帮助郝刚排泄积郁了许久的东西。后来郝刚给庞鸣打电话说，他感谢那篇稿子，因为写完的那天认识了我，完完整整，心惊肉跳。他的手终于不用再闲置了，可以在我的身体里自由地来回游走。

对面镜子里的床

应该发生许多事情的那个下午，事实上什么也没有发生。我还能清晰地记得我的手交叉放在膝盖上，过度的局促和期待使我的指尖微微地发麻。我的眼睛一直盯着桌子，但眼角的余光却在屋子里来回游走，时而也会从他身上滑过。一些音乐也掺杂其中。后来屋子里的光线变得昏黄、暗淡直至冥灭了踪迹。那个下午的时间在我后来的记忆里不断地出现。时间充裕的时候，我会仔细留心那个下午的许多细节。它们的羽毛在我的不断梳理中，变得日渐丰满。

在那些白墙、白衣服的映衬下，我整个人变得焕然一新。段敏坐在对面漫不经心地用眼珠子在我的诊室里到处乱扫。楼下时断时续的嘈杂声和零星散乱的阳光让我觉得踏实、平静。我一直等她扫描够了，几乎有些不耐烦的时候才开口和她说话。我太了解她了，我知道用不了多久她就会像只小猫一样听话，对我来说没有比这更十拿九稳的事了。

整个下午段敏只咬出了几个字，而我则滔滔不绝。我没有感到丝毫的疲倦，相反我乐此不疲。我的语调平缓、柔滑，在这间屋子里它们像缎子一样富有光泽。我知道段敏用不了多久就会像我一样对它们爱不释手。

她起身的时候，目光中已经有了留恋的迹象，出门时朝我飞快地笑了一下。我脸上浅意的笑容一直在她的背影消失后才放下来，一瞬间整个人忽然变得疲沓沓的。

窗户外面被铅灰色涂得满满的，太阳像谁点了根蜡烛似的，看着凉凉的没有一丝热度。远一些的烟囱冒出的烟倒是很白，像刚挤出的摩丝泡沫一样。再远一些还能看到刚出现的影影绰绰的楼房的影子。完全像做梦一样，我眼前的楼房、烟囱眨眼就立起来了，眨眼间有些又烟消云散了。看着它们，忽然就觉得自己衰老了，好像一下子过了好几十年一样。许多人都说小孩是最催人老的，其实没有小孩也一样就变老了。看着小孩子一天一天长大，至少知道自己的时间、年轻的日子都哪儿去了，小孩子至少会是个见证；而我手里的时间倒是大把大把地走了，但具体去了哪里，完全无法寻觅。那些时间好像从来都没有聚成形，一出手就被什么东西吹散了。

人就是这样子，不知从什么时候开始一点点地错过，来来回回的就真的错过了。到现在好像真的习惯了一个人一样。昨天在街上碰到佩佩，热情地拉着我的手；她胖了，手背胖得都起了小窝窝，原来以为只不过寒暄两句，结果到底是坐到了她家里。她一直忙着给我倒水拿东西吃。坐下来的时候又握着我的手，我冰凉的手被她握着一会儿就变湿了。她的笑和说话的语调像她的手一样热热的。这其间一个小孩子从我们中间不断地跑过被她训斥着，之后又甜蜜地笑着。对面沙发上扔着一只断臂的小熊和一个乱糟糟的布娃娃，地上还散着几个色彩鲜艳的盒子。和她的侃侃而谈比起来，我显得木讷、拘谨，甚至有些口吃，只要出了那间诊室，所有的语言就像丢了一样。被她这样一个女人，这么热热地握着、包围着，甚至呵斥着，真是一件幸福的事情。从她那儿出来很久我都觉得满满当当的，好像被许多东西拥着往前走。

意识和身体完全像脱了节一样，我记得已经起来好几次了，不仅在屋子里来回走动，还做了许多别的事情，现在又一次清醒了。身体沉沉的，上面还留有另一个人身体的重量，过了许久才摆脱它坐起来。空气中也还存在着另外一个人，如影随形地跟着我。镜子里的人脸白得发青，眼睛像两个死水潭一样翻不起一点儿水花。旁边，水哗哗地响着，除了热气腾腾的身体一切都凉凉的。刚碰到水，我的身体几乎被激得跳起来，慢慢的就柔和了。现在我无比渴望一个身体连同胳膊从背后整个环抱住我，让我在清醒的时候真切地感觉到重量；在有阳光的屋子里看到我睡眼惺忪的样子，然后用手一点一点地抚摸我，眷恋我刚醒的身体，在我清醒的时候再覆盖我。水里昨天残留的气息被一点点冲下去，水不厌其烦地一次又一次覆盖我，淹没我。水顺着脖子、身体、脚趾一点点流走了。被水泡过的脸像冲开的茶叶一样，鲜活起来。白天杯子里被泡着的茶叶上下翻飞，断了根的叶子，一沾水居然就活了。我把窗子打开，屋子里的一切很快就散了。

诊室外面的阳光很响亮，它攀过窗子扫在段敏脸上，一层淡淡的绒毛像扑了一层金粉一样。嘴角深深地陷在脸颊里，她打哈欠的时候，露出了粉红色的舌头，像猫一样的舌头。像她这么大年龄的人应该称之为女人吗？

她是第四次来这里了。说话的时候鼻翼一动一动的，像个小动物一样。刚才在外面碰到她妈妈——一个精于世故的女人。五官像有人用刀仔细雕刻过一样，过度的精致，让这张脸反而显得生硬了。你说，这怎么又是这样了呢？昨天又把玩具埋在院子里了。没起一点点作用嘛。那个女人说话的时候露出了白森森的碎牙。到底需要多久？嗯？大夫？我只笑了笑，低头时看见了她擦得很干净的皮鞋，还有一尘不染的裤子。一个女人一旦过了漂亮的年纪，还显不出丁点儿的可爱来，就忽然变得比丑陋的女人还要可恶。这么好的阳光，被眼前这个女人分割得泥泞无比。我想起了佩佩，那个热气腾腾的女人，胖得起了窝的手背、笑的时候脸颊变得鼓鼓的，好像一天一天的生活都牢牢地抓在手里，写在脸上，一步一步都走得实实在在的。

段敏的身上没有她母亲的影子，她被另一种东西覆盖了。那些东西掩藏了她身上的一些光芒，但同时又把另一些气息无限放大了，一些女人的气息，似有若无的在她身上滚动。你相信我吗？我真的把小狗埋了，但她们又重新埋一些玩具来骗我。段敏说话的时候阳光从她的脸上移到了胸前，太阳像被她抱着一样，暖暖地烘烤着。我笑着点点头，她得到鼓励又继续说着，叙述清醒的梦。我尾随着她，一点一点的试着让她醒过来。我们像在森林里奔跑一样，离出口有时只有一步之遥，但转身又错过了。那么多的根错落地盘着。她有的是时间。她的手里大把大把的时间等着往出丢。她不急。她热衷于这样跑着。我看得出来，我必须让她停下来。

段敏把眼睛往大睁了睁，更加无神地看着我。我又重复道，真的，那是个梦境，你知道的，不要再做下去了，她笑了。我现在忽然发现她也有一口很好的碎牙。今天不早了，陈医生，您能带我去洗澡吗？她忽然说。然后打了个哈欠。她打哈欠的时候一些类似小孩子的东西就会重新回到她身上，我也伸了个懒腰。

澡堂里脱衣服的时候忽然又后悔起来，怎么刚才会答应她呢？我脱得很慢，我在想怎么样才能逃脱？这时候她像一条鱼一样站在我面前看着我。走吧，她试着拉我的手。你先进去吧。我有些讪讪地说。她转身，她像一条鱼样，屁股翘翘的，几乎可以弹起来。旁边有个女人用毛巾抖头发的时候，冰凉的水溅到了我脸上。她还继续抖着。身上的肉像很多鱼样来回攒动。好像是她身体额外的部分顺便带着一样。她终于停下来向我看过来，很不屑地把头又甩了一下。在我迟疑的时候，段敏又像鱼一样出现在我面前。好，好，马上。我答应着。终于还是脱了。在里面很快就被哗哗的水声包围了。

我的腿热热的，被水冲得都有些发胀，就像那天游泳一样。那天的水真蓝，阳光从玻璃上流下来滑在水面上，一片一片的。他和我挨得那么近，他的腿偶然碰到我的时候，我的身体会忽然变得软软的。他告诉我该怎样游，给我做示范。我以为他会抓着我的手臂，我都把它们伸向了他，他又游走了。之后我们大声说着话。我把腿浮在水面上，水一漾一漾地抚摸着我。我浑身都湿湿的，热热的，就那么在水里泡了一下午。我们一直不停说着话。时间被那些话挤得满满的，再也插不进别的东西，别的念头。水蓝得像动物的羽毛一样，柔和、美丽。我们一直以为那天下午只是个开始，我们还会有无数个下午，我们还有的是时间，他可以慢慢地一点一点地，从抓我的手开始，一直到整个身体，逐一地认识我。一切忽然就没有了。我几乎怀疑那个下午我们是否在一起过，时间怎么就那样荒废了。这些年，我一直等待生活给我暗示，给我一些预兆。从来没有，每一件事都不可避免地发生。我害怕血，我连他最后一面都没有见。但他总是在他认为恰当的时候又来找我，在水里让我浮在那儿，我还能等待什么？

段敏突然拍了我一下，然后嘻嘻笑着说，陈大夫你身材蛮好的嘛。我竟有些慌，笑着转过了头。我几乎张大了嘴巴，我居然见到了那个女人。有几年的时间，我几乎每天都希望在澡堂碰到她，她的身体在我的脑海里不断成形，然后又坍塌，又成形，反复重现，最后到了无法想象的地步。我不知道被她的手触摸过的身体有着怎样的与众不同，那种感觉在那些年里渐渐地变成了一种习惯，只要我一进澡堂，我就会下意识地寻找她。但从来没有过，别说在澡堂里，即使在别的地方，也难得一见，这么小的城市，她像故意藏匿了一样，我就是碰不到她。现在我几乎已经不去想了，是谁曾说过，当希望不断地落空，在即将消失的时候，转瞬间有可能就实现了，类似的话，一定是有人说过，毫无疑问地现在她真的就站在离我不远的地方，我只用眼角的余光就可以看到的地方。

她真白啊，白得密不透风，即使在澡堂这样湿塌塌的环境里也没有丝毫要化掉的意思。我看到了她的乳房，没有想象中那样小，它们没有那么坚挺，但也没有完全似袋子一样悬垂下来，它们恰如其分地保留了应有的美感；腹部也没有周围女人那么凌乱；腿有些太细了吧，我甚至注意看了她的脚，我一寸一寸地把目光在她身上移个遍。我知道她有感觉，她能感觉到，尽管她一直低着头，就像她变得有些局促不安，我能感觉到一样。没有谁会察觉我在看她，没有人会在意我们。她的身体远没有她自己感觉到的那么糟糕，但我不能告诉她。她觉得越来越糟了，她的头更低了，但她没有转身。我知道时间是会毁掉一些东西的，但程度总会有所不同吧。我越来越清晰地感到她的沮丧，甚至变成了懊恼。直到她走出浴室我们都没有说过话。我没有失望，也没有希望。一切忽然消失得有些不可思议。段敏翘起她的脚冲着。她的乳房像小动物的嘴一样鼓鼓的，尖尖的，还没有像她旁边的人一样成熟得坠下来。但那是迟早的事，迟早会有成熟的一天。我用手可以摸得到水，软软的，一感觉到后就已经流走了，就像我手里曾经握着的时间一样，流走了。

每一次面对别人无比信赖的目光，我都有种不堪重负的感觉。佩佩站在门口这样看我的时候，我还穿着睡衣。在我的家里我忽然比她显得还要局促不安。我不知道她是怎么找到这里的。换了是我，即使告诉了具体的门牌地址，但没有去过，照样是找不到的。无论我怎样的不习惯，她已经在这里了，并且已经坐在了我床上。

拉开窗帘才发现下午的阳光很好，隔着玻璃也能清晰地触摸到热度。我也坐到床上，她一开始说话就哭了，不知道是哭声打断了诉说，还是诉说打断了哭声。总之，断断续续，夹杂其中，哭声和诉说都显得模糊不清。这其间我的手一直和她握在一起。开头似乎是为了劝慰，但到后来完全变成了道具。她随着情绪的起伏握我的手时紧时松。我的手湿涔涔的，暂时又无法抽出来，应该说我试着拿开过，但很快它就又握在佩佩的手中了。我尽量集中注意力去听她说话，好像是她们夫妻之间又插入了别的女人，但事情的问题好像又远不止这些。就这样，一个问题被她时断时续地说了整个下午。

她的哭诉除了被下午的阳光偶尔分割，没有被任何东西打断过。平时铃声不断响起的电话今天也格外地配合，悄然无声，这间屋子连同我在内都变成了她说话的背景。我不知道她什么时候才能停下来，结束这一切。晚上的约会呢？该取消吗？如果换个时间、地点，我很乐于被佩佩的热乎乎的手握着，听她说话、哭或者干别的任何事情。成年累日的工作不就是听人说嘛！但现在我不但起不了任何作用，在某种程度上说我似乎比她更脆弱、无助。我不知道该怎样让这一切停下来。

“你晚上还回家吗？”这句话一出口，我就后悔了，问这种话不是等于我在收留她吗？我究竟干了些什么？出乎我的意料，她突然抬起头，眼睛很有神地看着我说：回，干嘛不回去，要走也是该他走。我现在就回去，想气走我，门儿也没有。她站在镜子前整了整头发，又是那个胖乎乎的佩佩了。这一切结束得简直有些匪夷所思。除了床单皱巴巴的还显示着一丝悲伤的痕迹，空气里连悲伤的影子也没有。我在浴室里清晰地听到身体里欲望滋长的声音，一点一点地想要冲出柔软湿润的躯体爆裂开。因为期待，时间忽然间拉长了，夜晚迟迟不肯降临。

早晨忽然就清醒了，像被人猛然推醒了一样，一切都凌乱不堪，欲望爆裂后的身体像空汽水瓶一样，被搁置在床上，这件事突然就变得没有任何意思了，由此波及的一切也不再有任何意义。每次这个时候一种无法自控的情绪就会攀附上来，厌恶的情绪不断地滋长、蔓延。我不停地流泪，我开始厌烦自己每天喋喋不休的工作，总是对别人一忍再忍的情绪，包括整个的生活几乎没有一样让我满意。明明是自己选择的生活却一天天与想象背道而驰，佩佩昨天消极不满的情绪，现在完全覆盖在了我身上，空气变得粘稠暗哑，一切似乎就这样淹没了。

和段敏越来越熟悉了，这种熟悉完全脱离了我们最初相识的轨迹，在我的家里她自由地走来走去不停地说话，她是唯一被带到家里的病人。连我自己也奇怪为什么对于她的要求总是无法拒绝呢？她的眼睛常常涌起的那种神情，坚定里掺杂着压抑，和她的年龄实在差得很远。她嘴里不停嚼着什么东西。看着她，我觉得自己已经很老了，女人是最怕在一起比的，镜子里近一些看，眼角已经有些很细的纹路了，笑的时候会加深它们的走向，尽管睡一觉似乎会好很多。但我知道那会是很快的一件事，用不了多久，不笑的时候，它们也会变得很清晰，层层叠叠的出现不过是迟早的事。

段敏吃饭的时候也还是不停地说话。腮帮子鼓鼓的，一会儿鼻子上就沁出了汗珠子。恍惚间我有一种做母亲的错觉。怎么了，陈大夫？段敏含着饭嗡声问。我这才发觉已经盯着她看很久了，一口饭都没有吃。没什么，我想以后大概很难再见到你了，你已经好了。说完我就开始低头吃饭，好像炒的菜都是一个味道。再抬头的时候发现段敏满脸都是泪，就那么隐忍着没有发出声，因为压着，那种痛苦就显得更痛苦，无形间就放大了许多倍。我试着抱着她，她忽然放声哭了起来。一挨我的身体，她的泪水就像启开瓶盖的汽水一样爆了出来。

我越安慰她，她哭得就越凶，一句话也不肯说，到后来我干脆就只抱着她任由她哭。她像一个受了委屈的小孩子一样哭得头发都热热的。随着时间的推移她终于由痛哭转成了抽泣。又贴着我的脸，于是我的脸也变得湿湿的。我的耳朵里全是她“咻咻”的呼吸声。之后又亲我的脸。我像被她完全搞迷糊了一样，直到我的嘴里碰到她的舌头，滑得像蛇一样的舌头。我才清醒过来，下意识地推开她。

这完全像是一个梦境一样，甚至比梦境更为荒谬。我听见她又不停地说话，她说每一次见我的情形。她第一次出诊所的时候怎样回过头来朝我笑了一下，她知道我的心情会好一些，她什么都知道。一切的进展她全了如指掌。她的病根本就是虚构出来的，她换了四个心理医生就是为了等到我。

“我就是想每天都看到你。”

说完她又哭了起来，眼睛很委屈地看着我，那么美丽的眼睛被忧伤浓浓地淹没了。我没有动，没有再去抱她。我看似无动于衷地坐着。她哭得更厉害了，好像流的不是泪，是血。我的腿一直不停地抖，感觉很冷。没有我的支撑，她趴在了床上。强烈的抽泣让她的整个身体颤栗不止。对于她的绝望，我无能为力。最终我还是用手拍着她的背，就那么像哄小孩儿一样拍着，到后来，一切终于还是停下来了。

我疲惫不堪地看着她，她睡着了。刚刚还扭曲的脸又光滑如初了。我可以想象得出像我这么大年龄的人痛哭后会是什么样子，就像泡了水的旧床单一样，是不能任意搁置的，是必须马上收拾干净的。段敏不同，现在看起来脸光滑得像干净的缎子一样。她像所有的孩子一样蜷着身子睡得很专注。看着她微微起伏的身体，我没有一丝厌恶的情绪。她炙热可怜的欲望，因为找不到一丝回应的对象，现在无比沮丧地蜷缩在那儿。它们从她的身体走出来碰到的不是温暖的床，它们碰到的是一堵墙，她那可怜的欲望，才刚刚成形就被打击了，坍塌了。我知道我引导不了她，能够看得见、说得出、摸得到的，从来都不是问题的真正所在。每个人总是绕着真正的问题兜圈子，用别的无关紧要的问题来遮掩。我们究竟在干什么？

我还能记起他嘴唇的模样，很奇怪，他的五官、身体全都模糊不清的时候，我还能清晰地想起他的嘴。他说过他的运气得益于他的嘴。他第一次说这句话的时候，我想到的是它们的柔软质地。于是他说的别的话我都没有听清楚。我就只记住了这一句。后来我又喜欢上了他的手。它们轻而易举就能激活我身体的情欲，好像与我的身体早已熟悉，只是久未谋面而已。他只用他的手、他的嘴唇就可以整个地让我快乐起来。大段大段的时间我们都在狭小的空间里不停地抚摸，不停地快乐。还有我常常无故流出的眼泪。我总是想哭，好像为烘托气氛一样。然后他就加倍地疼爱我，吻我，并弄痛我。那么多的话从哪里来的呢？说彼此相关的、无关的、有用的、没用的话，我们只要听到彼此的声音就会笑起来。那样的时光呢？

段敏的脸上木木的，和她妈妈一起往外走的时候，我一直盯着她，她没有回头，阳光最后把她的身体拉成了一条黑色的长线。这么热的天气，她还是穿着黑衣服。我知道我想把自己泡在水里面。那儿的水一定还是蓝蓝的，一片一片的，还会有嘈杂的人声。水会一漾一漾地漫过我的身体，托起我的腿。

绽放

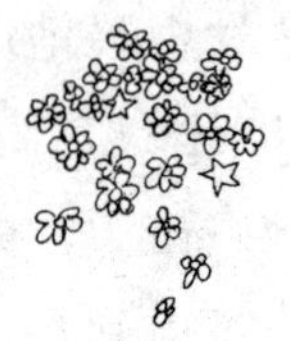

1

直到窗外的风景开始大片大片地模糊起来，不断地堆积，变得厚厚的拨也拨不开，她才把眼睛从窗户上挪下来。车厢里已经很暗了。坐在她左边的女人在暮色里像一个影子，脸和身子被摊开了，薄薄地立在那儿，有些像画在纸上侧着身子的素描。她想，这不是一张好素描，没有厚度，甚至没有延展。然后，她闭上了眼睛。

她并不期望旅行能缓解什么。一点儿也不期望。很多时候她宁愿相信她画出来的东西。看着它们在画布上扭曲、舒展。它们是活的，至少在某个时刻它们左右着她的神经和她的生活。她努力在画布上改变它们的走向、颜色，它们的呼吸。她面对它们可以眯着眼睛看一天，甚至更长的时间。有些时候，很难说清具体的原因，她会拿另外的颜色全部覆盖它们。事实上，她并不满意自己那么做。看着自己画的东西在自己的笔下一点一点地残缺、消失，心里多少有些不舍，但又有些痛快的感觉溢了出来。有时候，覆盖得并不完全，隐隐的可以看到以前画的影子，在颜色的遮盖下，似乎又有了另一种生命。有时候幽怨、不安，有时候却有些幸灾乐祸地看着她。屋里填充着浓烈的松节油夹杂着陈旧、有些霉潮气息的颜料味道。她并不喜欢这种味道，但很习惯。如同习惯了早晨起来喝蜂蜜水一样。还有更多的事，对于她来说也只是习惯。

车厢的灯到目的地后亮了一会儿。人们开始窸窸窣窣的收拾东西，大声地说话、笑。旅行的气氛终于从塑料瓶口飘了出来。她的脸挂上了一丝笑。也许因为她自己不够热乎，所以她格外的喜欢这种热乎，闹腾、杂乱、毫无章法可言的热乎。她往起挺了挺身子，活动了一下脖子。听见脖子咯吱咯吱地响，她又多转了它们两圈。她的脖子不是很好，或者说不够灵活。脖子像拎在另一个人手里一样，从一个姿势到另一个姿势总是需要很久的过渡期。也许不止脖子，身体别的地方也开始松动了，只是她没有注意而已。她左手边的女人也起身从上面拿东西。一个略微发胖的女人，和刚才在暮色里看到的情形完全判若两人。不过，她习惯她这样。

导游开始念名字。念到她的时候抬起头确认了一下。的确，韩晓是有些像男人的名字。虽然名字很多时候都只是符号而已，她还是很耿耿于怀。不知道为什么父亲会给她起这样一个名字。那么多的字可以挑啊，哪怕是叫韩冰、韩雪、韩霜呢！偏偏叫这样一个干瘪、毫无生气可言的字。戴着这样一个差强人意的符号来走人生，难怪她总是觉得在凑合。身边的女人拍了拍她的胳膊，同时露出了一口整齐的牙齿。用眼神询问她。她也用眼神回了过去，表示她没有事。

韩晓从来没想过要和王丽一起去旅行。前些时候，她刮颜料的时候把手刮了一个大口子，伤口里粘的全是颜料。大夫清洗了好半天伤口，又给她打了破伤风，到最后还是有些不放心，怕发炎。她倒是很镇定，如果不是因为出很多血，她才不会去医院。以往钉画框刮胶，手上也总是伤得一道一道的，她习惯了。第二天晚上王丽来家里给她洗衣服，甚至把她刚替换下的内裤也洗了。看着王丽汗津津的在那儿搓衣服，她就有些感动，很容易想起了她的母亲。但真正和母亲在一起的时候，她倒并没有这种温馨的感觉，更多的是烦躁。她母亲只要见她的面就总是在说。零零散散的事情全部堆积在一起，牵扯在一起，说来说去的，弄得她头总是胀胀的。但她还不能表现出不满的情绪，那样一来，母亲的心脏病又要犯了。她又要忙着拿救急的药，又要弄她吸氧。有时候她真希望得心脏病的人是她自己，那样，该谨慎的就是别人了。母亲说到她烦躁不安时，她会走到立柜前反复地照镜子。立柜的颜色还是她毕业时和父亲一起油漆的。白色油漆里配了一丁点儿的玫瑰紫，刚漆出来的时候，简直把家里都照亮了，很像晴天里落日时天空边上的颜色，饱和而且响亮。她漆家具的手艺简直胜过了专业的漆工。对于这点，家里人很惊讶。只有她自己知道，四年的时间里她刷的画框足够刷一整幢的房子。也许，骨子里她就爱做手工，一切细致的需要花工夫的活计她都喜欢。包括每年端午包粽子。她包的粽子很小，拿三片粽叶回转手一挽就卷成了尖尖的小漏斗，放了江米、枣和红豆，也不用倒手，只把粽叶来回的转一下就包成了。边角齐整不说，最后扎的带子也总是要打成蝴蝶结的样子。包好的粽子齐齐整整摆在那儿，很像旧时要赶集的小媳妇水滑光洁的头饰。这种时候，母亲总是要先撇撇嘴但随后会笑得很开心。煮的时候母亲包的总是压在最下面，母亲会把她包的慢慢地码在上面，一个一个的，摆得很仔细，生怕压坏了似的。去年，她给王丽送了五六个自己包的粽子，王丽拿着粽子上上下下看了好半天才啧啧地说：

“乖乖，这是包的嘛，倒像模子里刻出来的。哎哟，这谁舍得吃啊，摆在那儿看吧。”说着真拿出两个来挂在了门框上。韩晓笑了。

韩晓很少笑，但笑起来很好看。很多人都这么说。他也这么说。以前他喜欢摸着她的头发说，怎么不笑啊，你笑起来多好看。边说边盯着她的脸，直到她噗的一声笑出来才算完。那天，王丽洗完衣服并没有马上走。她给韩晓倒了一杯水，也给自己倒了一杯。韩晓看着她胖胖的身子在自己家里熟练地转来转去，一瞬间倒觉得自己成了外人。有些怔怔地听着表滴滴答答地响。直到王丽握着她的手才回过神来，忙说了好几声谢谢。王丽呵呵地笑了：

“谢什么啊，要谢就见外了。你的手怎么这么凉，来，我给你捂捂。”说着，把两只还有些潮湿的手包裹在她手上。王丽的手不算大，但很肉，鼓鼓的，像个暖和的棉垫子。韩晓被她这么握着，手上和心里都有些潮潮的。王丽是个热心的人，连手都热乎乎的。不像她，手脚总是凉冰冰的，像在千年冰窖里冻过一样。王丽问她能不能休息几天，她摇了摇头说：

“不用了，又不是什么大事。好几幅画都等着收尾呢！而且落下的课还得补，也挺麻烦的。”

“哎，你总是这样，这可不好，什么就算大事啊，学校的课落下了就再说呗，那么多老师呢，我找人替你。学校不是有休假吗，干脆休假算了。”王丽说完看着韩晓。韩晓低了一会儿头，又摇了摇。王丽有些急了：

“哎，你能不能不这么蔫啊？说定了，我去帮你请，我和教导主任熟着呢，养几天伤，然后你去旅游得了。”

韩晓心里有些感动了。眼前这个女人无论如何对她总还是不错的。至于别的，还是不要去想吧。谁知道自己转念的这么一想，反倒勾起了许多不愿意想起的事情，脸不自觉地又开始往下沉。王丽并不知道她转念的这一想，仍旧捂着她的手等着她做决定。韩晓的眉头微微皱了皱，突然有些用力地抽出了自己的手，然后一声不吭地端着杯子开始喝水。咕嘟咕嘟很大声地往下咽，好像希望通过水来冲淡和稀释一些东西。王丽也拿起杯子喝了一口，放下杯子仍旧催促她。她有些冷冷地说：

“去什么去，又没人陪我去。”

王丽丝毫没有听出她话里有生气的意思，有些惋惜地说：

“是啊，要是赵瑜能陪你就好了。”

韩晓从嗓子里冷冷地哼了一声，似乎还带了些笑的声音，但那笑更是仿佛冻过一样，里面搁的满是冰碴子。这下连王丽也感觉到了凉意，突然有些不知所措了，她舔了舔嘴唇，又搓了搓手，刚才洗衣服卷起的袖子还没放下来，又动手翻下了袖子。但时间显得还是有些多余，使劲赶才往前挪一小步。最后王丽盯着自己的胖脚来打发时间。韩晓也看出了王丽的不自在。也是一转念，突然那些冰碴子又开始有些消了。她咳了一下说：

“如果你能请假，我们一起去。”说的话飘在干巴巴的空气里转了好几个弧度才落在王丽身上。王丽显然没反应过来，看了看韩晓，韩晓已经又端起了杯子。但这次喝得很慢，水流经嗓子的声音小得几乎听不见。王丽像个看见糖果的孩子一样笑得有些傻傻的：

“哦，哦，好啊，那最好了，我和你去。”说完似乎松了一大口气。

2

从进了沟开始，车里就不断有人发出惊叹声。王丽和大家一样不停地“啊”、“呀”的叫着。韩晓虽然是个内敛的人，现在也一样，收紧了呼吸，脸上带着极夸张的表情，有些心跳加速地看着外面。大片大片的纯色就那样不加修饰地堆积在一起，艳得都有些不可思议。流金的紫、浅黄的橘色、孔雀尾的宝石蓝、胭脂扣的红，每一样都夺目得让人窒息，连最不起眼的地方都用了深得化不开的猫眼绿。那些颜色都是她画板上的颜色，但她从来也不敢直接把它们放在画布上。总是要调来调去，调到有些发灰，不那么刺眼了才放到画布上。她钟爱那些灰色，甚至有些迷恋。有一段时间她大幅的画上就只画一些各种灰色的色块，没有任何寓意地摆在那儿。看着那些灰色，她总觉得很安稳。灰色调得好的时候，是那种亮亮的灰，里面能看见原来的色相，但很隐晦。她喜欢那种隐晦，什么都看得见却又看不清，如同那个夏天。

夏天的游泳池里，阳光从顶上的窗子上泄下来，一片一片的铺到水上，她的身体在水里一漾一漾的有些模糊。他把手伸过来拉她，然后碰到了她的腿。她没有躲，就那么满脸水气地看着他，勇敢得都有些不像她。直到学校的老师喊他们，他先笑了，然后她也笑了。他说：

“你笑起来真好看。”不等她有所反应，他的嘴唇飞快地印在了她脸上。柔软而湿滑的感觉一下子让韩晓彻底乱了方寸。等他游出很远了她还站在水里。于是他又折了回来拉她往回游。他在她耳边说：

“抱着我的腰，我带你游。”她有些迷惑地看着他。他又亲了她的脸一下。她闭上了眼。

赵瑜就这样一下子走近了她。那天，他还走进了她的身体。她仍是有些迷惑，好像没有想得很清楚就已经什么都发生了。赵瑜亲着她的耳垂哈着气说：

“你的身体湿湿的，还说不是在等我吗？”连她自己也奇怪怎么就会湿成那样。

结婚后，赵瑜不在家的时候，她总是一个人盯着镜子里自己的身体看很久。小巧的乳房和有些弧度的腹部，还有结实的大腿。然后，闭上眼睛开始回想那个下午。那样的时间真是好得让她有些留恋。他和她之间没有一点儿的缝隙，整个儿的全部黏在一起，就像一个人。

王丽晃了晃她的胳膊指着远处让她看。山上斜斜的盘着一圈一圈的白色，像俏丽的小丫头衣服上的花边。她眯起眼睛想要仔细地看时，山已经快速地绕到了她们后面。回了好几次头，她想那应该是陈年的积雪吧。还没来得及感叹，眼前又出现了一片黛蓝色的湖。车终于停了。

王丽在湖边拍了好几张照片，推着让她也拍几张。她笑着躲了。韩晓好像从来就不爱照相。有时候在家里翻看从前拍的照片，记忆会一下子变得更模糊。仿佛什么都不曾经历过一样。倒是一个人的时候，看着镜子里现在的自己，从前的时间会没来由的一点点流回来，落在脚边，一抬脚仿佛就能湿了鞋子似的。也许是因为自己已经开始老了，她常常这么想。要靠翻看记忆才能一步步地撑下去。但，没有什么经得起仔细地推敲，记忆在她日复一日的推敲下，变得越来越瘦，越来越可疑，连最丰满的那一段，最后都开始有了干瘪的迹象。赵瑜写的信她都按日期排好放在床头柜里。信的内容大致都是一样的，写着让她好好吃，好好睡，不停地说让她好好的。好像这才是他唯一担心的事。韩晓每看一次信，心里的沙子就磨一次，痛像小虫子张着嘴一点一点地咬。他走的时候问她：

“我想你了怎么办啊，傻丫头？”边说边摸着她的头，她的头发被揉得乱乱的。

那晚，他一直抱着她，不断的用胳膊箍紧她的身体。好像想把她整个箍进他的身体里。一瞬间，她觉得时间似乎又回来了，那些只属于他们两个人的时间。她的手慢慢在他背上画着圈，又和以前一样开始有了怜惜的感觉。心也变得软软的，恨不得把他全身包裹住，觉得自己先前所有的想法、推理都变得有些站不住脚。也许根本就是自己想得太多了，什么都不曾发生过。黑暗里，床对面的镜子反着幽幽的光，他们抱着的身体看起来完全像一个人。结婚时，他特意瞒着她在卧室对着的两面墙上都挂了大大的镜子。第一次被他拥进卧室，她几乎吓了一跳。他们一下子变成了好几对。他在耳边哈气的时候，屋子里无数的人影也似乎都在哈气。喘息声也变得粗重起来。

早晨，韩晓从赵瑜怀里抽出了自己，习惯地看了看镜子。镜子里的女人头发凌乱得像草一样。阳光已经把屋子照得很亮，她的背也亮亮的在镜子里晃。背上熟悉的牙印，张着嘴呵呵地傻笑，很没心没肺的样子。她倒吸了一口气，一些泥泞不堪的东西迎面扑了过来。她的肩有些承受不住地晃了一下。

韩晓忘不了那一幕。另一个女人背上趴着和她一样的牙印，位置、形状完全一样的牙印。如同在镜子里看见了自己。他总是习惯地在他最快活的时候咬她的背。是的，习惯。那本来是她的，属于她的牙印，现在却印在另一个女人身上。她忘不了那个女人的慌乱。如果不是她想的那样为什么要慌呢？好朋友？自己居然会相信他们只是好朋友。最可笑的是自己居然也和她成了好朋友。生活从那个时刻起仿佛勾兑了别的液体，不再那么纯粹。她没有吵而且没有说。那个牙印像枚小扣子从嗓子一直落在了她心里，越钉越牢、越揪越死。但她就是不说。从小，家里孩子被大人打的时候总是哇哇大哭，只有她——越打就越一声不吭，好像皮肉根本不是她的。打得大人都觉得害怕。碰到难过，她只知道变成虫子，蜷着身子一味地躲，她以为，一切都能躲得过，绕得开。

那天晚上赵瑜托着她的下巴要亲她，她照旧躲了。两个人亲热时她也不再让他咬她的背。她以为他会知道，会向她解释，会和她说明白这一切。那么，也许她会原谅他。但，赵瑜却像什么事都没有发生过一样，只是笑着说：

“怎么？怕疼了吗？”

她的心一直往下沉，沉到脚底，踩着都有些生疼。过了一些天又成了麻麻的疼，仿佛站久了的人需要晃动的脚。一切变得似乎不再那么重要。她的时间开始大段大段在画室里消磨。她画了一批画，背景全是幽暗的灰白色，每幅画上只有一朵花。它们恣意地怒放着，翻卷着的花瓣、花蕊模糊却带着快乐和暧昧。紫色的花里面她加了一个眼睛的暗影，隐约的她仿佛看见了自己；蓝色的花她用了饱和的钴蓝，花的边缘全部模糊在白色的背景下，只有花蕊向前探着头。那样的蓝像他们有过的夜色一样，耀眼得有些不太真实。

谁也没想到，昨夜所有的好，在白天被阳光分割成了另外的样子。赵瑜还是一直摸着韩晓的头发，她却没有再说什么。心口被那枚小扣子扯得生疼，凄凉，最后演变成了伤感。王丽和许多同事一起来给赵瑜送行，她只是微微笑了笑，笑得很牵强。本来她都不打算去车站，但一群人拥着到底还是去了。看着赵瑜消失在人群里还不停地回头找着看她，她的心又泛起了别的东西。伤感还站在那里，但已经改变了姿势。她开始后悔了，后悔没有和赵瑜说要注意身体，后悔没有留他，后悔刚才没有让他再抱一抱自己。听着耳边乱乱的人声，一时间身体变得空荡荡的，一点力气也没有了。王丽适时的伸过手来握住了她。本来她是要躲的，但不知道为什么，被王丽热热的手一握，好像暂时找到了支撑一样，让她舍不得再放开。一路上王丽都握着她的手，不时回过头看看她，希望能从她脸上看出些情绪变化来。韩晓的脸像平时一样，白得没有一点儿血色。赵瑜有一次在床上摸着她的脸取笑她：

“看看，谁说我们韩晓脸白啊，是他们没机会见，瞧，小脸红扑扑的。我的功劳很大啊。”

韩晓急着用手拍赵瑜，赵瑜就势抓着她的手往自己身下放。用嘴把她的话堵上了。他们的好日子才刚开始，好戏才刚上演，怎么就有了下滑的趋势呢？韩晓想不明白。而且，是那样一个女人。居然是为了那样的一个女人，他们的生活就轻易地扭转了航向。

送赵瑜走的那天，一直到所有的人都散去了，王丽仍旧握着她的手。她们谁也没有说话，好像话离她们还很遥远，正在赶往这里的路上。因为不说话，时间变得有些密不透风，到后来不但体积越来越大，而且有了不小的重量。最后，两个人都有些不堪重负。很多年以后，她们说起另一个男人的时候常常想起这一小段难熬的时间。王丽说，当时她觉得握着的不是一双手，而是拿着实铁做的铅球。韩晓也笑着说，她也一样，握得手全湿了，像包在抹布里一样，但不知道该怎么抽出来。她们都笑了。过去的时间轻得像羽毛，在阳光里左右地晃……

韩晓不是没有想过和王丽直白地谈这件事。怎么说、怎么问、怎样的语气甚至怎样的效果，她都设想了无数次。但也只是想想。因为，她并没有眼睁睁地看见。她只是隐约知道了他们的事。而她——王丽一定也知道她——韩晓知道了他们的事。但大家居然就都装着不知道。韩晓发现世上最结实的不是墙皮、铁皮，不是那些看起来硬邦邦的东西，而是那些软的、弱的、薄得像窗户纸一类的东西。就因为它脆弱、不堪一击、一捅就破，才没有人敢捅它。大家都小心地维系着，甚至连风都不让它吹进来。其实窗户两边的人心里都清楚，或者都等着，都存着侥幸。希望它破，因为可以明了，但又不希望它破，怕真的破了看到些什么。等来等去，小心来小心去，窗户纸就变得比什么都要结实。韩晓好几次都很认真地看着王丽，希望能看得王丽不好意思了，能和她主动地说些什么。每次王丽总是呵呵地笑着，一笑就什么都带过去了，然后和以往一样对她好。不，比以往还要好。赵瑜走后，王丽总是过来看她，给她带吃的，有时候还帮她洗衣服。她推了好几次，王丽总是说：

“哎，没事，我反正闲着，过来陪陪你，你画你的画，我一会儿就弄完了。”看着王丽胖胖的身体在那儿忙碌，有时候她会觉得过意不去，一些暖暖的东西会缓缓地流出来，亮晶晶地摆在那儿，折射出美丽的色泽。一切似乎又和从前一样的好了。但有时候，另一些像污泥一样的东西没有任何预兆的会整个的覆盖下来。一瞬间什么都能淹得面目全非，只有“恨”清晰明白地站在那里冷眼旁观。她会突然觉得自己很可笑。赵瑜、王丽也在瞬间变成了小丑。那种时候，韩晓只想立刻逃到画里面。她觉得在那个世界里，一切才是她的。她的卧室里原来充斥着的是赵瑜，现在是王丽。她的家被他们填得没有任何的余地。

只有在画室，她可以暂时喘息一下。那些浓重的松节油，让她什么都可以不想，脑子里就只有画。她最近发现，脑海里的想法和实际表现在画面的东西总是相距甚远。她喜欢的蒙克、博纳尔式的构图，有时候根本就不能很好的表达她的想法。当然，她还是爱它们，那样饱满的画面，那样的随意、放松，不是每个人都能做到的。也许她错就错在模仿，尽管她喜欢。但她变不成它们。大三的时候她第一次见梵高的原作，觉得心里像被撞了一下，难以呼吸和说话。以前每次见梵高的画册，只是觉得色彩的美好、丰富。但和原作比起来，再好的画册也总还是要偏些色，而且没有原作的笔触力度。那幅画并不是梵高最好的画，但已经足以震撼她，不只她，她发现每个到画前的人都和她一样，总是要往后仰一下身子，然后就是感叹，好像画面的气息会冲到脸前，不站稳就会往后摔倒一样。画面上的笔触很狂放，但并不凌乱。这些，说起来很容易，但画起来就很难做到。要么是太规整了，没有跳跃，要么又太凌乱了，会破坏画面的感觉。画面的笔触带动了整个画的气氛，一切真的是在旋转。她有种很奇怪的感觉，觉得之前自己的认知在瞬间被转换了，换成了别的像水一样能流动的东西。后来，她又见识了蒙克、博纳尔。那些画里滞留着岁月的痕迹，但它们并没有老去，相反随着时间的流逝绽放出了另外的东西，比新鲜更为可贵的东西。她不知道这是为什么，在她的理解里，永恒根本就是虚无缥缈的字眼，人们只是不断地自欺欺人而已，如同她对赵瑜。在水里也许才是他们最好的时光。她根本就不该真的走近他。她深深地吸了口气，发现水里的气息已经走得很远了。

3

韩晓这几天看来看去终于有些疲倦了。那些艳丽的风景在她眼里渐渐粘上了些俗气的影子。即使下午走过的时候看到了一山四景，她也显得很无动于衷。倒是王丽一如既往地兴奋着，走到哪儿都要拍照留念。她不明白王丽究竟哪来的这么大的劲头，就不觉得厌倦吗？问王丽，王丽很爽朗地笑着：

“出来了嘛，好不容易才出来，还不好好看啊。哪像你，平时自己就能画出来，我们可画不出来，我们就只能看看。”说完了还很不过瘾似的，又笑。旅馆里的灯很暗，王丽的轮廓被灯光放大到了墙上，毛茸茸的，显得更加厚实了。韩晓也缓缓地笑了笑，开始有些羡慕王丽的热情了。后来，灯一点点地暗下去，还有人影，还有自己好像都暗得不能再暗。也许是困了，是睡意盖了下来。她只觉得晕晕的一切都在晃。

醒来的时候，韩晓用了很大的力气才把眼睛睁开，又过了好一会儿，整个人才从睡眠里脱出身来。看见王丽歪着头趴在她床边，昨晚的记忆一点点地往出印。好像王丽一直抱着她，还不停地拍她的背，而她只是不停地哭，费力地想了半天也只是这些片段。完全像是梦境。王丽也醒了，把手背按在她额头上试了试，长长地舒了口气，又把脸凑到她脸上看了看，才说：

“好了，不烧了。哎，昨晚吓死我了，你烧成那样，一直说胡话，还是小导游找了医生才给你打了一针，对了，你醒了还是先吃药吧。”王丽急着转身，一下子被自己刚刚坐的凳子绊倒了，发出了“砰”的一声。这一声重重地磕在了韩晓心上，韩晓一下子清醒了很多。想起身看她摔得重不重，但身子根本不听使唤，半天也提不起来。没等她提起身子，王丽已经很麻利地起身跑过去拿了壶给她倒水。到了床边，把壶又放下了。问她：

“韩晓，你还是吃点东西再吃药吧，要不胃受不了。你说，你想吃什么，我去给你买点儿。”王丽说完很耐心的看着韩晓。韩晓的咽喉艰难地动了动说：

“不用，我喝口水就行。”韩晓有些不好意思了，眼神都不知道该往哪里摆。王丽侧身坐在了她床边，用手拢了拢她的头发，然后又给她掖了掖被子，很贴心地说：

“你别过意不去，谁没个病啊，好好养养，很快就好了，哪能不吃呢，你说，想吃什么？要不，我去看看有什么吃的。在外边，可不比家里，但总还是要吃的。”

韩晓眼睛有些湿湿的，点了点头。

韩晓和王丽的第一次见面也是和赵瑜的第一次见面。韩晓去食堂打饭，被女人的大笑声吸引了，当时王丽正用盆敲着赵瑜的脑袋，笑得很大声。那笑一浪一浪的，盖过了饭菜的香味。很多人都回头看他们。赵瑜一脸的赖皮和无辜，躲闪的时候和韩晓短暂地对视了一下，突然又带了些尴尬的神色出来。韩晓也说不清自己是什么感觉，反正有些异样。后来和赵瑜说起第一次见面，赵瑜呵呵地笑了，说：

“我一看见你啊，就觉得心都不跳了，在这之前，我看见女孩儿就和男的差不多。可能是和王丽处久了吧。你呢？”

韩晓低头想了一会儿也笑了，摇了摇头说：

“不知道。”赵瑜的头靠在她胸前，闲着的那只手一直捻着她的乳头。听她这么说，手上用了力捏得韩晓叫起来。赵瑜发着狠笑着继续问：

“还说不知道，啊——还不知道吗，对我明明一见钟情还说不知道。”说着把身子又压了上去。

直到看见王丽背上的牙印，韩晓才第一次认真地审视王丽。在这之前，王丽虽然笑得最响，但总像配乐似的站在幕后，或者说站在暗影里，不细看根本就发现不了。那天赵瑜回来得很晚。韩晓一直都在等他，想着他回来一定还会逗她。看见他回来一脸的疲倦，就问他干什么去了。赵瑜摸了摸她的脸，说：

“乖，我困了。先睡，明天再说。”然后就倒在床上沉沉地睡了过去。早晨吃饭的时候，看见韩晓一直看自己，赵瑜想了想呵呵笑着说：

“昨天和王丽他们玩晚了，对了，学校要和云南那边搞交流，我们系想派我过去，不过还没完全定呢。”赵瑜吃得很快，汤也一股脑儿地灌进了肚子。韩晓一点一点撕着面包，半天也没说一句话。看着赵瑜起身，才说：

“为什么？怎么就派你呢？”

“哦，我也不知道，年轻吧，可能要多给年轻人机会。”说完走过来摸了摸韩晓的头。

去了学校，韩晓画室也没进就直接去找王丽，想和她说一说赵瑜去云南的事，正碰着王丽要去洗澡，也就一起去了。澡堂的雾气很大，两个人都有一句没一句的说着，在王丽转身的时候韩晓看见了那个熟悉的牙印。只一眼，她的心一下子就紧了。再要细看，王丽已经转了过来，背靠着水管。她开始盯着王丽的脸看，王丽却没有再看她，只是低着头搓胳膊，不过她发现王丽眼角的余光还是会不时往她这儿瞟一下。韩晓的嗓子紧得不能再紧。两个人都默默地洗澡，仿佛在很认真地做一个细致的活计。直到洗完，她也没有再看见王丽的背。王丽巧妙地躲过去了。躲，能说明什么？能说明她猜得没有错。她想不明白，怎么就会是王丽呢？那样的一个女人，一点儿也不精致。从头到脚，从里到外，究竟哪点比得过她？这样想着，有些情绪没来由的就平和了许多。女人到底还是爱比的，相关连的人和事总是要比来比去，然后才能真的高兴和难过起来。一切的衡量都在那个比上。再不如意的事，比着比着也就如意了许多。男人觉得再好的事，女人比着比着也就暗淡了许多。看着男人的另一个女人处处都不如自己，总还是忍不住的有开心泛了上来，似乎自己多的是优势，而别人不过是脚边的草，不过是施舍罢了。但这样的想法只能支撑一会儿的工夫，婉转了的心思又换成了别的念头。觉得自己还是不如别人，不如别人来得新鲜、来得圆润。那个女人那么俗气的胖也瞬间变成了丰盈。无论怎样恨来恨去，最恨的似乎还是那个女人。对男人仿佛只是怨。

想起往事韩晓觉得身上一阵儿发冷，自己往紧裹了裹被子。

王丽进门的时候脸红扑扑的，看起来很健康而且喜庆。相比之下韩晓没有血色的脸就显得有些发灰。韩晓躺在床上的身体明确地感受到了这一幕，心里也觉得灰暗起来。王丽的热情不但没有感染她，反而让她更觉得难过，甚至有些自卑起来。一时间，心里有些厌倦。既厌倦王丽也厌倦自己。韩晓闭上了眼睛。王丽说的话，她一句也没有听见，真的就和睡着了一样。过了很久才睁开眼。发现王丽还是坐在床边，手里拿着裹了毛巾的饭盒子。听着她有动静，王丽高兴地转过头来说：

“哎，你还是吃点儿吧，你刚才又睡过去了，不吃光昏睡也不行啊。我给你捂着，还热着呢。”看见韩晓一声不吭，又把手背贴到她的额头上试了试说：

“还好，没烧起来。来，我给你盛点儿。”王丽用嘴试了温度准备喂韩晓。韩晓却挣扎着坐了起来，又从王丽手里拿过了碗端着自己开始吃。她有些受不了王丽对她的好。明明有事情瞒着她、背叛她，却又对她这样的好，她真是有些受不了。连恨都恨得这样子拖泥带水，一点儿都不能彻底。吃了一碗，韩晓的身体里进了些热气，逐渐的额头也渗出了汗珠子。王丽一直看着她吃，不时拿毛巾给她擦擦汗。她们这样的亲近，韩晓不知道是该快乐还是该难过。王丽收拾完了，又忙着给她弄药吃，胖胖的身子还是转来转去的，好像是在自己的家里。王丽那样热乎的人，无论放在哪里，只要随便的一搁，很快就能有了家的氛围，一切也都能立刻变得熟悉起来。她真是羡慕她，换作自己就不行。就是在自己家里，也常常觉得自己是个外人。只有在画室里，她才觉得整个都是自己的。她的画室很小，只有一间屋子，不过，去的人也很少，即使有人偶尔去了也会发现根本没有落脚的地方，地上摆满了画和颜料。和赵瑜刚好的时候赵瑜来过她的画室，一进屋就开始捂鼻子，待了没有十分钟就跑出来了。还大口大口的呼气，很不理解地说：

“韩晓，你这是画画吗？快成特种工人了，都该给你发补助了，就这味儿，你怎么受得了啊？”韩晓也不喜欢闻那种味道，但习惯了，而且很习惯。任何东西一旦成了习惯，就意味着它成了你生活的一部分，无论你喜欢还是不喜欢，你都离不了它。韩晓一直觉得自己对画画的热爱也是习惯。习惯于左右画面。那样的东西至少有些是她能把握的。但画得越深入，越让她觉得即使是画，即使是她自己笔下的画也不是她能完全把握的。它们有时候会伸出腿按自己的要求往前走，她的笔不过是个工具罢了。这样的结果未免有些无奈，但无奈的又何止是那些画。王丽再转回到她床边，额头已经出汗了。她坐到床边，一边喘气一边呵呵笑着：

“忙得我都忘了，刚刚他们给我发了短信是个笑话，你看，还真是好笑。”说着拿了手机和她一起看。边看，王丽又大声地笑了。真不知道她哪来那么多的笑。韩晓看了只是浅浅地动了动嘴角。王丽的笑在屋里回旋了很久，然后逐一的落在各个角落。一会儿屋里整个的就有了些生气。韩晓靠在枕头上想，如果自己是男的，可能也会喜欢这样的人吧。那自己呢？赵瑜莫名其妙的去云南搞什么交流，是不是也想躲开自己。但不管怎么说都是他们背叛了她。王丽高兴的情绪还在延续，一天时间却要过去了。屋子又暗了下来。

4

一切都来得有些突然，让她们有些手足无措。王丽用手搭在韩晓肩上，想要安慰她，韩晓很激烈地甩开了。王丽伸出的胳膊在空中短暂逗留了一下，重又放在韩晓肩上。这下韩晓彻底火了，脸涨得通红吼着：

“你有完没完，还要装到什么时候啊？够了，人都没有了你还要装，你的聪明还是放在你自己身上吧。”

王丽只是尴尬地沉默着，随后坐到床边用手捂着脸开始抽泣。

“观众都没有了，你还要演戏，你怎么就那么阴险啊。你现在哭给谁看？谁看啊？你最好还是少在我面前演戏。我受够了，王丽，你是个最虚伪的人！”韩晓用手指着王丽用尽全身的力气骂着，“如果不是你，我们不会是这样，你这个道貌岸然的女人，你骗了我，你们都是骗子。一群骗子，你们骗了我……”韩晓突然大声地哭了。哭声像刀子划在玻璃上一样的刺耳，任何人听了心里都无端地会难受起来。

几分钟前，艺术系打来电话，告诉韩晓，赵瑜死了。让她准备一下，看是直接去云南还是回学校和大家一起去办理赵瑜的后事。韩晓觉得耳朵嗡嗡的，电话那头一直不停地说，而她一句也听不懂。挂了电话，韩晓的脑子完全不运转了，一时间似乎连赵瑜是谁都想不起来。发了一会儿呆，又打回系里面，电话一直占着线，发出嘟嘟的声音。这简直荒谬，她觉得自己被人一下子抛到了另一个世界里。一切都像是人为编造的谎话。后来系里又打电话来确认她的时间，她干巴巴地问：

“赵瑜死了，是和我结婚的赵瑜吗？”电话里的人沉默了一下，说：

“对。”

“怎么死的？”

“哦……是这样，那边学校说是血液病，最后导致各器官衰竭。具体情况还要等过去了才能明确的知道。你能告诉我你准备怎么去吗？是直接去？还是先回来？”

韩晓拿着电话一声不吭，眼睛直直地看着王丽。王丽从她手里拿过电话说：

“我是物理系的王丽，回头，我们再打过去。”

挂了电话，屋里的气氛一下子变硬变干了。

王丽听着韩晓那样嘶声的哭，踉跄地走过去试图抱着韩晓。韩晓开始使劲地推打她，嘴里的骂声夹杂着哭声，发出呜呜的像动物一样的声音。后来推打渐渐停了下来，任由王丽那么抱着。再后来，她也伸出胳膊抱着王丽，像落水的人抱住了一块浮木。

她们哭了很长时间，身体里滞留的水分被全部挤了出来。但还是有些不甘心，继续在那里发出哭声。谁也不知道女人的身体里到底囤积了多少水分，在很多时候它们都能变成泪水，哗哗不间断的往下流。如果是一个男人，一定做不到这样，只一会儿的工夫泪就流干了。当然男人更多时候，还是喜欢看女人身体里的水分变成别的液体。

再晚一些的时候，哭声终于停下来了。屋子被眼泪泡得已经没有那么干燥，只剩下静，静得有些压抑。榨干水分的女人全都滑在了地毯上，斜斜地互相靠着像一堆麻袋片儿。又过了很久，王丽起身开了灯，然后连拖带抱的把韩晓弄进了浴室，帮她解衣服。韩晓一动不动，胳膊腿都绵软的任由王丽摆布着，仿佛身体里的筋骨已经连同眼泪一起流了出来，现在剩下的只是个壳子，空空的壳子。这是她们第一次光着身子近距离挨着。韩晓的皮肤很凉、很滑，摸着像一尊瓷器，完美却透着硬。王丽热热的身体脱了衣服后显得不再那么胖、那么臃肿，反而现出些圆润来，像新做的缎面棉衣，看着都觉得暖和。水淋下来的时候，韩晓整个人震了一下，有了些清醒的迹象。王丽的胳膊环在她的腰上支撑着不让她跌倒，还有王丽的肥厚的乳房也靠在她的背上支撑着她。除了母亲，韩晓第一次和女人光着身子这样亲密地挨着。小时候她睡觉的时候总要摸着母亲的乳房才能踏实地睡过去，直到自己的胸前也顶上了两个小包才把手从母亲胸上移开。她和母亲的生疏好像也是从那时候开始的。她的成长像条藤，长着长着就横在了她和母亲之间，她们只能远远地看着那里杂草丛生。也有例外，偶尔她病了，母亲会摸着她给她搓背搓手。已经走远了、属于她们的亲密时间会走回来停在那儿，但也只是停一小会儿，很快就又走掉了。剩下的还是唠叨。

王丽的乳房和母亲一样，很绵软、很肥厚，大大地挂在胸前，看起来总觉得里面盛满了乳汁类的东西。不像她，胸前的两块肉因为过分的精致，看起来像是拿模子托出来似的，都有了些玻璃的质感，好像用力捏就会碎掉。也许，不止胸，她整个的人都有些太精致了。王丽吃力地抱着她，脸上沁满了水珠子，一会儿就滚落下一些，顺着她的脖子胸口然后流过韩晓的背。韩晓已经完全清醒了，开始自己动手摸着洗脸，但身体还是靠在王丽身上。她有些留恋这种感觉，好像又回到了小时候和母亲在一起的那段时间。什么都不用自己想，什么都有人帮着她想。洗完脸，韩晓转过了身子，看着王丽重新又哭了出来。这次是韩晓主动地把胳膊伸向了王丽。

两个人重新躺在床上的时候，已经没一点儿力气再哭了。韩晓直直地躺着，看着天花板。上面有一些水渍的印子，晕开了很像朵花，有些诡异地开着。看得久了会觉得里面还有一个人头在笑，或者说只是个眼睛在笑。韩晓也笑了笑，笑得还是那么好看，但已经没有人看了。突然想起了什么，她转过头看王丽。王丽有些发呆地盯着一进门放置的柜子。柜子的门开着，往事陆续地窜了进来。

“睡吧，睡着就好了。”王丽没回头，但她清晰地感觉到了韩晓在看她。

韩晓摇了摇头重新看着天花板，说：

“不行，我睡不着，还是说话吧，要不，我心慌。”

“那你说吧，我听着呢。”王丽仍旧看着门口。韩晓叹了口气，犹豫了一下说：

“你也很难过，是不是？”王丽点了点头。看着王丽点头，韩晓又继续说，“那你心里怎么想的？”

“什么怎么想的？”王丽转过头来看韩晓的眼神有些冷。

“对这件事啊。赵瑜突然就这么走了，你怎么想的，怨他吗？”

“韩晓，有些事不是你想的那样。”

“那是怎样的？别说是误会，王丽，咱们就摊开了说吧，别再藏着掖着，那样只能让我瞧不起你。”韩晓说完胸脯又急剧地起伏。王丽嘴角闪过一丝苦笑说：

“的确不是你想的那样，我知道你想什么，但不是你想的那样。”王丽顿了顿继续说，“赵瑜其实早就病了，只是瞒着你而已，我们几个人都知道。”

“你们？”

“对，我和王宏、小泉、毕勇，我们都知道。”王丽看了看韩晓，把头仍旧扭向了门口：

“赵瑜后来有一段一直流鼻血你是知道的，赵瑜的妈妈、两个姨妈都是得那种病去世的——再生障碍性贫血。他偷偷去查了，他也是。知道了结果，但不忍心告诉你，所以才和学校打报告要去云南交流学习。不是你，他根本不用跑那么远去等死。他的脸色很不好，你不觉得吗？蜡黄蜡黄的，像他那么爱锻炼的人，如果没有病脸色不会那么难看。他临走的时候让我们好好照顾你，尤其是托我好好照顾你。他知道你是个多心的人，也知道你脆弱。他很了解你，但韩晓你并不了解他。”

“那牙印呢？难道也是我误会你们？你不要把什么都推给别

人。”韩晓“噌”地坐了起来辩驳着。

“韩晓，我承认我喜欢赵瑜，从一开始我就喜欢赵瑜，你们还不认识的时候我就喜欢他。但能怎么样？他喜欢的是你，”王丽也坐了起来，“我只能像哥们儿一样的和他相处，你以为我就很高兴？你没有出现的时候，我以为我和赵瑜总有一天会处成恋人，我在等，你知道吗？但等来等去等来了你。你插了进来，韩晓。如果没有你，我不会和别人那么快就结婚。我从来没有和他说过，我是没有办法，我怕说了，我和他连朋友也不能做。那晚，他和我们说他可能活不长了，他哭了，那么一个大男人哭，我们都有些受不了。最后大家散了，我们又待了一会儿。我和他说了，说我喜欢他，他都不信，说我逗他。后来他抱着我的时候，我知道他还是把我当哥们儿。是我让他咬我的，我想记住他。我褪下衣服，他于是咬了我的背。即使咬我背的时候，他也还是把我当哥们儿，他居然笑了，还说，王丽你可真胖啊，真是胖丫头。韩晓就不像你，她不胖。咬完了还修正了半天形状，说没有咬你的印子那么好看。韩晓，你知道我多难受吗？喜欢的男人从始至终都不把我当成个女人。只是当哥们儿。”王丽说完脸上已经全湿了。韩晓怔怔地看着王丽，嘴动了几次都没有说。她试着靠过去握王丽的手，王丽没有躲但把脸扭到了另一面。

路没来由地分了叉，理清楚的顺序又散了一地。韩晓逐一往起拾着。

赵瑜走的时候一直回头看她，那样的眼神想着都让她揪心，如果她那段时间不是那样的冷落他，也许他不会走。谁愿意走那么远去一个人生地不熟的地方等死。他们以前说起过他的母亲，他会突然像孩子似的笑起来。她问他，如果他妈妈还活着他会常回去看她吗？

“当然了，”他毫不犹豫地说，“我会给她钱，给她干活，然后——吃她给我做的饭。”说完赵瑜把头整个的低下去。都是她，让他临走前连个亲人都没有，连像样的饭也没有人做给他。韩晓并不太会做饭，第一次做拉面，拉得像小树杈那么粗，但他吃得很香。还说，他妈妈死后还是第一次有女人肯做饭给他吃。韩晓一直笑他，那么大了还老妈长妈短的。赵瑜会就势腻在她怀里，说，以后不了，都有小妈了，有小妈疼我了。她居然让他那样就走掉了。他一直回头，她居然就没有留下他。连王丽都知道心疼他，自己却不知道。一直以来，自己总觉得是别人骗了自己，现在看来，根本是自己骗了自己，是自己所谓的直觉骗了自己。韩晓深深吸了口气。晚上的屋里有很重的霉味，也冷，但她还是光着脚进了浴室。镜子里的脸有些泛青，灯的暗影把睫毛拉得很长，像三十年代明星夸张的假睫毛。乳沟也被灯光拉深了，显得乳房有些沉甸甸的。她整个人像站在伦勃朗的油画里，只有脸颊亮亮的反着光。她用手推了推乳房，暗影变换了一下位置。画里的她看起来结实而且圆润。先前的她像件衣服从肩上褪了下来，一直褪到脚边。

早晨，王丽醒来，看见桌子上摆的早餐，明显愣了一下。她听见浴室有哗哗的水声，然后韩晓走了出来，走到她跟前，很小心地说：

“我去买了早餐，你先吃点，然后我们再商量怎么处理他的事。”说完，认真地看着王丽。

王丽点了点头，但还是有些不放心。韩晓于是自己先拿起一块蛋糕吃了起来，也给王丽递了一块。吃完了，又麻利地收拾了桌子，其实也没有什么可收拾的，只是一些纸袋和杯子，但收拾了还是显得规整些。她坐好了，等着王丽开口，王丽反倒不知要说些什么，只是搓着手。韩晓把王丽的手拿过来放到自己手里。这一来，王丽更吃惊了，从来都是她主动去握韩晓的手，帮她捂着，韩晓从来就没有主动地握过她的手。她的手有些粗糙，不像韩晓那么滑，韩晓虽然每天粘颜料，但从小到大干的家务并不多。不像她在家里是老大，家务是做惯了的。说到底最毁手的还是那些家务活。而且韩晓在别人眼里一直是那么美美的，像玻璃似的挂在那儿，王丽很难想象韩晓有一天会主动来握自己的手。所以手居然有些僵了。韩晓把王丽的手包在自己手里，仔细地看着，然后红了眼睛说：

“以前我都没有好好的对他，害他一个人那么孤苦地走。赵瑜和你那么好，我知道你照顾我一定是看在他的面子上。他已经走了，以后你和我还会好吗？”

王丽看着韩晓“哧”地一声笑了：

“还真是小孩子啊你，谁说我是全看在他的面子啊？我也是你的好朋友。”

“是吗？”

“当然了，难道不是吗？不是好朋友，早不那么对你了，还给你洗衣服？”

韩晓也“哧”地笑了。

两个人看着对方，又重新看见了赵瑜的影子。韩晓说：

“他一定很怨我，我那样对他。知道吗？他去了云南，我就回过一封信给他。”说完难过地闭上了眼睛。

王丽也叹了口气说：

“是啊，你是不该那么对他，不过，他没有怨你。他后来已经病得很重了，哪还顾得上怨你。我和小泉后来去看过他一次，知道他已经没有多少时间了。他瘦得都脱像了。他还说，离开你是对的，免得你看见他那样伤心，又说时间久了难免还会看着厌恶，说病人总是让人厌恶的。他本来就不是开朗的人，是装的不在乎。其实他很在乎别人的看法。去云南，也不只为了躲开你，也为了躲开身边的人，包括他的家人。我昨天是气急了才那么说你的。赵瑜和我们说，他妈妈去世的时候人瘦得很难看，头发也没有了，嘴巴瘪瘪的。他不希望自己也那样。他躲开了才能踏实。”

韩晓摇着头：

“不是的，都是我对他太不好了。王丽，我一直以为你们好，我一直都那么想，我和他在一起只要想到你们那样对我，就像咽了玻璃碴一样。我对他那样冷淡，他肯定不知道原因，我一直以为他是知道的。我在等他和我说，王丽，我一直在等他和我说。”

王丽拍了拍韩晓的胳膊说：

“你错了，他知道。他咬我背的时候就说，韩晓看了一定会生气的。那天我们去洗澡，你看的时候，我也慌了，我也怕你看见。我不知道该怎么和你说。我当天就告诉他了。他一直哈哈大笑，说挺好的，说他还能让你吃醋，说明他还没有废掉。”

“我那天见你一直躲我，就想这肯定是真的了。”

“我能不躲你吗？你说我该怎么解释？他又不让我说他生病的事，再怎么说，那也是他咬的啊，解释了你也不会听。”韩晓点点头。

“韩晓，人已经没有了，我们比你知道得早，所以心里有准备，你呢，也别老想，人总是要走的，每个人，到头来还不是都要走那一步，早一天晚一天的事。活着的就好好活着，心里有那个人就行了。”韩晓忍不住又哭起来。王丽一直像拍孩子一样拍着她的胳膊。

晚上，两个人躺在被子里，又说起赵瑜，韩晓发现她的确不了解赵瑜，虽然他们曾经那么近。近得好像一个人，但她不了解他。他和王丽他们说的那些事从来没有和她说过。关于他的母亲，他流露的更多的是想念。她从来不知道其实他也有对母亲死亡的恐惧。他隐藏了他的另一面，如同她也隐藏了自己的另一面。但谁能说他们不真实呢？他们给彼此的一面也从来没有人看见过。韩晓想起在水里，赵瑜和他说的话，那么湿还说不是在等我吗？他知道她在等，他知道。

韩晓现在最想的还是赵瑜那张脸。想再摸一摸。想把手放在那张面孔上。还想赵瑜的声音，想听他说话，随便说什么都行。只要是他的声音就行。夜变得很长很窄，要趴下身子才能过得去。此刻，不知道为什么，她突然有些触摸不到赵瑜了。过去只要闭上眼睛他就会跑出来，赶都赶不走。可现在，即使用力地想，也还是那么遥不可及。一个人无论离你多远，只要他还在这个世上活着，你就觉得还有机会，还有可能。就觉得自己还能等，等到那些好日子慢慢的来临。她没有想到赵瑜这么快就从她手里滑落了、走掉了，连话都不肯留一句给她。他要在该有多好啊。韩晓的泪从眼角一直流到心里，可没有声音溅起来。只是木然地落了下去。她真想他啊，以前在一起时也说过来世的，但来世在哪里呢？真的见了又凭什么认识呢？韩晓从没有这样仔细地想过生死，说起死总觉得离自己还很远，觉得那些人那么可笑。死了人居然信那些神神鬼鬼的东西。但现在，自己也信了。看来，无论是谁，一旦最亲近的那个人去了，还是相信来世的。韩晓看着天花板想，赵瑜也许就在天上看着自己呢，此刻她唯一想知道的只是和那个世界沟通的密码。只要有人肯告诉她，她就会毫不犹豫地走过去，看着赵瑜，告诉他，她还等着他呢。等，有时候只是一个字，想，也是。漫长的终究还是生活。王丽的鼾声打得很响，韩晓帮她掖了掖被子，靠着她蜷起了身子。如果赵瑜在，一定会抱着她，会帮她暖脚、暖手、暖她整个的人。夜，实在太冷了。

虽然有心理准备，等真的见到赵瑜的尸体，韩晓和王丽还是一下子瘫软了。过了很久，韩晓开始摸赵瑜的脸。那是一张比她的手还要冰凉的脸，除了薄薄的皮肤还有些柔软的感觉，皮肤下面全是硬硬的冰碴子，让她想起了冻肉。他的鼻子还是像以前一样挺，脸却拉得很长很长，似乎不太满意这样的结局。下嘴唇完全吸了回去。那样的脸，不是她所熟悉的，像一个从未见过的陌生人。她们在哭的是一个陌生人，但泪还是不停地往下流。看着她们哭，一起来的人也都哭了。记忆拖回了那个刚刚走远的人，他站在边上，开始巡视着看每一个人。时间也弯着腰转了回来，于是每个人都想起了他的好，他的笑，他的身体。韩晓想去握他的手。刚刚摸到就被一个人强行拿开了。说，那是冻了好几天的尸体，手一动有可能会掉下来。尸体？韩晓有些惊愕地看着那个说话的人。她不愿意相信，赵瑜，她的活生生的赵瑜居然变成了尸体。她又去摸他的脸，还是那个人，又用手把她拉开了。他带着白白的手套，韩晓不确定他是医生还是别的什么，只是觉得他很讨厌，几乎有些恼怒的韩晓开始瞪着那个人。那个人面无表情地说：

“尸体已经冻了好几天，老摸来摸去的，皮肤会掉下来。你最好还是别摸了。”

韩晓的胃里有些东西翻了上来。她不能想象皮肤掉下来的感觉。那样的情景是电影里才该有的情节。她的赵瑜怎么会变成这样，这样的脆弱，连碰都不能再碰。韩晓只好远远地看着他。他还是生她的气，她想。他连碰都不让她碰。王丽把手伸过来握住了她的手。王丽的手还是暖暖的。韩晓看着赵瑜直直地躺在那儿，等着人从他身边走过来，走过去。如果是以前，他早就烦了。他说过最讨厌人来回的晃了，晃得他心烦。他说，他只喜欢韩晓在他跟前晃。还说，最好光着身子晃。说话的时候一脸的坏笑。韩晓听到他这么说，总是笑着跳起来追着打他。他喜欢她笑，一直都喜欢。韩晓的嘴角微微地往开咧了咧，很丑地笑了。如果赵瑜还活着看了一定不会喜欢。她知道，她什么都知道。于是她收敛了笑又退后了一些，再看赵瑜，好像脸已经没有初看时那么长了，只是显得很严肃。这可太不像他了，他一向爱搞恶作剧，总是笑得很欢，还和王丽他们打成一片，怎么现在变得这么严肃呢？衣服还是他平时穿的衣服，一个蓝运动夹克，一条灰色的运动裤。现在看来也有些短了，仿佛在死去的这几天时间里又长了个儿。韩晓想把他的裤腿再往下拽一拽，刚挨到腿上，还没动手拽，那个带白手套的人已经往她这边走了过来。韩晓把手缩了回去。她有些清醒地想，别一使劲再把腿拽下来。她和白手套想到一起去了。看着她的表现，白手套脸上微微地挂上了些表情，但并不是笑之类的东西，只不过整个人看起来稍微的冒出了些热气而已。学校给赵瑜作了很高的评价，像以往他们参加过的所有追悼会一样，死者为大，没有人再和死者过不去。说的都是些好话，甚至说赵瑜是教师的楷模。看见每个人都显得很难过，都在表示着难过，韩晓突然就不太难过了。她想起了以前两个人说过的话。那时，他们都担心以后很老的时候会很难看，会不好，会嫌弃彼此，虽然嘴里都说着保证的话，但还是会担忧。现在看来一切都没有了担忧的必要。结果早早地就摆了出来，虽然不满意但至少不用再担心了。韩晓从来没有这么踏实过。踏实得让她什么都不想了。最后领导问家属还有什么要求，她摇了摇头，看见她摇头，王丽接过了话筒说：

“赵瑜生前最大的愿望是想给自己的妻子开一次画展。希望领导能够成全他。谢谢！”人群里响起了掌声，虽然有些稀稀拉拉的。领导当时就表了态，说一定会让赵瑜安心地走。两个女人互相看着彼此把手又伸到了一起。追悼会上有的人带了孩子来。

安静了片刻后，一直追着打闹、叫。虽然不断地被人制止，但只要人们的眼神稍稍的离开他们一会儿，他们就开始追着玩闹。开始还带些偷偷摸摸的意思，只是悄悄地玩，低低地叫，但用不了几分钟就开始撒欢似的大叫起来。听着他们开心地笑，大人又跑过来制止他们。来回的折腾了几次，大人累得够呛，小孩子却越战越勇，甚至都有些专门逗大人的意思了。最后大人也只能由着孩子去了。有孩子那么来回打闹着，尖叫着，追悼会的气氛就显得轻松了很多。追悼会快完的时候，已经有人开始聊天了。聊着午饭要吃什么，聊着孩子的衣服又买小了。韩晓感觉到有些凉风吹了过来。快下雨了！有人喊了一声。人们都看了看天，天还真是阴了。韩晓心里仍旧悲伤着，想着一定是老天在可怜赵瑜，在哭赵瑜。人总是这样，心里怎么想，总觉得老天也该怎么想。但天只阴了一会儿又放晴了。韩晓又想着，老天可能怕下雨淋坏了赵瑜的身体吧。不管怎样拖泥带水的，总还是让人觉得麻烦。晴着天也好，说明他阳光，到死也是个散发着阳光气息的人。韩晓心里不停婉转着心思，一丁点儿的事也能和赵瑜联系起来。直到人火化了，她才稍稍地清醒了些。看着一个人最后就剩下了一点儿残灰装在一个小盒子里。觉得一切更像开了个玩笑，像过家家。

5

给王丽搓背的时候韩晓用手摸了摸王丽的皮肤，羡慕地说：

“你的皮肤真好，没准赵瑜也喜欢呢！”

王丽转过身，看她一脸的坦然，才笑着说：

“没准一直培养下去，也有可能，但太熟了也不好，容易笑场。两个人没脱光已经笑得直不起身了，还怎么继续下去啊。”韩晓呆了一下反应过来，用手拍着王丽的背：

“你就坏吧，什么人啊，亏你想得出来。”

“嗨，本来就是啊，我们真是太熟了，我们以前就认识，只不过不是一个班的，算起来也有十几年了。”

“其实我们认识也好几年了。”

“是啊，好几年了，你一直那么美，让人觉得像个玻璃人儿，都不怎么敢接近。我那时还真嫉妒你，难怪赵瑜喜欢你呢，换了是我我也喜欢。”王丽爽朗地笑了，那笑在水里一波一波的延伸着。

“哎，韩晓，你胖了好像，是不是？我觉得你比半年前胖了。”说完站起身仔细地端详韩晓。韩晓有些不好意思地转过了身。

“还不好意思啊，真是。”王丽拿毛巾去拍她的背。

“韩晓，你什么时候也画画我吧，怎么样，好画吗？是不是像维纳斯什么的。”王丽把手叉在腰上摆起了造型。韩晓忍不住大笑了起来。

“嗨，你笑什么啊，我看外国人都胖得要命，我去了啊，估计就是个我见犹怜的人了。话说回来，韩晓，我要是生在唐代，那还有你什么事啊，哈，那就是我的时代了。”看着王丽那么开朗的样子，韩晓觉得自己也跟着绽放了。像花，也像画。

她画的那些画已经完全干透了。本来还想涂一层上光油，但最后还是放弃了，她怕另外的光泽覆盖了画面本身的色泽。连框子她也全部用了原有的木色。她觉得那样才能更衬托她的画。那些画里有她先前画的那组花，还有从云南回来后画的一些写意山水。她用了丙烯，加了蛋清，油画在她的笔下变得像薄纱般轻透起来。还有一组油画里，她画了无数的门，油画打底的时候，还用了些糨糊。效果也是出奇的好。虽然她已经过了热衷于给那些油画做肌理的阶段，但还是很想弄些不一样的东西出来。不过，有时候转念细想，又觉得没有什么能真的不一样。如果只是弄花样，再多的花样也不过是手段、工具，只要你能想得出就一定有人已经用过了。你自己觉得玩得很好，也不过是变了个形式而已，说到底还是没有什么新意思。重要的还是画面的本身，画面的内在东西。那是没有人能复制的。同样的景不同的人能看出不同的情绪来，没有人能一样。韩晓虽然还不能表达出她认为的最好的东西，但至少她已经画出了她要表达的东西，虽然还不够好，她知道。看着那些装了框子的画，像待嫁的姑娘似的排在那儿，她有些高兴，也有些失落。那些画一旦完成了，也就不再完全属于她了。它们有了自己的命，自己的局限，自己的走向。但她还是担心，像个母亲担心自己的孩子。

昨天看母亲的时候说起了自己的画展。母亲照例又唠叨了半天。韩晓也照例还是有些烦，但一直很安静地听着。母亲唠叨完了工作又叮咛她好好吃饭，最后打包了一大堆吃的才放她走。回家的路上，刚刚的那些烦和唠叨变成了暖暖的东西。很快，她的手还有脚就有了些温度。

春天的风刮开了第一片绿叶的时候，王丽在大大的展厅里把胖身子灵活地转来转去。挤在人群里看着画里的花儿，她停下来仔细地看了一会儿，问韩晓：

“好怪啊，你说我看见你画的花儿，怎么在转啊。”边说边摸着自己的头。

“这些花儿全都开了，韩晓，你喜欢花儿啊？”看着韩晓一脸的安静，王丽又开始看别的画。

韩晓的心很静很静。她知道自己还在等，但是安静地在等，她等着美妙一点点绽放。

飘红

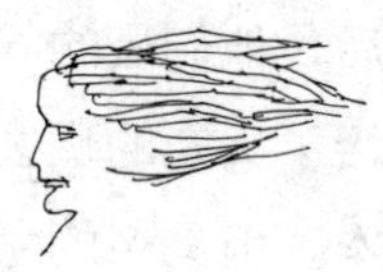

不用开口，只要进了院子，一看脸，就什么都明白了。第一次来这里的人，笑得多数都很模糊。像蒙着纱，隔着玻璃。情绪永远不痛不痒。但，只要围着电脑看一天下来，多数就不那么矜持了。尤其到了下午，看着赚了钱的人从他这儿领走红红的钞票，所有人的眼睛都会发亮、发光，会照得院子里亮闪闪的。刚刚还是一些虚拟的数字，一下子就兑换成了看得见、摸得着的钞票。那么具体、那么实在，没有人会不心动。只要趴在电脑上，不管赚了还是赔了，一律都是满脸泛着油光。不停地说着话，讨论着孰优孰劣，交流着有限却无法传递的经验。小五的脸在换钱的时候总是比平时要冷静、要沉默，从来不开什么玩笑。只有换完钱，关了电脑，收拾了院子，他才蹲在那儿，和还没尽兴不愿意散去的人，随便的说一些七长八短的零碎话。他知道，什么该说，什么不该说。从一开始，他就知道。

去年夏天，从美国回来的陈哲成了大家的中心。他说了许多大家想都没法想的新鲜事。所有人眼里除了羡慕还是羡慕。后来，又都抢着看陈哲带回来的一些美国货。那是毕业十年后气氛最热烈也最高涨的一次聚会。大家平淡的生活好像一下子被某种华丽的颜色渲染了，变红彤彤的，女人和男人仿佛一下子又变回了过去，互相看着都有了说不尽的意思。小五的脸也红彤彤的，但不是因为女人。他的眼睛整晚都没有离开陈哲，陈哲那晚对他来说就是神。高中毕业后，他们班的同学多数都考了学校，最差的也上了技校。只有他接了父亲的班去了食品厂。要是以他的成绩，最不济也能考个三本。但父亲的考虑也不是没有道理。上大学还不是为了找个好工作。当时，父亲在厂里还算能说得上话。趁着自己没退休还能解决一些事，当然还是先把工作给他解决了。对于这些，他从来没有怨言。倒是父亲，看见这几年厂里越来越不景气了，难免后悔当初给他找的这份工作。总是说，要是上学就好了，没准儿能去个大单位呢。每回听父亲说这些，小五总是呵呵笑得很开，没用，真上了也没用。前排老林家的不是上了吗？回来照样没工作，还不如我呢。说这些，他不清楚是为了安慰父亲还是在安慰自己。这几年父亲明显是老了，胆子变得越来越小，对什么都有些小心翼翼的。话却越来越多，一说起来就变得有些无法收罗。看着父亲的老态，他偶尔会有难过的感觉冒出来，似乎那就是自己一生的写照似的。时间一下子会变得有些拖沓、疲惫。但只要看见女儿龇着牙嘻嘻笑着问他要吃这吃那，他就又觉得一切还只是个开始。还有的是机会。

那天陈哲尽管喝了酒，说得有些混乱，但从陈哲的话里他还是听出了些门道。炒股已经两年了。从最早6.7元买的海尔，到现在的深万科，他基本上没赔过。还是那句话，他知道自己聪明着呢。陈哲说美国最近很流行“当日冲销”公司。也就是另一种意义上的小型证券公司。“冲销”你们懂吧？陈哲喷着酒气问。没等别人回答，他自己接着说，很简单就是平账，结清，说白点，就是当天就把款子、钞票结清楚。这种公司不建议客户做长期投资，大部分股票在手里不过夜。投资人追求的是买卖的差价，而不是股票长期上涨的增值。公司提供平台和场所让股民们自己买卖。当然不会白提供，谁傻啊，你们说是不是？那帮人真精啊，比猴子精，呵呵。他们会借款给股民炒股，前提是你要先注入资金。在你注入资金的基础上会再加一倍的钱借给你。你本来有一万，一下子就变成了两万。你说谁不动心啊？如果涨了，你就有翻倍的利润。但如果是跌了，你亏损也就大了一倍。可人都是一想赚钱头就发热，别的根本就不想了，等你想起来的时候也就迟了。这还不算，当你手里的股价低过市值35%时，“当日冲销”公司还会要求股民补仓。如果股民无钱增存，公司就会立即以当日的价值卖掉股民的持股，自己赚个满满却造成股民的巨大亏损。怎么样？没见过吧，就你们那炒股，根本就是小意思。那晚，陈哲最后的话题还是落在了美国女人身上。边说还边用手比划，一副汹涌澎湃的样子。小五和大家一样忍不住嘿嘿地笑着，但心思却一点儿也集中不到女人身上来，他还是想着刚才说的“冲销公司”。这几年炒股，最让他头疼的就是没有钱，你眼光再好，看得再准，只放那么一点点钱进去，结果刨了手续费，赚到的只能是很可怜的一点儿。他不止一次幻想过，拿一大笔钱去炒股。就凭他的聪明，一定能赚很多钱。一想到很多钱，他就忍不住要和老婆红梅说说。红梅是个很安分的女人，在厂里的幼儿园上班。大约是总和孩子打交道的缘故，她整个人的想法也很单纯。每次听他说起钱这个诱惑的话题，总是说，要那么多干嘛？咱们生的是丫头，将来花不了那么多钱。小五可不这么想，人活一辈子，总是要捣鼓出些动静的。不能像父亲那样，一辈子谨慎可怜、低三下四的对待钱。你没有钱，钱就永远是祖宗。你有了，一切就反过来了。

第二天，他专门去找了陈哲。希望他再详细的说一说“当日冲销”公司。陈哲很不以为然地说，怎么？你要去美国吗？他摇了摇头。那你还问什么啊？咱们国内没有这个。小五说，你别管那么多，问你，你说就行了。陈哲上上下下看了他好几遍，就和不认识他一样。听陈哲说了整个下午，小五的心里大致有个眉目了。和陈哲说了他的想法，陈哲一直摇头说，行不通，肯定行不通，你这么搞简直就是手工作坊嘛。小五没有说话。他的笑挂在了心里，一波一波荡漾着，起了水花。他连夜就起草好了公司的操作规则。写完后，忍着心中兴奋，把熟睡的红梅往怀里搂了搂。他就不信，点子都有了，还有办不成的事。

小五的公司就办在他的院子里。他住的是平房。屋外有一个四十平方米的院子，一分两半。一半是敞天的，一半遮着塑料雨布。平时夏天吃饭、乘凉都在那块雨布下面。小五把桌子就支在雨布下面，电脑也搬了出来。一切都布置好了，就等人来了。小五心里清楚自己办的是什么公司。是一个既没营业证，又没许可证的公司。当然不能大张旗鼓的去宣传、去招揽，更不能呐喊。一切都得悄悄的、静静的、潜移默化的把人给带进来。他相信，只要进来了，就什么都容易了。他把院子的门大敞着，从早坐到晚，除了隔壁的老温问了他一句，凉快呢！就再没人搭理过他。倒是女儿，从幼儿园回来，看见摆在院里的电脑，兴奋得缠着他玩了半天。小五在院子里坐到第三天的时候，终于有人进来了。那天，风刮得呜呜的。见他大开着门坐在院里，邻居老王的二儿子王怀仁忍不住过来问他：

“干嘛呢？小五哥，不冷啊？”

“炒股呢！你看，今天的走势真好。全部飘红。又赚了。”

王怀仁盯着电脑看了看，又看了看小五：

“赚了多少啊？”

“涨了两块了，现在卖了刨了手续费净赚800元。”王怀仁把嘴往起撅了撅，没说出话来，眼神先飘了。小五也不看他，接着说：

“想炒吗？”

王怀仁摸着脖子犹豫又不甘心地说，不会炒啊，也没那么多钱。

“不炒怎么能会啊？这可比上班强多了。这么着吧，你先试试。来，你坐下。”“你先看看盘，然后把想买的股写在纸上，咱们先模拟一下。没事，只要你赚了，哥就兑现钱给你。”听他这么说，王怀仁有些坐不住了，不明白他到底是什么意思。小五用手按着王怀仁慢悠悠地说：

“我给你提供个平台，也就是地方，你看着电脑只要在纸上操作就行了，你压多少钱，我还给你翻一倍，算借给你。挣了是你的，赔了也是你的。当天结算。别担心，今天咱们就模拟炒，赚了是你的，赔了是我的。你出多少钱？”

见王怀仁还是犹豫着，小五咬了咬牙说，我先借给你200元。你选吧，选好了股，咱们算算看能买多少，一会儿收盘的时候看你的运气。

那天，小五帮王怀仁选了信联，收盘涨了0.8元。刨了200元的本金和手续费，赚了25.6元。小五从兜里掏出26元钱硬塞给了王怀仁。说，你看，你要是带着本金来再加我这200元，你今天就能赚50元，翻倍了。王怀仁推脱了半天不好意思地拿上钱，满脸放着光，带着操盘手特有的满足走了。小五知道有戏了。果然，第二天，还没到九点半开盘的时间。王怀仁就来了，还领了三个人过来。那几个人一进院就围着小五问这问那，当然问得最多的还是钱。小五是个聪明人，知道什么话该说，什么话不该说。他很肯定地说王怀仁昨天是赚了，不光王怀仁赚了，他自己买的股也赚了。但是，他的话锋一转，很慢地说：

“股市就是这样，有赚有赔，投得越多，风险越大，但赚得也就越多。一切还要看自己的运气和眼光了。”那几个人都信服地点点头。“在我这里，所有买的股票当日兑现。都是以当日最后的收盘价格为准。我们虽然是模拟操作，但钱是实打实的。你们拿的本金要先放在我这里。我会再借给你们和本金一样多的钱，也放在我这里。赚了，你们拿走赚的钱，赔了，你们要拿出赔的钱。我的本金不动。当然，你们也可以不和我借钱。”那几个人里有一个胖子忙说：

“要借的，怎么不借。”小五呵呵的笑了。说，好。好的。这儿还有写得很详细的一些规定，你们再看看。王怀仁看小五的眼神明显有些崇拜了。他没有看那些纸片上的东西，只是围着小五，让小五给他重新再选一个股。今天我可是带了钱过来的，小五哥。王怀仁说着就要往出拿钱。小五把他的手挡住了。说，别急，还是先看看那些条例吧，俗话说，亲兄弟明算账嘛。昨天，你都学会看盘了，还是自己买比较好。小五心里清楚，万事开头难。最难的还不是开头的那一下。最难的是开头要立的规矩，立了规矩还不算，还要真的能实行下去。要不也就是稀松拉场子，一拉一锅汤。看起来热闹，凉起来快。做什么事都得有个规矩，和钱打交道更需要有规矩。他怎么能随随便便的给别人建议呢？钱是人家的钱，主意就应该人家拿，赚了，赔了，都和他没关系。做金融最重要的就是要保持中立、维持好秩序。这个他是知道的。要不人们总夸他聪明呢！他的院子虽然小，规矩却不小。比起外面的股市不但一点儿也不逊色，甚至看起来还更合理、更符合人情。

短短一年时间，小五的院子里就增加了五台电脑。院子全部搭上了帆布顶棚。上面开两个天窗。一进院子就和进了屋里一样。为了计票方便，小五还特意买了一台收银机，所有客人要买的股票全部用编码打成小票。沪市和深市的分别是700和080打头，后面全是所买股票的代码，和股票交易所的完全一样。小院的墙上每天贴着各种最新的股市消息。小五分别订了《中国证券报》、《上海证券报》、《证券时报》和《证券市场周刊》，供人翻阅、参考。一句话，小五的公司是越来越正规了。只要是来这里的人，一进门就能感觉到浓厚的股市氛围。那种氛围很快就会让你跃跃欲试、欲罢不能。同时，小五的规定也新增加了许多。比如，交易一律要交手续费，这在一开始是没有的。手续费小五也收得很正规，和股市收的一样，分印花税和委托费两大块。印花税起点为5元，超过的按3‰加收。委托费一律5元。一般交易金额不大的一天只交10元就够了。这么一来，无论别人是赚是赔，小五都能从一个人身上稳赚10块钱。关于收手续费，小五说得很直接：

“你们直接去证券公司还得开户呢！没有两三万进账谁给你开户啊。开了户，买卖一下收交易费这是很正常的。你们可以看一下报，我收的和交易所收的完全是一样的。”小五说完，有的人附和着，有的人嘟囔了几句仍旧专心地看屏幕，根本顾不上计较这点儿小钱。来这里的人逐渐多了以后，小五也把他们分了几等。投钱超过20000的算大户，可以转成长线，当然最长也就是半个月。投钱过了5000的可以放宽期限到一星期。不管钱多钱少，只要来，你就能炒。但到了期限赔的超过35%必须补仓，不补就要马上卖掉。虽然，他这里走的只是纸上的账，却走得极其的规范。该兑现的钱，他一分不会少给。因为炒的都是现钱，所以也没有人会欠钱。遇着胡搅蛮缠的立刻会变成黑户，再不会让你进他的院子炒股。他不担心那些人来耍赖、捣乱，因为有的是人站出来为他说话。破坏了他的院子就是破坏了大家的赚钱计划。谁愿意呢！这中间也有税务局和工商局来查过，没等他出面，几个大户就出面解决了。说到底，他并没有做什么太违法的事。又不坑、又不骗、又不赌、又不嫖，往大了说也就是替人炒股罢了。小城市最不缺的就是熟人，互相给个脸面也就都过去了。小五现在干得顺风顺水的，什么都齐全了。要说唯一有些欠缺的就是没个人帮他打理这些票和人。不要以为这是件容易的事。没有精明的脑子还真干不了这活计。嘴既要甜还要严，不能什么都乱说。这个城市聪明人是多了，但太聪明的能给小五干这活吗？不能。就是肯干，小五能给得起那个钱吗？不能。所以，选来选去，小五还是觉得理发店的阿琴最合适。外乡人，总不会挣得太狠。明和她说，又怕她把价钱。不管怎么说，钱对于大多数人来说，永远是最重要的。既然重要，你就不能不去绕那个弯子，动那个心思，因为只有那样才能省了钱。

阿琴像往常一样开始殷勤地用嘴帮他吹脖根里的头发。一股一股的热风，一阵儿一阵儿的发痒，小五左右晃了一下脖子，努力集中自己的注意力。

“唉，剪了半天，怎么没短多少啊？”

“大哥，现在就流行这个，你看，多精神！比原来还要帅……”

小五笑了。真是会说话啊。还要帅……既不贬低你，又迅速地抬高了她。真是个聪明人。一说起聪明，小五首先想到的是自己。在这个问题上，他一点儿也不矫情，一是一，二是二，什么是什么。聪明就是聪明，又不是什么见不得人的事，还需要遮掩？每逢人夸他聪明，他总是边笑边点头，从来不会和你客套。他看重阿琴其中一个很大的原因就是因为她聪明。何况阿琴不止聪明，还有眼色，不仅有眼色还勤快。简直就是最理想的人选。

好几次，他的话都到嘴边了，又生硬地咽了回去。不行，时机还是不成熟。就是再缺人手，也要耐心地等。要等着她主动地说出来。有些事情，你主动了，赢的人就是你，但有些事，你主动了，反而就变得被动了。应该快了，他明白。在钱这个问题上没有人能熬得住。果然，阿琴说完客套话后，抬眼，瞟了一下店里的人，明显压低声音带着些怯意问：

"大哥，在你那里炒股票真的能赚到钱吗？"

"那我可不敢保证，不过，只要人聪明，能把握时机，赚钱就比说话还要快。隔壁的老王前天一下午就赚了300元。300元，你要理多少个头才能赚回来？"

"就是说话不太利索的那个老王？"

"说话不利索怕什么！赚钱利索就可以了。不过，话说回来，有赚也有赔的。一切要看你自己的运气了。"

阿琴咬着嘴唇，小脸绷着。血从脖子上一点儿一点儿溢到脸上。那种神情是小五所熟悉的。他知道阿琴想去试一试了。阿琴像所有初次博弈的人一样，血液里滚动着兴奋和紧张。这种时候，所有犹豫都变成了博弈前最后的涂脂抹粉，只能让博弈变得更加的刺激、荡漾。博弈的心一旦启航，就再没有什么能轻易的阻挡它。阿琴低着头想了一会儿说：

"200元能炒吗？"

"能，怎么不能？有我借给你的200元就成400元了么。能买不少呢！"

阿琴的脸上露出了很开朗的笑容。点着头，下着决心说，星期一我就去看看。

阿琴像所有第一次来这里的人一样，总希望小五能给她选一个股。小五只是笑着摇头。阿琴又问别人该怎么买，炒股的人倒是大都很热心。可说来说去，这个说万科好，那个说哈慈要长，说来说去弄得阿琴更不知道买哪个好了。一直到收盘也没有选好。收盘的时候是小院里最热闹的时候。每个人都拿着单子到小五这儿来领钱，刨了手续费，有的赚，有的赔，有的刚好拉平。赔了的，铆着劲，准备第二天再来。赚了的，一边介绍自己的经验，一边高兴地笑着。大家都变得很能说。阿琴还从来没有见过这种场面。院子里的每个人都像上了机油似的，运转得十分灵活。阿琴不由得下决心，明天，明天一定要买。

一个月下来，阿琴的200元很快变成了800元。理发店已经彻底不去了。她想过了，她要赚大钱，理发才能赚多少钱呢！和大家一样，她也开始变得能说了，讨论着分红，讨论着大盘走势和各种股的业绩。她知道了很多专业术语，学会了看股市的走势图。短短的时间居然也变得很专业了。小五看在眼里，喜在心上，知道自己没有看错人。这姑娘的确聪明。阿琴从800元赔到100元的时候，脸上再也挂不住了，几乎都有了哭的趋势。这个月，眼看着一百一百的到了自己手上，所以工作也辞了，就等着赚大钱。可现在，眼看着一百一百的又没了。就和变戏法似的。她每天看股市报，分析走向图，可钱还是哗哗地走了，比水流得还快。小五知道说话的时机到了。他什么都知道，人的表情都在脸上写着呢。在院子里，他就是个旁观者。任何戏里总是旁观的人更为清楚些。小五给阿琴换钱的时候对阿琴说，一会儿留一下。阿琴木然地点点头。等人哄哄地终于散了，收拾了桌子，小五才说：

“你过来坐吧。”

阿琴还是有些发木地走过来，一屁股坐下。脸上说不清是懊恼还是难过。几乎没费什么劲，阿琴就同意留在小五这儿了。小五说的也全都是实话。他说，炒股是要看运气的，运气来了，钞票挡都挡不住。可运气谁能把握得了呢？那些东西毕竟抓不住。

饭总还是要吃的，日子也总是要过的。有运气要过，没运气也要过啊。在他这儿，每个月给阿琴400元，管吃、管住，一年下来就四千多呢！等运气好转了再去炒也不迟啊。阿琴一直点着头，说了许多感激的话。小五又教了她许多规矩。什么不能帮顾客选股、不能给顾客提建设性意见啦，一切都要让顾客自己拿主意。那样才能少惹麻烦。赔得再多也是自己做的主，能怨谁去？阿琴还是点着头，她终于明白小五第一天为什么不帮她选股了。原来，不是客气，也不是谦虚，是为了少麻烦。

阿琴的确是个麻利的好姑娘。自从她留在小五的院子里，小院的气氛变得更融洽了。阿琴每天都大哥长、大哥短的叫着，既亲切又热乎，叫得每个人心里都软软的。轮到换钱，短个一毛两毛的都很痛快地就不要了。这在过去是绝对没有的事，因为一两毛钱小五常常要来回找半天。他不由得感叹，还是女人好说话啊。

小五算过了，去年一年他赚了二十多万。除了老婆红梅，谁也不知道他赚了这么多。连他自己都不相信能赚那么多。炒股每天都有人赚，但还是赔的更多些。因为都是纸上操作，所以他们赔了，那些钱自然就进了小五的钱包。再加上手续费，他一天最少也能赚200元。红梅第一次听他说一天就能赚200元，还以为自己听错了。小五晃着腿显得很自信，看着吧，老婆，回头我能给你挣个别墅回来。咱也阔一阔。自从院里有了阿琴，小五终于腾出了身子，脑子又开始转悠了。小五脑子里想的没有别的，无非还是赚钱。但不是去股市赚钱。开这个摊子本来是想多集中些钱炒股。但一年下来，在院子里看了太多的人炒股，他的心彻底的凉了。觉得炒股还是太冒险。谁都以为自己是赚了，可细算下来还是赔了。这里面的账他最清楚了。他不会让自己再去冒那个险。他要稳扎稳打地赚钱，要看着钱一个不落地顺利滚进他的钱袋里。最近来的人明显又多了，院子自然就显得有些小了。他想好了，他要在父亲那儿也开一个“冲销公司”。一切都好弄，只要买几台电脑把人拉过去就行了，操作流程还和自己的院子一样。

本来什么都想好了，谁知道老婆却死活不同意。真是奇怪啊，红梅一向就是个不主事的人，这是怎么了？红梅的理由是，不放心阿琴一个人在这儿管账。小五说，那就你管好了。红梅白了他一眼说，你明知道我不会那些。说来说去，就是不放心阿琴。小五想着办法说服老婆相信阿琴。红梅有些酸酸地说，就你放心她。真不知道你和她是什么关系，那么放心她。小五终于听出了症结所在，呵呵地笑了，搂过老婆说，能是什么关系，这几个月你不是都看见了吗？红梅说，她过去是理发的吧。小五点点头。红梅不说话了。小五有些急了：

“理发怎么了，我和你说过的。你不记得啦？”红梅哼了一声扭过身去，还是不说话。小五晃着红梅，把她的肩膀扳过来才发现红梅哭了。这下，他更是有些莫名其妙了。

“你说啊，怎么了到底？”

“还说呢！以为我不知道，她们都和我说了，现在理发的都干些不正经的勾当。就是陪人睡觉。要不你怎么会把她弄回来，还那么相信她？”

“哪里啊，谁说的这是？我找她回来是因为她聪明、机灵。”

“你怎么知道她聪明，还说你们关系不近？”

小五有些回答不了了，自己发现阿琴聪明确实不是能一五一十摆到桌子上说清楚的事，也就是一种感觉。是从阿琴说话的腔调，从阿琴吹他脖子那股体贴劲，从阿琴的眼神里得出的结论。这能摆到桌面上吗？但他真的就是图她聪明。红梅见他不说话，又背过了身子。红梅并不是厉害的女人，其实也就是依赖他，依赖惯了。他懂。女人隔几天总是要闹的，哄哄也就好了。他又去拉红梅的肩，阿琴在门外叫：

“小五哥，吃饭吧。不早了，电脑该往院子里搬了。”他看了看表，光顾说话果真是不早了。赶忙答应着，拍了拍红梅的背，出去了。

红梅看着他的背影，心里不由得一阵儿发冷。看来她们说的话没错。小五居然这么听她的话。那个阿琴长得虽然算不上漂亮，可说话总是软软的有股狐媚劲儿。整天大哥大哥叫着，把人的魂都快叫没了。想起昨天回来，阿琴在那些男人堆里一边转悠，一边还和他们打情骂俏，心里就老大的不痛快。生气生着，就好像看见小五变成了那些男人的样子，笑得有些猥琐起来。幼儿园好几个男老师都在他们院里炒股。最近老和她说，那个阿琴真是好啊，又聪明，又贴心，他们用了个好帮手。见男老师走了，有几个上了年纪的女老师撇撇嘴说，男人啊，哪有个好东西，就喜欢狐狸精。你紧盯着还出事呢，再不盯着些连位置也被人抢去了。后来又说起邻居家的男人勾搭保姆，女人的眼睛全都放着光。说了一会儿还不忘记绕回到红梅身上来。小一班的老师抿着嘴，好像要压着什么似的，最后还是忍不住说了，我们家老郑说，阿琴以前是理发店的，就是城管局北边拐角那家。现在理发的，嗨……说着摇了摇头。另外几个也接着说，就是，理发的还不就是干那个的嘛。男人啊，真是没法说。红梅没有说话，但脸色已经很难看了。

阿琴见红梅出来，叫了声，红梅姐，吃饭吧。红梅眼皮也没有抬直接出了门。

阿琴自从留下来，就一直给他们做早餐。她出来的时候，娘除了要她注意身体、注意坏人，还告诉她，勤快是最重要的。没有人不喜欢勤快，只有勤快了才能有饭吃。她记得娘说的话，一直都勤快着。在理发店，不管是不是她值日，总是要把手头所有的毛巾全洗了才回去睡。因为勤快，她的人缘一直都很好。阿琴除了偶尔想家的时候愁闷些，平时，总是笑嘻嘻的，笑的眼睛弯得不能再弯。

小五也看见红梅黑着脸出去，想叫住说两句话，又怕在门口说话不方便，也就任由红梅那么生气地走了。阿琴还是一脸甜甜的笑：

“小五哥，你和红梅姐吵架了？”

小五愣了一下，摇摇头。明显不太想说话。阿琴一面搬桌子一面笑着继续和他说这说那。她就像个鸟儿，不管小五是什么态度，只是一股脑儿地扑扇着翅膀，飞过来，飞过去。小五终于被逗乐了。他还是第一次被女人这么哄着。以往都是他哄别人，哄着父亲、哄着红梅、哄着孩子。哄完了一家人，偶尔才自己哄哄自己。现在，猛地被一个年轻女人这么甜丝丝地一哄，他觉得自己被重视了，而且还是在自己的小院里。一切就变得有些微妙起来。渐渐地，就有些模糊了边界。再看院子里陆续挤满的人，小五仿佛置身独立王国一样。那些忙碌着的人都变成了他的臣民，他统领着他们、恩赐着他们、调控着他们的喜怒哀乐。他就是至高无上的国王。太阳光透过窗户斜斜地卧在他身上，他眯起了眼睛，变得有些慵懒了。那天傍晚结算的时候，他对阿琴说，今天多给你发100元奖金，回头去买件衣服吧。阿琴听了这话都快跳起来了：

“真的，那可太好了，小五哥，你可真好。我可拿了啊。”拿完钱又跳到小五面前一个劲儿地笑着。小五看见她傻笑的样子，自己也忍不住笑了起来。这一幕刚好被进门的红梅看见。小五的笑嘎地一声，赶紧断了，阿琴比小五慢了半拍，也止住了笑，都望着红梅。没等小五开口，阿琴先说话了，声音掩饰不住的高兴：

“红梅姐，回来了？我去给你倒水吧！”说着就往屋里走。

红梅见阿琴进去了，冲着小五狠狠瞪了一眼也进了屋。小五紧跟在红梅屁股后面，用手拉了拉红梅的衣服，红梅晃了一下肩膀甩开了。回到卧室，小五一探身搂住了红梅，准备像平时一样，靠亲热来解决矛盾。没等他把脸贴上去，红梅不知哪儿来那么大的劲，一下子就把他给甩脱了。拿起衣架上的衣服头也不回地往外就走。小五本来被甩得趔趄了一下，脚还没完全站稳，但胳膊已经赶过去拦红梅了。红梅还是那样，毫不犹豫地甩开小五，嘎噔嘎噔踩着高跟鞋出去了。听着院子的门咣当响了一声，小五鼻子里哼了一声，反倒笑了。又来这一套，他发现女人永远是爱跑的，不管婚前还是婚后，有个长长短短的总是要以跑来解决问题，好像跑步能消解矛盾似的。好在，红梅从来不往岳父那里跑，只是在她的好朋友家住一住，吓一吓他。哎，女人啊，就是爱折腾。小五拿过床头的电话，一打果然红梅已经关机了。他摇了摇头，又打通红梅好朋友张欣爱的电话，态度中肯地嘱咐了半天，无非是让她好好陪陪红梅，好好去吃吃饭买买东西，他出钱之类的话。女人嘛，总是要哄的。他现在又不是没有这个实力。一想到“实力”这两个金碧辉煌的字，他不由得挺了挺腰。阿琴看见他从卧室出来，有些无辜地眨了眨眼睛。显然，她也看出红梅生气了。小五很镇定地笑了笑说：

“哎，晚上吃什么啊？”

阿琴看见他笑，提着的心一下子就放宽了。把脸凑到他跟前问：

“小五哥，红梅姐生你的气了吧？”小五咧开嘴，干笑了一声说：

“快做你的饭吧。瞎操什么心？”

因为忙，女儿最近一直住在岳父家。少了女儿在他腿边绕来绕去，一静下来就总觉得有些空落落的。今天又少了红梅，院子都显得有些空旷了。吃了晚饭他和阿琴在院子里坐着。开始有一句没一句地闲聊。阿琴说起了家乡，说起了她的理想。她说，自己要挣很多钱，回去盖个楼让妈妈爸爸住着。说起盖楼，阿琴的眼睛变得亮亮的。就盖那种三层的小楼，我爸妈、弟弟、阿婆都住进来。小五不由得笑了，说，你知道盖楼要多少钱吗？你一个女的怎么老想着盖楼啊，那是男人干的事。你啊，应该想想怎么嫁人。听他这么说，阿琴很认真地说，想过啊，怎么没想过，我找小五哥这样的。说完这句话，两个人都愣了一下。阿琴赶紧解释说，我和妈妈说起过你，妈说，让我以后也找一个像你这么能干又善良的男人。我们那儿很多女人出来都挣了大钱，回去盖了楼。你不知道那楼盖得有多好、多敞亮。小五笑了，心里被阿琴的夸奖抹得光滑、顺溜了许多。红梅说得对，阿琴笑起来眼睛弯弯的，还真是有些妩媚的样子。见小五盯着自己看，阿琴反倒低下了头。一时间两个人都没话了。小五仍旧留恋着刚才的气氛，眼里、心里都美美的。还是阿琴打破了尴尬，她突然提出要给小五理发。

“你有工具吗？”

“有啊，怎么没有？一整套呢！学徒的时候就买了。”

理发么，总是要在脑袋上摸老摸去的。虽然过去常常让阿琴理发，但今天在自己家里理，被阿琴这么温柔地伺弄着，小五心里还是回荡出了和平日完全不一样的鼓点。他使劲地吸了口气。那是女孩儿特有的柔软、芳香的味道。这种久违的香气让他的心神不由得一荡。理完发，阿琴还是像过去一样，用嘴吹着小五脖子里的头发。一阵儿麻痒，小五使劲闭上了眼睛。见他闭眼，阿琴又赶紧往他眼睛上吹，一面吹一面用手往下掸着头发。正吹着，手突然被小五抓住了。不光手，小五的眼睛也直直的、热热的看着她。阿琴有些慌了，很紧张地问，怎么了小五哥？他听见阿琴说话，愣了一下，赶忙松开了手，说，哦，没事，别吹了，我自己去冲一下就好了。阿琴没有再接话，低着头开始收拾工具。小五又在凳子上坐了几分钟，才起身去了卫生间。当水热热的冲下来，小五看着发涨的身体，心情却渐渐地平静了。乱想什么呢？就是真的搞刺激也不能在家门口搞啊。刚才阿琴还说想盖楼呢！自己难道真要给她盖栋楼？他这么聪明的人要盖也是给自己盖，怎么能给别人盖呢？小五使劲搓了搓脸，彻底清醒了。脑子里是想好了，可躺在床上，身体还是有些跃跃欲试。看来，明天一定要去找红梅了。

阿琴躺在床上，抿着嘴看着房顶一会儿就很突兀地笑一下。摸摸自己的手，心又咚咚地狂跳起来。刚才小五哥看自己的眼神那么使劲，就好像用了双臂去看一样。她还是第一次被一个男人这么抓着手。笑了一会儿，又摇了摇头。要是没有红梅姐就好了，那样……只是想想，都让她立刻羞愧起来。这是怎么了？真是不要脸。她才不是那种女人呢！她要靠自己的手和机灵赚很多钱。然后再找个小五哥那样的男人，一想到小五脑子有些停不下来，整夜就那么瞎转着。

第二天，小五早早就起来了。看见阿琴，和平时一样笑了笑，没有任何的异常。倒是阿琴显得拘谨了很多，话也明显变少了。上午开盘后，小五好几次都发现阿琴在偷偷看他。之所以说是偷偷的，是因为只要小五顺着阿琴的视线看过去，阿琴立刻就躲了。这么一来二去的，小五有些不踏实了。难道阿琴真的喜欢自己？现在想到这些，已经没有了昨晚的兴奋，有的只是担忧。想了一上午，他觉得一定要趁红梅还没回来，把这些事压下去。要不日子还怎么过下去。等收了盘，小五漫不经心却又似乎郑重地和阿琴说：

“昨天的理发钱忘了给你了。你从里面拿五十吧。”阿琴咬着嘴唇半天没吭声。见她不说话，小五又嘿嘿地笑了几声说：

“阿琴，以后攒够了钱也别炒股了，不保险。听哥的话，到时候开个理发店吧。要是不够，大哥借给你些。”这话说出来立刻就显得很体己了。阿琴有些感动地抬起头看了小五一眼。小五又说：

“阿琴啊，女人还是说嫁的。干得好，不如嫁得好。让你红梅姐好好给你留意一下，有合适的就见一见。你说呢？”

阿琴还是抿着嘴，点了点头。心里有些感激但又有些没意思，好像昨天到今天自己是单相思似的。小五见她点头了，才缓缓地把心放了下去。

几乎没费什么工夫，小五就把红梅哄好了。天还亮着，两个人就躺下了。红梅一开始还被动亲热着，到后来，渐渐开始迎合着小五。因为好久没有做，两个人都显得有些激动，毕竟家里还有个阿琴呢，所以都尽量压着声音。一切似乎在无形中变得刺激起来，越是压着，就越觉得压不住。最后，小五摸着红梅，咬着她的肩膀垮了下来。红梅的一腔怨气也随着高潮的来临终于消解了。女人只要顺了那口气，也就什么都顺了。想想小五说得也对，要是真有事，哪还会带到家里来。早藏起来了。再想想阿琴看小五的眼神的确是没有什么。说话软，南方人说话还不都那样，咬得舌尖都快要断了。这么一往开了想，就觉得阿琴和男人说话也并不算打情骂俏，只是说笑而已。对炒股的人总不能老拉着个脸吧。无论什么事都要看你怎么想了。往开了想，有山有水有风景，谁都会高兴。往窄了想，走来走去只能碰个死胡同。红梅的性格不止单纯，其实也算开朗。事情过了也就过去了，和阿琴说说笑笑的和往常没什么两样。女人高兴了，小五也就高兴了。坐下来又想着该买什么电脑，该往哪儿扯网线。和父亲也说了，父亲没有反对，只是一直问他会不会出事。父亲本来就是个本分的人，六年前，母亲去世后，父亲变得越发胆小了。见了面总是唠叨他要小心这小心那，就好像他还是个孩子似的。这回也一样，父亲总是不断地问他，不会出事吧？搞得他很烦。但又不能发火。只能不断重复，能有什么事呢？不会有事的。

就在他忙着装网线的几天，股市突然下跌了。不是平时那种跌跌涨涨，是一路的下滑下去。最高的一天一下子跌了5个百分点。这可是他炒股以来，从来没有过的事。他这里买长线的那几个人已经都套住了，买短线的赔了三四天后就都观望着不肯再买。每天院子还是人哄哄的，并不比往日少。但没有买股的人。眼看着点数像油一样的往下滑，那几个做长线的人急了。卖又有些舍不得。两万算下来要赔五六千呢！不卖眼看着就快跌没了。小五也急。因为以他的聪明，本来就没有什么事不在他预料中的。可这次，他也完全傻眼了。每天只能盯着屏幕看着线往下一弯再弯。十几天过去，股市还是没有任何起色。院里来的人越来越少了。就是来了也只是看一看。没有人买股，没有事做，阿琴每天坐在那儿常常要发半天呆。没有出手的那几个长线股民，小五也不再催他们卖股，就那么耗着。不是不想催。那三个人，每天来他这儿，一句话也不说只是盯着屏幕看，中午连饭也不吃。小五知道来他这儿的所谓大户和买小单子的散户一样，都是挣死工资的，拼了劲拿出那两万块并不是容易的事。现在眼看着要没了，换了谁都要着急。耗来耗去，还是小五让步了。说实话，他也怕了。他们的眼睛已经血红了，就跟要吃人似的。再撑下去，恐怕就真的要出事了。最后小五只要了他们手续费，钱一分不少的退了回去。两个月后，院子里终于什么人也不来了，只有小五偶尔坐在那儿发会儿呆。阿琴又去一个新理发店，是红梅主动给介绍的。两个女人在股市大跌的时候，友谊居然空前高涨起来。

周末，小五又在那儿盘算着。想了一会儿，问红梅：

“你说叫雀友好呢？还是客来好呢？”红梅没有说话，她一看见小五晃脑袋，就想笑。不知道他的脑子里又往出蹦什么东西。

不久，小五的院子外面又挂起了牌子：“雀友棋牌室”。

几年后，他制造的那个简陋的交易所，在人们的眼里，俨然是神话，是奇迹，是历史了。偶尔，只是偶尔，也会看见人们怀着高深莫测的笑走过来，拍拍小五的肩，说，小五，和理发师的事怎么样了？昨天你的棋牌室又交了多少罚款啊？不过，这些都是后话了。

深白或浅色

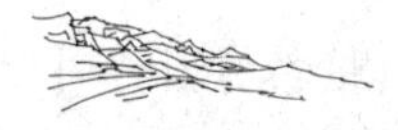

1

带赵峰走的那几个人，说话极客气。说明前因后果，最后还用了“请”字。说：

“请和我们走一趟。”

话虽然这么说，但赵峰明白，“请”是怎么个意思。就像平常人和人之间走过场一样。人家说，常来玩，在家吃吧，别走了。你信以为真，一屁股坐下去，真的不走了，恐怕先前的客气、谦让，就变成恶脸了。人家那么一说，也就是说一说，客气一下。是等着你说，不了，不吃了。这样多好，人家就还会和你客气一番。所以听他们那么一说，赵峰马上站起来配合地说：

“行，行。”为了表明态度赵峰立刻去穿鞋，换衣服，然后又看了一下那几个人说：

“我和我老婆说一声吧，怕她找不着我到处乱找，父母都年纪大了，也都有病。”

“行，就告诉一声吧，要快。”

在车上，赵峰又给他们递了几次烟，自己也点着吸着。之后，就没有谁再说过一句话。一种无形的压力覆盖了下来。一层一层，像穿衣服一样，严严实实地穿在赵峰身上。最后，还扣上了扣子。

第一次问话，进行了两三个钟头。一小时后，赵峰已经不像开始的时候那么紧张了，审讯的空闲还环顾了一下屋子。看见了屋顶上的石膏吊顶，上面趴着好几个小天使，忽闪着翅膀，身上的灰尘落得很匀，无形中强调了轮廓，反而让那几个小东西显得有些生动起来。胖胖的身子还有屁股和儿子的一样。想到这儿，赵峰的嘴角往上提了提，但没笑出来，他面前的那个人还等着他说话呢。那个人的提问每句都很短，总是三个字、三个字地往出蹦。说话也还算随和，但语气里却含着某种焦躁的东西。所以赵峰虽然并没有说多少话，还是觉得喉咙干干的，像要喷出火来。赵峰只回答了叫什么名字、性别之类的问题。这种问题就是填工资表也是要填的，所以赵峰回答得很干脆，也很详细。连本科是后来才上的，也讲得清清楚楚。除此之外，别的问题，就一直摇着头说不知道。审讯他的那个人倒也不急，从这个方向问不通，就又换个方向，像分解数学的证明题一样，不断地求证，不厌其烦，到后来实在问不着什么了，又看了看表才合上本子，边往起站边说：

“你再好好想想，想起什么了立刻报告，一会儿我再问你。”

出了审讯室，赵峰被人带到另一个屋子里。屋子里靠墙摆着一张床，床旁边还有一张桌子，但桌子上空空的，什么也没有。赵峰听着关门的声音，又听见有钥匙在外面搅动的声音，知道门已经反锁了，倒像是放心一样，一下子躺到了床上。这一躺才发现床上也没铺什么东西，估计就是一个单子之类的。虽然觉着硌，也还是躺着没动。看着天花板，想着一连串的事情。也许太急于要理出个头绪，一下子反而有些蒙了。乱乱的什么都往跟前跑，还没有刚才在审讯室时明白。又想着他出门时小青呆呆的样子，就知道她一定吓着了，也不知道小青给三儿打电话了没有。三儿的女朋友里有个人的爸爸是检察院的，他留心了，但小青肯定不知道。后悔刚才走的时候没和她说清楚一些。如果打电话给三儿，现在应该能把他弄出去了。老这么问下去也不是个事。想摸手机看表，才想起手机已经没收了。这么一想就不由得又心慌起来。连手机都收了，恐怕就不会是简单的问一问那么简单了。也不知道他们都掌握了些什么，还是想从他这儿找证据，找突破口。想着刚才那个人的问话，对医院的情况应该还是很了解的，但为什么从他开始问呢？说明还是不太清楚吧，他总不能自己主动的就把张院长说出来。何况张院长也是为大家好。没有张院长，大家哪会有那么多奖金可拿。别没什么事，再让自己给说出什么事来。所谓言多必失啊。尤其来了这种地方，能少说还是少说为好。正想着，门开了，又有人叫赵峰出去。

赵峰熟门熟路的又到了审讯室，坐下，低着头，等着人来问他。有人却拍了拍他的肩膀，一抬头原来是郭队长，以前看病时认识的。他也点了一下头，但大家都没有准备握手。虽然男人之间见面握手，就和渴了喝水一样习以为常，但在这种场合，这种举动却极有可能被曲解成别的意思。为了避免麻烦，他们两个都彼此心照不宣地避开了这一礼节。点过头之后，郭队长居然坐在了他的对面。到底是熟人，还没问话就先给他点了一支烟。赵峰也觉得自己仿佛轻松些了似的。他们甚至聊了些家常，彼此的家人、工作都问候了一遍才入正题。郭队长还是称呼他赵大夫，这让赵峰多少有些错觉，不像在检察院被询问，而是在医院里被人咨询。感觉一变，态度也就跟着变了。两个人虽然不至于你一句、我一句热火朝天的谈，但气氛明显变了。郭队长显得推心置腹，和他说：

“赵大夫，咱们都不小了，经不起折腾了。每天忙来忙去图什么呀，还不是为了老婆孩子。”

“是啊。”赵峰几乎叹气似的说。

“你是实在人，我知道，医院的事又不是你做主，和我一样，咱都不是能管事的人，好事、坏事都轮不到咱们头上。”

赵峰点了点头。郭队长又继续说下去：

“本来也就没什么事，你说清楚了，也就回去了。何苦让老婆孩子在那儿担心。”郭队长边说边侧着眼扫了赵峰一下，见赵峰没吭声又说：

“你又不是主要负责人，说得严重点也就是经办人。可能连经办人也算不上。何苦为了别人在那儿撑呢？我们这么熟，我还会害你吗？真的没必要。赵大夫，你说了，就没你什么事了。现在已经是早上五点了——已经一个晚上了。说明白了，回去还能赶上上班呢，这本来又不是个事儿。”

说着又踱到赵峰身边，拍着赵峰的肩膀。赵峰也还是勉强地笑了笑。正琢磨着郭队长的话，想着自己该怎么说，郭队长却合上本子让他先回去考虑。临出门又笑着拍了他一下。

赵峰又回到了那张床上，肩膀被郭队长拍得有些胀胀的。想着郭队长的话倒也有几分道理，但不知道为什么总觉得空落落的，没底。

郭队长从审讯室出来就给三儿打了电话说没事之类的话。说可能，要等上午才能出来，说还是有一些问题。三儿连声说着谢谢。挂了电话，郭队长的脸居然爬上一丝不易察觉的笑。

天色已经放亮了。

吃过早饭，赵峰又被叫进去问话，这次又换了一个人问。赵峰仍是什么也没有说。这个人显然没有什么耐心，看着赵峰不理睬，他就拍了好几次桌子。让赵峰抬头，赵峰像是已经适应了环境似的，两眼一片茫然，不惊不乍地看着桌子后面的那个人。这让那个人多少有些泄气。后来再问话的时候又变成了昨晚最初审讯他的那个人。白天看那个人的脸，显得比晚上还要白净，连皱纹也布置得很细碎，仿佛经过刻意的排列，然后均匀地抹在脸上一样，不多不少刚刚好，就是他这个年纪该有的皱纹。他还是像昨天一样从不同的方向一刻不停地问着赵峰。话语简洁，但缜密。对于赵峰的态度，看起来倒也不十分介意。仍是自顾自地找步骤求证。到最后仍和昨天一样，合上本子，话也说得和昨天一样。赵峰也不断地点着头，表示着态度。没有表也不知道时间，赵峰只能在那儿估摸。一夜没睡觉，躺在床上却连一点儿睡意也没有。那种无形的压力还是紧紧地把他箍在那儿。他的脑子来来回回的把那些问题翻过来倒过去的过了无数遍，也没有得出一个所谓正确的答案。他真想找个人商量啊。哪怕不说话就坐那儿听他说也行，然后，该点头的时候点点头，或者就只是递一个肯定的眼神。现在，只有他一个人，总觉得下不了决心。虽然一直都什么也没有说，但心里却七上八下的，不再像一开始那么沉得住气。已经一天一夜了。以前听说传讯都不会超过24小时的，除非有了结论转为刑事拘留，但也不知道以前听说的是否就准确。现在，赵峰对于一切的想法都越来越怀疑，但又不能肯定这种怀疑。所以，心里就越发糊涂起来。问话的时候尽管难熬，也还至少有个人在说话。他的脑子反而可以停下来，听别人说，暂时也省去许多思考，或者说至少有个思考的方向。像这样一个人关在屋子里，虽然躺在床上，脑子却是想停也停不下来，但又不能肯定的朝正确的方向大踏步前进。朝前几步再退后几步，脑子转得都有些疲乏了。周围静得连声音也没有。赵峰甚至有种错觉，觉得这像一个梦。只有做梦才会这样理不出头绪。现实中的赵峰从来都能把一切理得顺顺的，不会出一点儿差错。这究竟是怎么了？正瞎想着又听见有人叫他，赵峰条件反射似的，一下子就站直了。

2

那天晚上九点多的时候，小青像平时一样正在卫生间给儿子洗澡。听见外面有说话的声音，还以为是隔壁的邻居就没多理会。后来赵峰进了卫生间，低低地在小青耳朵边说，检察院让我去一趟，记着给三儿打电话。说话的时候眼睛一直紧张地注视着门口。之后也不问小青是否听明白，就匆匆地和那几个人出了门。小青像个木桩子一样立在门口半天才回过神，赶紧给三儿拨电话。她的手却不听使唤地抖个不停，说话也磕磕巴巴的，说了半天，才算是把意思大致说明白。挂了电话，一屁股坐在沙发里的小青脑子像卡进沙子一样，运转得不再那么顺畅。儿子好像也感觉到了什么，没有像平常一样见不着小青就大喊大叫；而是光着小屁股，湿淋淋地跑了出来，站在小青跟前反复的盯着小青的脸看。小青一声不吭地给儿子擦身子，穿背心，又抱上床，扑了痱子粉，拍着儿子哄他睡觉。拍了半天，看见儿子还瞪着眼睛咕噜噜地乱转，小青火了，用力拍了两下儿子的屁股，儿子的嘴往下撇了撇，但没哭出声，小青把脸扭过去没看他，继续拍，儿子又撇了撇嘴，看着没人理，没意思地闭上了眼睛，睫毛上湿漉漉的。不一会儿小身体就有了均匀的起伏。

那一夜小青几乎没睡。除了进卧室给儿子盖了几次蹬开的被子，就是在客厅的沙发里傻坐着。有时也走过来、走过去，但完全不能思考。硌在脑子里的沙子，脑子一转，就咯吱咯吱地响，还磨得疼，后来索性不想了。那天发生的事，实在是超出了小青的想象。而且来得那么突然，之前连一丝预兆都没有。白天的太阳好得连每一片云都照亮了，还刮着微风。下了班，小青还和孩子去广场上玩了木马，临进家门的时候甚至还和赵峰打着趣，使着小性子。怎么突然就出事了呢？也难怪小青会发懵。小青一向是个脑筋简单的人，年龄一岁一岁涨上去，心智却在某处停滞不前。她天生就是个散漫的人，对于未来也没有什么宏伟目标。别人一天到晚拼得你死我活，往上奋斗时，她还是自顾自地悠哉游哉。好像她的路根本就挂在脚边，抬脚就上去了。和她同龄的人，出国的出国，进修的进修，眼看都活得风风火火的，她却还是看风景似的慢着性子走。上天对她倒也算是格外照顾，三十五六的人了还是白白细细的。她常说的一句话，天塌下来还有高个儿顶着呢！再不成还有赵峰顶着呢！不管别人怎么看她，她自己还把自己当个孩子看。谁能想到，天还好好的撑在那儿，赵峰倒先趴下了。快天明的时候，小青去浴室冲了澡。她用手抹开镜子上的水汽，看着镜子里的人，脸还是白白的，眼睛像平常一样细长，却没有像往日一样插入眉梢，往下耷拉着快和耳朵齐平了。眼圈也黑着，小青按了按，居然能按出坑来。女人，到底是爱美的。看了镜子里的脸，小青的沮丧更加重了。撇了撇嘴，还要继续看时，门铃响了。

来的是三儿，小青的弟弟。昨天接了姐姐的电话，就一直忙着找人往出保姐夫，也是一宿没睡。一进门就问小青：

“没发短信吧？电话呢？有没有人接？”

“没发短信，打了几次都没人接电话，可也没关机。到底怎么回事儿啊？”小青的眼睛越发的往下耷拉了。

“给我口水。”三儿拿了杯子一口气喝完了，才说：

“姐，你就一点都不知道啊，昨天晚上一块儿进去三个呢！姐夫他们医院的那个副院长和药检科的马科长全都进去了。”

“怎么会扯上你姐夫呢？到底什么事啊？”

“姐夫真是的，这事，早就在医院嚷嚷开了，姐夫也不和家里说一声。昨天，我找陈儿她爸爸一说，她爸说这事早就调查开了。都两个多月了。有人告他们副院长多贪了药品的回扣。马科长和姐夫都是经手人，当然要查。不过，没事，陈儿她爸已经给区检察长打了电话了。上午可能姐夫就放回来了——哎，冬冬，你站在那儿干嘛？”

小青一回头，看见儿子正站在卧室门口，一动不动，辘轳着眼睛。就过去拍了一下儿子的屁股说，快穿衣服，去幼儿园该迟到了。儿子出乎意料的听话，穿了衣服，自己去上了厕所，又乖乖地坐在桌子那儿吃了面包，临走还拍了拍舅舅的脸。看着弟弟一脸的疲惫，小青柔声地说：

“三儿，你睡会儿吧。我去送了冬冬，回来给你买点儿吃的。”三儿看着姐姐点点头，又伸手去逗冬冬。冬冬咯咯笑着往外跑，出了门又扭头来看三儿；三儿使劲地呲了一下牙，冬冬也迅速回了一个鬼脸，门“啪”的一声关上了。三儿把腿往茶几上一搭，打开电视，又给自己点上烟。划火柴的时候还眯着眼睛吸了吸那股硫磺味儿。三儿就喜欢这股硫磺味儿。三儿常和人说，抽烟其实抽什么呀，就抽那股味儿。用火柴一划，“噗”一声，先用鼻子吸一股火柴的味儿，再点着烟，深点儿吸一口然后“噗”出来，就那头一口烟最有味儿。说话的时候还总做出一副很享受的样子。所以，三儿从来不用别人点烟，说别人点就没味儿了。当然也从来不用打火机点。三儿有着和小青一样散漫的性格，连长相也相似，都有一双细长的眼睛，白净的脸。这样的脸放在女人脸上也就是秀气、端庄而已，实在说不上美艳。但放在男人脸上就完全不同了。再加上三儿一米八四的个子，走在哪里，都是引人注目的焦点。一样是散漫，放在三儿身上就不觉地带出了几分儒雅的味道。仿佛不是他不上进，而是参悟了人生一样。事实是怎样反倒并不重要了。所以三儿这样的人不但女人见了有好感，连男人们也都把他当作自己的好兄弟。简直应了那句话：老少皆宜。三儿自己对这一切当然不会不知道。他的出现、他的说话，包括他的神情能引起怎样反映，恐怕他也是了熟于心的。大约在世上，就是会有这样一类人，天生就具备这样一种本领。无论往哪里一站，能波及的地方，都像磁场一样，会迷惑周围的人，误以为他做的一切都是对的、是应该的、是恰到好处的。别人精心准备、费尽心思都未必达到的效果，他只是自然的一出现就达到了。也因为具有这样的特质，这一类人对机遇多半不屑一顾，以为那是应有的、唾手可得的东西；所以，也就少有功成名就的例子。三儿恰好就站在了这一类人中。陈儿是一直追着三儿的女孩中的一个。因为爸爸是检察院的副院长，所以虽然长相平平，也还一直在和那些围在三儿周围的漂亮女人耗着，三儿的态度自己以为是很坚决的，但不知为什么传递到陈儿那里就让陈儿觉得还是有希望的，甚至是有无限的希望。

到了中午，小青还是没等到赵峰。弟弟来电话说，可能下午才能回来。经过十几个小时的沉淀，小青的脑子已经能思考问题了，许多想法开始成群结队地站在脑子那儿寻找出口。小青在脑子里设想了无数的可能，其中有许多电影的画面也被反复搜索过。小青担心赵峰会被打、被拷问或者干脆不让吃、不让睡。种种严刑逼问都想过了，自己就不由得想哭。赵峰平日里的好处也一一都想了起来。觉得自己又像八年前刚结婚那会儿一样强烈地想让赵峰再抱着自己，摸赵峰的脸。两个人就那么抱着。结婚八年本来以为一切都淡了，热恋时那股黏糊劲也早就烟消云散了。只是每天上班、下班、吃饭、管孩子和没完没了的吵嘴。可现在小青觉得自己真的爱赵峰，除了他谁也不要，只想让他抱着。最后小青倒在沙发里大哭了一阵子。后来又想着自己的种种任性，觉着对不住赵峰。小青就反复这么想着，越想就越担心赵峰，想着能见一面，于是给三儿打了电话：

“三儿，能托人让姐见他一面吗？”

“哪儿能见啊，能见倒放出来了。别瞎想了，啊，睡会儿吧，下午没准儿就出来了。我一会儿再联系——对了，姐，别用电话打了，用我给你买的卡打。别在电话里说了，挂了啊——”

听着电话里“嘟——嘟——”的声音，小青像陷在棉花里一样找不到任何支点，那种没着没落的感觉让她更加难受。于是从包里拿出弟弟上午给的卡安在手机上，又拨了电话：

“三儿，你找的人行不行啊？都一天一夜了。”

“行啊，怎么不行，都是一把手。姐，和你说你也不懂，别瞎想了，快睡吧，啊，没事儿，该找的都找了，别想了，啊——”

小青在电话里失声哭了起来，三儿越劝越哭，最后三儿挂了电话，只能跑了过来。小青的眼睛已经像两个樱桃一样又红又肿，头发散着，一下子仿佛老了十岁。三儿一边抽烟一边给姐姐递纸巾。小青渐渐平静下来。

“姐，你别垮下去，行吗？这还没怎么着呢，你倒成这样了。”三儿说话的时候眼睛也像姐姐一样有了耷拉的趋势。

“托的人没问题。没和你细说，陈儿她爸爸直接给区检察长打的电话。那个人姓常，以前和陈儿爸爸一起下过乡，熟得很。那个区长又给审我姐夫的郭队长打过招呼。郭队长这会儿就在那儿审姐夫他们呢。你说这能有问题吗？姐夫只要不说就什么事也没有。里面有咱们的人，他审姐夫，那也就是走个程序。我都和他通过电话了，三个人呢，总不能先放姐夫出来吧，那不是明显的给别人抓把柄嘛。陈儿她爸说了，要是一个人的话早就放出来了，但这是三个人啊。姐——你就别瞎想了，那是检察院，不是公安局。姐夫在里面该吃，吃；该睡，睡。没事。你先看看家里的东西吧，该转移的赶紧放妈那儿，还有存折，先取了吧。”三儿说完，又看着小青，等着小青说话，小青还是一副要哭的样子：

“你不是说没事吗？干什么还要取存款啊，还是有事是不是？”

“姐，怎么说不明白呢你，姐夫当然有事，没事能传他进去吗？咱们现在找人是保他出来，这事还没完呢，做什么都是讲证据的。你当然要把那些证据之类的转移走了。难道还等着检察院的人来搜啊——你没看过电视里头，一搜想赖也赖不了。”三儿和姐姐说话的时候连肢体语言都用上了，不是晃胳膊就是用手比划，终于说得小青点了点头。三儿长吁一口气。

小青忙碌起来，翻着柜子、床底的东西，把认为可疑的东西全挑了出来。上个月病人送来的蚕丝被也翻了出来。因为忙碌，痛仿佛变得不那么痛了。心像吃过辣椒的嘴一样，麻麻的，热热的，有些肿胀开来。小青实在难以把赵峰和贪官联系起来。就一个管划价的小科长，能贪些什么呢？钱都不过他的手，怎么就能贪呢？何况赵峰是那么一个谨慎胆小的人，平时有人托他找大夫看病，总是看好了，才肯收人家的东西。没看以前，送什么都死活不要，赵峰和小青说，看不好，怕家属去医院告他。这么个一贯胆小的人，连踩个蚂蚁也小心翼翼的人，怎么就被扯进去了？这些年医院的效益明显地好了倒是真的。赵峰每月都能拿回三四千的奖金，一年下来工资是小青的六七倍。但那是医院发的啊，怎么就有了问题呢？这个院里的人比赵峰发得多的有的是，怎么就让赵峰进去了呢？小青不是个爱攀比的人，平时也知道院里的人有好几个都比赵峰拿得多，总觉得人家那是医生，又动刀，又担风险的，多拿也正常，有什么可比的呢？但现在看着那些人中午回家和她打招呼，她就别扭，觉得他们一个个都假惺惺的。虽然嘴里不问她赵峰的事，但一转身就开始嘀嘀咕咕，像看笑话似的。看着眼前搜罗出的一堆东西乱七八糟的堆在那儿，心里更是七扯八扯的不舒服。

去银行取了钱，小青并没有往妈妈那儿放。这一天下来小青的脑子比过去几十年都用得多，灵敏程度也不断提高。左思右想觉得放妈妈那儿并不安全。要搜的话，肯定也会去那儿搜，那可是直系亲属。最后觉得还是放三儿的女朋友——陈儿家合适。再怎么搜谁会去搜检察长的家啊。告诉了三儿，三儿迟疑了一下也觉得有道理，就打电话告诉陈儿，陈儿不仅一口答应，而且马上打车去银行接小青回家放钱。这着实让小青感动了一下，觉得陈儿就像自己家人一样亲。陈儿自己也从昨晚开始把自己当成了三儿他们家的人。昨天从三儿去找她爸开始，她就显得极其活跃。陪着三儿找人、打电话，忙活个不停。晚上都没有睡好，倒不是因为累，也不是急，而是兴奋。看着三儿和爸爸在那儿说着只有家里人才能说的话，她就觉得心里热热的。她爸爸打电话讲的都是我女婿之类的称谓。爸爸和三儿说，这叫关系。关系的亲疏，直接关系到别人办事的态度。别人会根据关系的远近来判断办还是不办，该急办，还是缓办。三儿一直点着头，还和爸爸说着感谢的话。俨然已经是一家人的样子。从认识三儿到现在，陈儿还从来没觉得他们如此贴近过。三儿总是高高的、帅帅的。就是夏天光穿个大背心也看着那么舒展。她第一次见三儿是在同学家。大家本来都闹作一团，乱哄哄的，但三儿一出现气氛立刻就变了。好像突然被拉开窗帘的屋子一样，“哗”地一下子就亮堂了，虽然还有人在说话，但声音明显小了下去。当时她就觉得自己的心像被什么猛地撞了一下，连呼吸都带着心跳的节奏，极其不规律起来。后来爸爸见了，也觉得三儿是那种听话的孩子，稳重不急躁，三儿淡然的态度尤其让陈儿的爸爸觉得三儿这孩子可靠，不是一个顺竿爬的人。七月的这个夜晚在陈儿心里开始变得甜美起来。那种热不再是讨厌的闷热，而是变成了蛋糕房里热热的甜糕点，酥软，芬芳。

3

进了审讯室，郭队长一见他就笑了。赵峰却怎么也笑不出来。郭队长又给他点上烟，两个人都抽着烟半天没说话。赵峰心里等着郭队长问话，但郭队长就是不问。抽完了一支烟，郭队长又起身给他续上第二支烟，像给人倒茶似的，空不了杯。眼看着第二支也快抽完了，赵峰抬起头看了郭队长一眼，郭队长也正看着他。仍是一言不发。第二支烟抽完了，郭队长居然又给他续了一根。赵峰也没有推辞，仍旧抽着。后来，他发现眼前的烟一圈一圈地升起来，像要营造某种氛围似的，竟然持久不散地堆在了他们中间。当然赵峰没有注意到这间屋子连窗户也没有，一关上门就和密封罐头差不多。空气完全不流通，也难怪烟总是堆在那儿。渐渐地郭队长的脸开始有些模糊了。看见郭队长又要给自己点烟，赵峰欠起身子，摆了摆手。郭队长也趁势站起来走到赵峰旁边又拍着赵峰的肩膀，赵峰知道他终于要开口了。

“赵大夫，考虑得怎么样啊——有些累了吧，一看就没睡好。这儿的饭还行吧？”

“哦，还行，还行。”赵峰边说边点头，这也倒是真话，中饭和晚饭都是四个菜一个汤，还有虾呢！不能说吃得不好，按说比在家里吃得好多了。但赵峰就是食不知味，只勉强地拔拉了两口。食不知味归食不知味，但不能不承认人家伙食的质量。

“说说吧？赵大夫，你们医院的事，我们已经调查得差不多了，情况也基本掌握了，叫你来就是要了解一下你知道的情况，你们医院进药的一些药品商我们也已经见过了。”

“哦，是，是……”赵峰总还是有些犹豫。见赵峰这样，郭队长又笑着走到桌子后面坐下，笑眯眯地看着赵峰说：

“赵大夫，咱们是老熟人了。我也不怕给你透露消息，你们医院的张院长和马科长昨天都进来了。和你一块进来的。”看着赵峰眼里惊愕的表情，郭队长又继续说下去：

“别的我也就不能再多说些什么了。你想想现在是怎样一个状况——咱们市前年一院发生的事你知道吧，也和你这差不多，说了，罚了一点儿钱，什么事也没有。还照常上着班。而且你说和不说对别人是没有什么影响的。情况我们都已经掌握了。你现在说了还能为你自己争取些机会。也就是我会和你说这些话。赵大夫啊，咱们都是经不起折腾的年纪了。真的闹到不可收拾，哪还能再缓过来啊——到时候想说也迟了。现在已经一天两夜了，过了明天移交到法院，我可就真的帮不了你了。”

看着郭队长这么推心置腹，一时间倒把赵峰说得有些感动了。自己也就是找人帮忙看了看病。人家居然这么为他着想，赵峰不由点着头。看到他点头，郭队长马上打开本子，又给他点上一支烟，然后问道：

“赵大夫，你们医院药品的回扣都没有走医院的账，是不是张院长一个人想拿多少就拿多少啊……”

“那倒不是。”因为急着说话，刚喷出的烟把他的眼睛呛了一下，赵峰停了一下继续说：

“药品的回扣，虽然没有走医院的大账，但都有统计。我就负责专门统计处方。每个月底都按药物的种类打印出清单，然后再提供给药商。药商根据他那儿的记录再对照我们给出的单子结算回扣。钱回来后，按统计过的处方发。开药品的医生拿回扣的四成，医院四成，医生所在的科室两成。当然也有一些特殊药品，医生的提成是五成，医院三成，科室两成。”

“为什么不直接让药商和医生结算呢？直接让药商给医生回扣不就行了。医院做这样的处方结算还是有人要多拿公款的吧？”

“也不是，医院的医生太多了，有些医生总是不断地到处告状，张院长怕他们和药商直接联系，到时候再反咬一口。所以才做处方结算的。”

“你做处方结算做了几年了？”

“四年。”

“那以前是谁做的？”

“以前由各科室核算，好像刚一开始的时候也直接和大夫结算过，那可能有一年多的时间。”

“医院所有的奖金都由你核算吗？赵大夫？”

“当然不是，怎么会都由我核算？我只管处方核算。”

“就不会有人无端地多拿吗？”

“应该不会吧，我只管统计处方，分发还是要到财务上去领，单位的账我可不清楚。”

“喝点水吧，赵大夫。”郭队长把水殷勤地端到赵峰眼前。

赵峰一口气喝完了一杯水，觉得嗓子更干了。

“赵大夫，药品要进你们医院是不是只要经过你们三个人就行了？”

“……”赵峰有些愕然。

“就是你，还有张院长、马科长。”

“怎么可能呢？药品进医院要经过认真审核的，我只是划价科的，怎么能管到药品呢？你误会了郭队长，我只是统计处方。

也就是说，药品已经被医院列准核实了，而且医生开处方开出来了，我才能统计处方。药品进不进医院，能不能进，轮不到我管。”

“别着急，赵大夫，我只是随便问一问。”郭队长又笑了。嘴角带动着脸部肌肉往上拉，但由于没有顺便把眼睛也拉起来，所以郭队长的笑看起来怪怪的，像小孩脸上的橡皮面具。

“赵大夫，医生最多的一个月能拿多少药品回扣啊？”

“一两万吧！”

郭队长吸了好几口气，嘴往下不自觉地撇了撇。

“但我们一般人没那么多，也就是几千块钱。”

赵峰连忙补充着，但好像为时已晚，郭队长像被什么冻住一样，愣了好半天，才又重拾起笑容贴到脸上。

“赵大夫，你和药品商应该很熟吧？”

“赵大夫，你给张院长介绍过药品商吗？”

郭队长的眼睛像钩子一样直直地盯着赵峰。赵峰不由得哆嗦了一下，脑子又有些翻腾了。

“没有。我怎么能介绍药品商给张院长认识呢？我本来也就很少——很少和他们打交道，只是统计处方而已。”

“那，你们马科长认识的药品商该很多吧？”

“我不知道，我和马科长来往也不多。”

谈话忽然变得冷了起来，像隔夜米饭一样，郭队长试了好几次也还是没让它彻底热起来。就算热了，闻起来也总归是旧了。先前融洽的气氛已经像水一样倒在了地上无法重新拾起。事已至此，郭队长只能合上本子，又咳嗽了几声，也算是笑着对赵峰说：

“赵大夫，回去先休息一会儿吧，能睡就睡一会儿，想起什么再和我说。呵呵。”

4

郭队长尽管已经两天没有好好睡觉，脸上还是油亮油亮的，泛着红光。内心的兴奋一直努力克制着。心里的算盘却打得哗啦哗啦直响：看着自己鼓起来的肚子，再想想自己不值一提的官职，简直是太不成比例了。该上一上了，早就该上一上了。哪有队长当七年还不往上提的？论本事，论能力，自己哪点不比别人强，但就是提不上去。这次真是老天有眼，也该郭某人风光一下了，居然运气自己撞过来了。那个傻×医生，一套就说了。得好好想想，想个万全之策。打过招呼的人总是有来头的，报上去查一定查不下去，最后也就不了了之了。自己说不定还会被牵连，还升个屁官呀！瞒，恐怕是瞒不住的。直接报省里？谁知道谁和谁是什么关系啊？你拉出一根绳子，指不定会绊倒谁。盘根错节的关系在理不清之前，最好别轻易去碰。事情还是要捅出来，但最好不要由自己来捅。功劳呢？谁也抢不去。记录本上写着呢！时间、地点、询问人。想来想去，也没找着哪个人能把这件事捅出去。事闹得越大越好，大了谁也不好遮盖。时机真的成熟了，再把姓常的拉下水。凭什么他就当检察长啊，比自己大不了几岁，凭什么事事都听他的命令。突然的灵光一闪，郭队长几乎忍不住要大笑了，看看周围又忍了下去，快速地拿出电话拨号码：

“喂，杨编辑啊，是，我是郭队，有个消息想告诉一下，登出来肯定报纸会买爆的。对，是啊，你也听说了，先别说出去，细节我晚上告你，好，好，等我的电话，行。”

挂了电话，郭队长又详细地把可能出现的问题想了一下：由报纸说出去，想不捅大都不行，但现在就把自己带出来，恐怕不大好。功劳最好全自己一个人占着，但风险还是大家担比较好。这就太简单了，开个会，这儿的五个人不就全知道了吗，到时候谁能查出是我说出去的。

郭队长的会开了将近两小时，让大家都传阅了审讯本，又都批注了看法。会一结束，就去给常检察长做汇报。车开得简直是飞快，没有人比他更急切地想把那几个人尽快放出去，只有那样自己才能和杨编辑面谈。

常检察长看了审讯总结，问郭队长：

“你们是怎么个意见？”

郭队长站得笔直，很顺溜地说：

“我们觉得暂时也问不出什么了，虽然有很多问题还需要查，但继续问下去效果怕会更不好。”

“那就先放他们回吧。三个人一块放。”

郭队长一出检察室的门就赶紧给三儿打了电话，让两个小时后到检察院接人。

5

三儿一会儿工夫接了三个电话。郭队长和常检察长，两人前后不到两分钟。另一个打来的就是陈儿，并且人也马上赶了过来。三儿也顾不上多想，赶紧给姐姐打了电话。小青听说再有两个小时人就回来了，一时反倒有些不信了，反复问了好几次，听着三儿肯定的回答，挂了电话摸了一把脸上的泪，飞快地跑到卫生间洗脸，化妆，镜子里的人儿，又多少恢复了些往日的光彩。眼睛还是有些浮肿，但眼角已经起来了，斜斜地插在眉梢那儿。又用手拢了拢头发。想着这两天两夜的时间，好像比一个月还长。自从孩子过了两岁不再那么拖累了，小青一直觉得时间比往年过得要快，还没怎么着，一个月就过去了，时间像溜在冰上一样，转眼就过了一年，但这两天却怎么也过不去，一个小时一个小时地熬。

在检察院的门口又等了一个小时，赵峰才出来。但这等，已经没有那么难熬，总归是有了盼头，迟恐怕也不过迟几个钟头。小青还特意换上了赵峰从青岛买回来的裙子。那条裙子小青很少穿。她觉得水红的颜色太粉气，不够清爽，但今天特意换上了。临出门照镜子，也觉得没有想象中那么难看了。太阳已经斜斜地快要落下去了，光线不再是白花花的那种强光，而是变成了柔和的橙红色，和饮料杯里的浓汁一样，比平时都显得鲜亮。小青的脸也被裙子衬得粉粉的。赵峰好像很久都没有这么细致地看过小青了。每天总是忙来忙去的，不断地被许多杂七杂八的事缠身。小青虽然不是那种很漂亮的女人，但长得细致、秀气，赵峰当年看上的也正是这点。赵峰不喜欢那种长得太招摇的女人。过日子嘛，总还是安稳些好。那种太漂亮的女人，赵峰总觉得养不住。太好的东西赵峰也从来都觉得靠不住。你觉得好，别人也一样觉得好。赵峰不是那种争强好胜的人，但也绝不是那种凑合将就的人。他要的是他能看得上还不太扎眼的那种人。小青恰好就是他看上的人，和他家里的家具、厨具、所有用品一样，不是那种豪华的类型，但实用，这就够了。赵峰用鼻子吸了好几口空气。这是他三十年来第一次这么认真地呼吸这个城市的空气。没有比这更好的了。尽管这个城市的空气早已经大不如前，但还是让他无比欣喜。看着小青和三儿，他觉着一切都过去了。

在路上赵峰和陈儿说着感激的话。小青也一直握着陈儿的手，觉得像根救命稻草似的让人不敢松开。陈儿反倒不好意思起来，一直说着没事儿、没事儿。到了岳父那儿，一进门，儿子就跳了出来。赵峰把儿子举得高高的，不停地亲儿子的肉脸。儿子嫌扎，扭着身子往小青那儿抓，吱吱地叫着，好像赵峰根本就没离开过似的。这几天的时间在冬冬那儿，压根就和以前没有什么两样。看见舅舅又和舅舅去皮，赖着要出去买吃的。看着三儿和陈儿拉着儿子出了门，赵峰也恍惚觉得自己这两天像没过似的。原先的那两天难熬的时间被一下子冲淡了，远远地甩在了日子的另一头。这会儿才觉得自己饿了，想好好的吃一顿，再美美地睡一觉。

晚上只剩下赵峰和小青。两个人都比平常多了几倍的温柔出来，连眼神也时不时要缠在一起。赵峰冲了澡早早地在床上等着小青，心里想着小青的身体，整个人都胀胀的像要喷出火来。偏偏小青的例假提前来了，不早不晚，就在刚才洗澡的时候汹涌而出。小青撅着嘴，一副懊恼的样子，赵峰反倒不好再说什么了，伸手把老婆搂了过来，连声说着安慰的话，又忍不住去摸小青。两个人抱着，亲着，都有些不能自持，好像新婚时的光阴又重新回到了他们身上，对身体的兴趣盖过了别的一切东西。也许因为热情没有释放出去的缘故，赵峰整夜都紧紧地把小青搂在怀里，到早晨也缠着不肯放手。

6

天气好得又是无可挑剔。已经好好睡了一觉的赵峰，精神看起来比平时还要足。想着到了单位别人的议论，多少有些胆怯，但还是硬着头皮去了。出乎意料，大家都心照不宣地不开口，好像事情真的就不曾发生一样。但气氛远不如以前那么自然，说话的连接处也显得很生硬。后来又都围着看报纸。虽然别人说的话一句也没有清晰地传递到赵峰耳朵里，但他就是知道那些人在说自己。越是听不清，就越觉得说得热烈。还拿着报纸在那儿装着看，完全是幌子。赵峰不想待下去，但又不能马上走开，那样就更变成笑话了。赵峰甚至还直了直身子，好像若无其事的样子。

不知道谁咳嗽了一声，突然大家都扭过来看他，发现声音不是从他的喉咙里发出的，又都互看一眼散开了。上午病人寥寥无几，大家都等于闲置在那儿。后来赵峰也拿起了那篇报道，题目用红颜色放大成特号字血淋淋地挂在那儿，让人看着发麻。那篇报道大致是这么写的：

白衣天使还是白衣魔鬼

本市市中心的一家医院涉及一起贪污事件。副院长、药检科长、划价科长在同一天夜里被拘审。审问期间，划价科长惊报内幕：医生发的奖金居然全是药品回扣。每人至少每月拿一至两万。这也只是一个保守的数字。医院极少数掌握药品进销权的人，回扣只能用巨额来形容。药品的回扣又是从哪里来的呢？是从我们手里，每个老百姓手里分摊来的。为什么现在许多人看不起病，吃不起药？就是因为有了这样一些所谓的白衣天使……

赵峰不知道自己是怎么走回家的，耳朵里嗡嗡地全是人说话的声音。虽然那篇报道没有点出名字，但了解的人一看就知道说的是谁。自己怎么就成了惊曝内幕的人，而且堂而皇之地上了报纸。从小到大，赵峰从来就没有当过浪尖上的人。成绩一直不好也不坏，从长相到性格，到态度都是不上不下的样子，永远都是中等生，表扬和批评的人群里都没有他。上次初中同学聚会时，好几个老师都对他印象模糊。赵峰一向就是那种往人堆里一扔就再也找不见的人。开大会、开小会很少发言。发言也是模棱两可可东可西的说一通。就是后来当了科长，也从来不会训斥他科室的人，有时来早了自己仍然打水擦桌子。谁都说赵峰是一个好人。怎么忽然间就像从水里捞出的鱼一样被人晾在那儿，让人围观、让人驻足。这究竟是怎么了？

这一天的报纸比想象中卖得还要好，不但拿出去的一抢而空，到了第二天从库房也再找不到第二张。各种尺寸的复印报也开始出现。在这个巴掌大的城市里，赵峰突然成了一个家喻户晓的人。有好事者还千方百计地打听他的姓名。医院门口也陆续挂上了各种白布黑字的条幅，写着“只要天使不要魔鬼”、“偿还人民的血汗钱，把吸血鬼揪出来”之类的话，横七竖八布满了过道。检察院同时也在力查这件事，但那五个人都一口咬定不是自己干的。郭队长还发誓要以自己的党性、自己的人格来担保不是自己说的，同时还做了深刻的检讨，说出这样的事，他也有责任。他说，这一段时期他们队放松了学习，放松了教育，以后一定抓起来。常检察长训斥了半天也只能作罢。

小青的眼又红肿了。看着赵峰蔫蔫的样子，自己却没有一点儿办法。现在，小青进出院子都像做贼似的紧赶着走，生怕碰见什么人。前天医院发工资，医院说，因为现在社会上议论太多，又有检察院在调查药品回扣，奖金暂时停发了。每个人一下子都少拿了好几千。一时间骂声不断。昨天小青从楼下过时，还围着一群人。尽管走得快，也还是听见有人特意挑高声音说：

“怎么着，我就高声说，让他听见。他不好受？不好受，就该拉着大家一起不好受啊——什么东西！真是绵绵善强盗爷。不说话能死啊——当叛徒的料——”

三儿这几天也愁眉不展，刚刚接了陈儿爸爸的电话说要和姐夫聊聊。一走进姐姐家的院子就觉得背上凉凉的，乱七八糟的目光趴了一背。上去叫姐夫，姐夫已经完全垮了。对于三儿说的话就像没听见一样。最后几乎半拖着才出了门。

陈儿的爸爸听赵峰说完，皱了皱眉。“他真是这么说的？”看见赵峰点头，陈儿她爸重重地呼了一口气：

“这个王八蛋，左右逢源。”边说边拿起电话拨号对着电话喊话似的说：

“老常，你用的什么人啊，还照顾呢？就是他诱的供。你放心吧！报纸肯定也是那个东西捅出去的。案子还没结呢！怎么能向媒体随便乱说，还有没有组织性、纪律性？什么？处分找不到证据是他做的，那就把他们那个队集体处分！”

挂了电话，平息了一下情绪，陈儿的爸爸又和赵峰语重心长地说：

“别太当回事儿，吵闹几天也就过去了。谁还不遇个事儿呢？咱们都是一家人。以后有什么事也不用通过三儿，你直接给我打电话就行。”

回到家，三儿一直在那儿骂郭队长。小青听明白了原委也气得够呛。赵峰却木木的，好像那件事根本就和他没关系，不做任何反应。火得小青又反过来说他，嫌他在里面什么都说，弄得现在无法收拾。小青说完又觉得有些说重了，忙去给赵峰放洗澡水。冬冬仍然在地上晃来晃去，一会儿抓舅舅的头发，一会儿抓爸爸的胳膊，丝毫不理会大人的谈话。赵峰猛地举起烟灰缸摔了下去，“够了！别闹了！”突如其来的响声把冬冬吓住了，随即“哇”地一声哭了起来。哭声尖锐、刺耳，像受了冤屈的人在哭诉一样。屋子里一时显得有些混乱不堪。小青不停地哄着儿子，但哭声就是停不下来。最后三儿和冬冬说：“冬冬，和舅舅去吃刨冰吧，舅舅再给你买一个奥特曼。”冬冬才抽抽搭搭地点点头，让舅舅抱着出了门。

小青一声不吭地收拾烟灰缸的残片。红红的碎玻璃片像雨后打落的花瓣沾了泥一样躺在烟灰之中，用扫帚扫的时候发出了难听的声音，那些碎玻璃片不像是落在地上，倒像是硌在了心里，磨得让人难受。

赵峰仍然每天去单位，一个月下来，人们说的也就习惯了，不再避讳着他，还时不时的问他两句。赵峰也就趁势详细地复述了他在里面说的话。由于说的次数太多，一来二去，赵峰也不记得和哪些大夫说过和哪些大夫没说过，别人一说起这件事他就忍不住要重复地说。有的大夫还在那儿听他说，有的连声说着是、是、是，转身就走了，有的大夫干脆一看见他就躲走了。他和张院长也解释过，张院长只是呵呵一笑说：

“可以理解，可以理解，我怎么会怪你呢？你，我还不了解吗？就是说了也是没有办法才说的。但是你不该说我多拿啊，哪能用巨额来形容呢？赵大夫，不说了，不说了，都过去了，我已经是一个没用的人了，马上就该腾办公室了。你忙你的去吧，我不会怪你的。”

“张院长，我真的没说，郭队长一开始就问我药品回扣没有走医院的账，是不是张院长您一个人想拿多少就拿多少？我马上就肯定地说，不是。”

“好，好，我感谢你，就不要和我再提那个姓郭的了，上班时间，我不想再纠缠这些事了。”

张院长说完认真地去翻桌子上放的书，不再搭理赵峰。赵峰被晾在了一边，如同捞出水很久的鱼。但这样的生活，赵峰也只能适应着，就像这个城市越来越糟糕的空气一样，每天总得把它吸进肚里去。赵峰的职务虽然还挂着，但职能已经暂停了，由副科长小郑暂时管理安排科室的事情。赵峰一时间成了闲人。安排工作，小郑又不好意思给他安排，怎么说他也是一个科长，但他又确实起不了一个科长的作用。上也上不去，下也下不来，赵峰就那么吊在那儿，但班还不能不上。这总还算是份不错的工作。所以赵峰尽管没有任何事，每天也还是照常上班、下班，决不早走一步，也不迟来一分。他现在不再多要求什么，只求能保住这份工作。要连工作也丢了，那赵峰可就真的觉得自己无路可走了。检察院的结论仍然没有出来，这中间他们又都被叫去询问了一次，但就几个小时而已，很快就回了单位。大家也不再放到心上，都是继续等着。后来，却突然有消息说他们的案子已经移交法院了。

赵峰这次变得有经验了许多，先给陈儿的爸爸打了电话。虽然亲口听到她爸爸说没事儿，也还是觉得忐忑不安。

第二天一上班，张院长和马科长就被叫去问话，却没有叫他。晚上张院长的老婆打来电话求他，电话里哭个没完。赵峰心里也早就慌作一团，劝了半天总算劝得挂了电话。又给陈儿爸爸打了电话，陈儿爸爸说：

“是，刑拘起来了，没办法，现在全国都在抓医疗的案子。可能这个案件被树成咱们市的典型了。你别着急，你没事儿，主要责任不在你，我都打好招呼了。”

话是这么说，赵峰却怎么也踏实不起来。法院，那是什么地方，犯罪的人才去的地方。原来在检察院，赵峰总还觉得就是被批评一下，教育一下，顶多也就是背个处分、检查检查。现在却到了法院了，而且还树成了典型。典型是什么，就是被抓出来的那么一个点，被手电筒照亮了，被放大镜放大了的一个点。好的会更好，红彤彤的如日中天，成为别人学习的榜样、楷模，成为全家人的骄傲。坏的也一样，只会更坏，活得一日不如一日、一天不如一天，成为别人唾弃的对象，成为教育的反面教材。不但自己抬不起头来，家里人也跟着丢人败兴。而且，无论好的还是坏的，只要是典型就一定会被宣传，会不断被报道，总要到家喻户晓、人尽皆知才能算作典型啊。唉，真是打兔子撞上了鸟，不打也不成，自己就往枪口上撞。赵峰还记得上高中时，姥姥家里有个人只偷了几棵白菜，就被判了十年的刑。当时，正赶上严打，罪名定的是破坏社会主义建设。也不知道那个人后来怎么样了。当时每家每户都议论着那件事，觉得那个人运气背。都说杀鸡给猴看，那个人就像鸡一样，成了大家看着的一个反面教材，没有想到自己有一天居然也会被当成典型。

张院长只在里面关了三天。放出来的时候，医院的人陆续去探视。赵峰犹豫了很久，不是不想去看，他当科长也是张院长一手提拔当上的，而且对他也一向器重。他是怕张院长见了他会生气。同样搅在一件事情里，别人受了那么大的惊吓，自己却还好好的躺在家里，换了谁都会觉得别扭。但最后还是和科室的几个人一起去了。想来想去觉得如果不去，恐怕会更不妥，好像他真的出卖了别人一样。这已经是第四拨到张院长家的人了。医院领导和熟识的人早已经来过了，剩下的就是这样一些零散的群众团体，出于同情，自发的凑点钱买一点儿东西来看张院长。这些人不来，没有人会埋怨、会生气，但来了就让人觉得格外亲切。觉得自己的人缘还可以，觉得世道人情还是有希望的。所以他们一进门，张院长就叫老婆去拿自己的新龙井。身体虽然还躺在床上，但态度上已经起来了。让来的人马上感觉到了自己受欢迎的程度。赵峰一直插在人群里，希望张院长根本看不见自己，一混也就过去了，反正自己是来看过了。但张院长的目光还是落在了他的身上。赵峰像被强光突然晃了一下，头不由得往下低，眼睛也眯了起来。“小赵，你来了，来，过来。”听到张院长叫他，赵峰慢慢地走了过去，准备着听张院长讽刺他。

“小赵啊——多找找关系，可千万别进去，那儿可不是咱们这种人待的地方。在拘留所待了三天，看看我，整整瘦了六斤还多。”

赵峰不由得抬头去看张院长。张院长脸上的皱纹好像一下子多了起来，头发也紧贴着头皮，无精打采地挂在脸上方。整个人连同精神状态都在往下出溜。一看就是在里面吃了不少苦头。赵峰更觉得不安起来。

“小赵啊——你不知道那里头，关着的人有多可怕，一点儿小的年纪就和狱霸似的。刚进去的人都不让吃饭，让饿着，还打。但不白天打，半夜打。半夜看守都睡了呀，打也没人能听见，你要叫就更折磨你。我眼看着一个人叫了几声被捂住嘴使劲往墙上撞，直到不叫为止。还把牙刷把儿往屁股里塞，然后用脚使劲儿踢……”

“惨啊，但没人打我，说我年纪大了，说只要上了五十就一律不打了。不打我，我也吓得够呛啊。饭每天只能吃一个馒头，其余的都让他们吃了，这已经算是对我优待了。小赵啊，你不知道，我要再不出来，我可就神经了。”

说着说着，张院长像被巨大的伤痛击中似的，用手捂着胸口，皱着眉头好半天才长出了一口气。他老婆赶紧过来帮他揉着胸口，让他少说两句。缓了一下，张院长又说了起来：

“小赵啊，我错怪你了，我现在都弄清楚了。你在检察院啊，挺维护我的。都是姓郭的那个小子在使坏。当然我也确实不是贪官。我也只是想给大家谋福利，多发点儿钱，让大家都过得好些。谁让我是领导呢？好的坏的都该担着啊。”

和赵峰一起来的人都点着头，又说着张院长的许多好话。自从这个月领的钱少了以来，大家更是想起张院长的许多好处。人就是这样，手里的钱不断地一多再多，总觉得是应该的，虽然也高兴，但绝不至于那么热烈。但钱突然发得少了，就大大的不习惯，不只是埋怨，简直就是怨恨。一点点涨起来的欲望只能再继续涨上去，往下降，就让人觉得像失恋一样，找不到支点。大家都说等张院长身体好起来，大家都要再选他当院长。小人物也有小人物的期盼，不会想着怎样去出人头地，那样的事离自己毕竟太过遥远。只想着能有人给他遮风挡雨，能把实惠落在身上，能把钱真实的抓在手里。这点要求不能说过分，只能算可怜罢了。张院长听到大家这么说，眼里心里都热热的。

出了门赵峰觉得身上轻快了许多，心里积压已久的一些东西也开始变得细碎平展，不再大块大块的堆在那儿让他喘不过气。他所要的原本就这么简单，却总是阴差阳错的不断反复。对于赵峰，别人的看法历来比自己的看法重要，别人的评价当然也就比自己的评价更是评价。以往，夏天就是再热赵峰上班也还是穿着长裤，再生气也忍着不发作，要的就是别人的那句话：严谨，有涵养。自己再怎么忍，有了别人的那句话，也就觉着够了。

经过一晚的睡眠，已经擦身而过的一些负担又重新转了回来，迎头就扑在了赵峰身上。想着昨天张院长的话，赵锋又担心起来。自己要真的关进去，恐怕不会像张院长那么幸运，只当个旁观者，一定会被打个半死。也许应该像马科长一样装病？马科长进去的当天就直接进了医院。据说是阑尾炎发作。也有人说是花了三十万买下来的。但无论怎么说，马科长没有像张院长那样饱受惊吓，现在也还躺在医院里休养。犹豫着又给三儿打了个电话，让三儿再问一问。到底法院会不会传他，要传是什么时候。他要有个底儿。

7

三儿和陈儿已经开始出双入对了。经历了姐夫的事，三儿也觉得陈儿是一个不错的女孩儿。况且陈儿的爸爸对自己的确不错，从来也不摆架子。还时常问起自己单位的情况。三儿的主任前天还和三儿谈过话，说要让他当运输科的科长，让他准备准备。三儿总觉得这和陈儿爸爸有关系。但陈儿的爸爸却从来不在他面前说起这些事，让他越觉得别人对他的好是真的好，还在乎他的面子。种种的外力都把他和陈儿往一块儿拉。渐渐地他自己也就习惯了这种外力的牵引。陈儿的长相其实也并不难看，只是太普通了些，连小青的秀气都谈不上。但看久了却渐渐多出些味道来。世事本来如此，太好看和太丑的人给人的视觉总是第一眼比较强烈。看久了，多了，就会习惯一些。好看的，由于期望太多，被苛刻的目光剥来剥去也就平凡了许多；丑的当然不能说看久了就变漂亮了，但看久了的确会觉得没有开始那么难看了。最耐看的恐怕就是那种长相平平却并不难看的人。如果性格再好些，一颦一笑间倒是有许多可爱的细节浮现了出来。三儿现在看陈儿就是这样的情形。加上陈儿身上青春的女孩气息，时不时都会撩拨起三儿心中许多的念头。总忍不住去抱陈儿，想摸陈儿的身体。陈儿一直半推半就着，总是不能让三儿完全得逞。这让三儿越发一有空就缠着陈儿，想尽办法去找突破口。

婚礼举行的时候，天气已经有些转凉了，陈儿的婚纱上多了个小披肩。所有的人都来回穿梭着，有的忙着上礼，有的忙着拎东西，新娘则忙着一套一套的换衣服。只有三儿是个闲置的人，没有什么事可干，一直摆在新娘身边当陪衬。对着来人，不断点头，新娘去换衣服，他就一根接一根的抽烟，让烟来填补其中的空隙。换完衣服，再接着点头。三儿结婚，姐夫上了很重的礼。三儿一直要还给姐夫，但姐姐不让他退，说让他留着。这让三儿开始无形之中背上了负担，姐夫的事一天没有圆满解决，恐怕他就一天不能踏实。看着混乱的人群，听着喧闹刺耳的结婚音乐，三儿反倒找不到一点儿结婚的感觉。陈儿忙着一会儿补妆，一会儿换衣服，连和他说话的空也没有。从早晨到现在两个人连手也难得拉一下。总有一大堆的事和人挡在他们之间。姐夫刚才还又问他法院的事，被姐姐一把拉开了。他知道姐夫也是身不由己，已经弄成习惯一样，总想彻底地解决掉这个事情，老想问清楚，法院到底给什么结论，总想知道这件事肯定一些的回答。三儿也问过陈儿爸爸好几次了。她爸爸总是说，没事儿，别着急，没有结论就是最好的结论。但姐夫就是放不下这个心，每天都悬在那儿。本来一直都憧憬着结婚，但从婚礼开始，他就已经有些疲乏了。

小青看着弟弟结婚，心里总还是甜蜜的。只是见陈儿一套一套的换衣服，再想着自己结婚时，相比之下就太简单了。女人，最要不得的就是简单。层层叠叠，复杂至极的纱裙子，永远都是女人的挚爱，当然也包括复杂、隆重的仪式。只有那样才像是结婚。女人喜欢男人千辛万苦经历九九八十一难才得到她的爱情。那样，才显得她重要，不多余。女人希望男人不厌其烦地说甜言蜜语，那样才让女人觉得爱情是爱情。女人终归是女人，形式是顶重要的。一件东西再繁杂、再破旧，表面至少要弄得光滑一些，这样女人才有可能接在手里。但男人烦的就是形式。男人更喜欢直截了当地进入。

晚上，冲完澡，赵峰本来想搂着小青好好温存，小青却翻着陈年旧账诉着苦。其实小青也不是真的埋怨赵峰，只是有些不甘心罢了。诉苦也是想让赵峰哄哄她，再说些爱她之类的话。但赵峰却会错了意，只是解释当初为什么会那样。还说小青当时也愿意之类的话，越解释小青就越生气。说来说去，赵峰就是没有说他爱小青，没有诚心诚意地说，觉得娶了小青对不起她。其实赵峰只要顺着小青说也就没什么事了。女人要的无非就是《挪威森林》里绿子似的爱情，要甜点，你就说买甜点，不要了你说扔了算了，再买别的。要的也就是那句话。赵峰却完全不解其意，解释不通，索性拉过小青压了上去。这一来，更是激发了小青的火气，几乎连咬带踢地把赵峰踢下了床。弄得赵峰也火了，去了客厅闷着，不再理小青。后来在沙发上居然睡过去了。小青在卧室躺着，心里却还是等着赵峰来哄她。等来等去听到了赵峰的鼾声。走出来眼看着沙发上自己男人的睡相，忍不住恨恨的。后来，去了卫生间看着镜子干脆放声哭了起来。生活的前景在镜子里一点一点黯淡下去，浮起来的是一圈一圈的后悔和懊恼。自怜的情绪渐渐到达了高潮。想着那些老话，觉得自己仿佛就是薄命的红颜，心里冷到了极点。在赵峰睡着的时间里，小青经历的这些翻江倒海的过程，赵峰当然全然不知。早晨一醒来，赵锋就像什么事也没发生过一样，问小青有什么吃的。小青冷着不睬他，赵峰又问了一句，小青还是一样的态度。赵峰又走过去趴到小青脸上细看小青的表情，以为会把小青逗乐。但小青却起身躲开了，然后一甩门走了，留下赵峰一个人在那儿纳闷。

上了班，赵峰终于想起小青昨天说的话，明白了小青生气的原因。真是的，女人啊，怎么那么在乎那个形式呢？总不能再和小青大操大办的结次婚吧。临下班去商店匆匆买了个毛绒玩具，给小青单位打了电话说去接小青出来吃饭。电话里小青还是冷冷的，却没有拒绝。吃饭的时候赵峰又说了许多的好话。小青一看毛绒玩具就心软了许多，又听着赵峰说要给自己买钻石手链，气已经消了大半，觉得生活也没有那么糟，再看着赵峰紧张的样子，小青的情绪终于找到了平衡点。赵峰长吁一口气，目光显得有些涣散。

整个下午赵峰都困得要命，眼睛酸酸的不听使唤。科室的人议论着医院的事，说张院长的事法院已经有了结果，好像没什么事儿，反正没有判刑，没有关进去。马科长好像也出院了，却没有开着他的“帕萨特”来医院。都说马科长的问题最大，法院都去银行调查他的存款了。其实不调查也能看出个大概，马科长的女儿在美国上高中，据说是那种高中、大学连在一起上的学校。谁都清楚，现在上学有多费钱，在这儿上个普通高中没有两万根本下不来，更别说在美国了。而且一年光来回路费也得花不少。

“就凭他一个小科长，凭什么有那么多钱呢？”

“就是，我们才分多一点儿啊？现在还又不发了。”

林大夫说着话嘴角也顺势往下拉着，使本来就长的脸又增加了距离。赵峰怕话又扯到自己身上，拿本书好像要去厕所一样转身走了。人虽然走了出来，但他知道现在屋子里说的肯定还是他。说就说吧，嘴长在别人脸上，总不能贴个封条不让他说。就是贴上封条了，嘴上不说，谁能保证心里不再嘀咕。本来是装个样子去厕所，后来索性转了一圈，见到处都有人，便真的去了厕所。厕所至少安静。想着自己还没了结案子，心里说不出的烦。晚上回家，小青早早的就把冬冬哄睡了。冲完澡特意喷了新买的香水，眼睛柔柔的看着赵峰，等着做两个人昨天没有做完的事。赵峰也摸着小青的背，努力调动自己的情绪，又亲着小青胸前有些胀鼓鼓的奶子。小青的身体已经热得开始扭动，赵峰却还是没有丝毫反应。越急就越没有反应。最后，赵峰只好拍拍小青的背说，太累了，先睡吧，等明天再说。夜晚又被拉长了，窄窄的让人有些窒息，好像一点一点爬才可以过去。

赵峰又给三儿打了几次电话，三儿都说让他再等等、再等等。张院长已经调走了，去县里的一个医院当院长，临走时还请医院的人吃了饭。喝了酒之后大家都有些依依不舍，互相说着让人感动的话，不断地挽留张院长，有个人端着杯子说，张院长走了，他也不想干了。席间，张院长还专门走过来和赵峰说，好好干，你是有希望的。赵峰自己却丝毫看不见希望飘在哪里，又隐身何处。他在单位仍然没有事可干。医院说等法院的结论，但那个结论就是迟迟不出。没有出结论的还有马科长。马科长这半年几乎不来上班，人们都说他在忙着跑自己的案子。自己每天上着班不用去跑，却怎么也等不来结果。有时候甚至想，不管什么结论，只要出一个就行了，无论好坏，总算是了结了一件事。不像现在，时时总觉得有个隐形的洞在等着他，说不定哪天就会突然开口把他吸进去。三儿也和他说过，让他等，是想等别人的案子都了结了，等大家把这件事遗忘得差不多了，再给他下个“疑罪免诉”的结论，就真的没事了，以后都不会影响他升职。但赵峰却觉得没有人能彻底把这件事遗忘了。每月发钱的时候都有人忿忿不平，他的事也就不断被提起。少发了好几千块钱啊，哪能说忘就忘了呢？让一个人忘了一些好事，恐怕还行，忘了伤疤却太难了，多会儿碰，都觉得生疼。所以，等就成了无望的等。

不踏实的感觉每天寸步不离地跟着赵峰，连和小青在一起亲热，也时不时会被一些念头所打扰，再也不能做得痛快淋漓，无论鼓起的风帆多么的急切，都不能顺畅的靠岸，总是中途就败北了。

夏天快要过去的时候，天气又热了起来。赵峰仍旧穿着长袖衣服懒得再换掉，坐在医院里，一身汗一身汗出着，别人看着都觉得难受，但他自己却浑然不觉。林大夫喋喋不休地说着话，完了又问赵峰：

“赵大夫啊，要评副高了，听说今年指标有四个呢，你评不评啊？你的外语不是去年就过了吗？”

赵峰有些木然地看了看林大夫，林大夫的脸一半被太阳照得发亮，另一半却埋在了阴影里，脸上的纹路都碰巧被阳光一条一条折射出了投影，嘴角和以往一样毫无生气地耷拉着，处处都露出了衰老的气象。真是个老女人，长得不漂亮不说，老得还这样的快，丈夫不在身边，却每天都关心别人的闲事，真不知道她每天都在想什么。赵峰吸了口气，把心里的想法强压了下去然后摇了摇头，嘴角也顺便往上扯了扯，但扯得并不成功，一眼就让别人看出了勉强。

“哟……赵大夫，别难过啊，有什么呢？你就是出了事也一样能评职称啊……谁敢说什么啊……”

林大夫的脸随着说话的腔调又换了角度，这次完全隐在了暗影里，表情显得有些模糊不清。赵峰只能又笑了笑说：

“我也懒得去评了，哎，就那么回事吧，等着退休呢！”

……

林大夫呵呵地笑了，又转过身和别的人说话，说到高兴处，胸前扁小的乳房也跟着强烈颤动，像倒空的米袋一样，剩下的就只是空空的失望。赵峰低着头去看报，又不小心瞥见了林大夫的腿，两根细棒棒一样立在白大褂下面，细倒是细，却怎么看都不是纤细，而是干瘦，硬硬的戳在那儿，看见就让人硌得慌。脑子里又不由得去想评职称的事，说不想是假的，但想又能怎样？对于他来说恐怕一切都有些迟了。不知什么时候阳光从屋子里渐渐褪了下去，声音和他自己都仿佛逐一地贴在了墙上。

8

礼堂里坐满了人，等着开每年一次的卫生系统大会。天气虽然早就转凉了，但夏天的汗臭味在礼堂里还是留有余温，现在又夹杂着烟味、香水味和一些各式各样说话的人喷出的口气。刚刚进去的人都会皱着眉头觉得无法忍受，但很快，气味就会主动和你打成一片，让你不再那么难受。赵峰知道台上所有的奖都和自己没有关系，也就放松地在台下坐着，一心等会开完了回家吃饭，台上说的话一句也没打算往耳朵里灌。会开得冗长，不断有人起来去领奖，同时也不时会响起一阵噼里啪啦的鼓掌声和翻凳子的声音。赵峰都有些昏昏欲睡的样子。忽然间他听到有人说了“赵峰”两个字。以为听错了，抬起头又听见台上人说：

“他们三个人都已经被不同程度地处分了。这要引起大家的警惕，以后不能让卫生系统里再出这样的人，这样的事。希望同志们引以为戒。也希望张福生、马龙、赵峰三位同志引以为戒，能在自己的岗位上继续务实地工作，为医疗事业作出新的成绩……”

台上的话音还没有落，台下已经不断有人扭回头来看赵峰，有的人特意把身子往高拔了拔，用目光穿过密密麻麻的人群寻找赵峰。其实好多人本来就认识赵峰，但还是仔细地看了赵峰一眼，有的在互相说了几句后看了赵峰好几眼。由于张院长和马龙都没有来开会，所以赵峰成了全权代表。大家的目光一点儿也不分散的全给了他。他终于找到了“典型”的感觉。

天，终于冷了。医院的奖金又发得多了起来。赵峰没有问为什么，也不想听别人说为什么。昨天，他又打了电话，电话那头还是那么说，别急，等……等吧。晚上他梦见了一大片的白色。像墙上的石灰白，也像小时候在老家晾的白粉面，实实在在地堆在那里，一点儿也不透气、不透光，多得化也化不开。

蹲在黑夜里的男人

1

畅卫国认真扣着衬衣上的扣子。一个晚上的时间比他想象的要短得多，稍稍一晃，“嗖”地一下就过去了。昨晚在儿子小屋里一直待到儿子把他推出来。儿子说，要睡了，有他在别扭。儿子确实已经长大了，比他高出半头还多。两个大男人在狭小的屋子里待着是有些别扭。平时，他很少去儿子住的屋子，有话总是选择在客厅沙发上谈。儿子半开玩笑往出推他的时候，他一直忍着自己的情绪，怕自己失控，只是呵呵笑着。那么一个小不点儿，居然一下子就长大了，眉宇间似乎还有他的影子。他从来没有想过，会这样离开他们。不止是舍不得，还有不甘心。可儿子并不知道他的这一腔心思，只是一股脑儿的把他推了出来。

张琴和平时一样，在厨房准备明天的早餐。因为儿子，他们的早餐一向做得很丰盛。炒一个热菜，两个凉菜，主食一般总是两三样的摆在那儿。每天晚上临睡前，张琴都会把第二天早上要炒的菜切好，然后，用保鲜膜包住，一排排整齐地码在灶台上，为的是节约时间，同时还能保证质量。就这样细致，她还是怕孩子吃不好影响了学习。平时，断不了还会买一些补品回来给儿子进补。对于张琴来说，没有比儿子更重要的事了，儿子的一举一动就是她的一举一动。畅卫国走到厨房问了句，切菜呢？张琴头也不抬的嗯了一声。过了一会儿，见他还站在那儿。张琴有些生气了：

“干嘛呢！快去睡吧。老站那儿干嘛？”又盯着案板看了看，他才慢吞吞地回到卧室。卧室的窗帘上印着大团大团的金花，被灯光那么一晃金色就很有些四溢的味道，好像屋子里到处都镶着金。他喜欢这种富丽堂皇的颜色，不光喜气，还贵气。人活一辈子图什么，不就图个喜气和贵气嘛。可现在，一切都谈不上了。他叹了口气。已经有很久没有这么认真地看过他住的屋子了。刚装潢的那会儿，还满脑子想法，真的住进来，才发现也就是一个睡觉的地方。每天，躺下就只想尽快睡着，闹铃一闹又只能飞快地起来。能像今天这样细致耐心的坐在床上，在他的记忆里还是头一遭。

“唉，怎么了？还不睡啊？明天还要早起呢！”张琴打着哈欠，往后撑了撑胳膊。畅卫国眼里带了些柔情出来，看着张琴，想说，又把话咽了回去。老了，他和她都有些老了。这么快，还没觉着好好过呢就开始老了。平时，他们一个月也难得亲热一次。他们的时间早被琐事摊薄了，然后再一份一份割开等着人来分，到了他们手里只剩下少得可怜的一小块儿，再被疲惫那么一拉扯，薄得都快要透明了。有些时间，只想多睡会儿。唉，他叹了口气，摸着张琴的肩膀，一把搂了过来。还没等他说话，张琴先说了：

“快睡吧，啊……快睡吧，今天整理档案累了一天了。”

他的手仍抱着不肯松开，还是张琴婉转地推开了，又拍了拍他的手，似乎是安慰，又像睡前的告别仪式。没有人能明白他今晚上的心思。过了今晚，什么都不会再有了。他已经下决心了，虽然决心并不是那么好下的。这一年来他所受的煎熬已经足以让他下任何的决心，但就是下不了。在高速上他演练过几次，不用说下决心，只要稍稍地想一下结果，就会被一种撕裂的恐惧所吓倒。从泰山庙小学的校长被抓的那天起，他就再没有安心过。他知道，他也迟早是那样的下场。如果副校长不是张忠，而是别人，或许他还能稍稍地喘口气，凭着侥幸继续活着。但偏偏张忠就是他的副校长。没事还想着生事，何况自己还真的就有这么一摊子见不得人的事。什么都不重要，重要的是儿子。他一被查，儿子出国一定泡汤了。出不成国就意味着人生一迈脚就比别人差了一步，这让儿子以后还怎么和别人比啊。还有张琴，还有他的父母。想的人越多就越觉得难过。决心总是要下的。好几次他都想，趁着还没查，一死百了吧。凭着他四十三年有限的人生经验知道：人总是会对死去的人网开一面的。半年前泰山庙小学新建的校舍塌陷了。伤了五名学生，导致四个年级停课达两个星期之久。一下子惊动了上面，决定全面盘查市里所有学校的工程建设。从那时候起他的心就一直悬在嗓子那儿。上星期一学校开会，他只讲了例行工作的几点要求。十分钟不到就讲完了。张忠和他不一样，滔滔不绝地讲了半天，又是教学又是改革，最后，说到了泰山庙小学塌房的事。他不停地拍着胸脯，言辞开始变得十分激烈。畅卫国一直保持着镇定。张忠说那些话，他知道都是在暗指他。他明白，张忠对于十几年前那件事一直耿耿于怀。

当初，他们一起毕业分到三中。大家都羡慕他们。好歹有个做伴的，而且还能互相照顾。从每晚的色情笑话到最后参谋着互相搞定现在的另一半。他们曾经好得像一个人一样。整天除了希望四处搞点吃的东西，就是谈论女人。从他们掌握的有限的生理知识里，判断学校的女老师孰优孰劣。不能不说那是一段快乐的时光。后来，为了入党，张忠写了一份教学整改意见。当时，他也准备入党。看着张忠拿给他看的那几张稿纸，突然就蹦出来一个念头，他开始上上下下的反复看了好几遍。张忠一直问他有什么意见。他支吾着，因为他在用心把那些大段大段的话记下来。说起来，这也是他唯一的长处。他的记忆力惊人的好，只要看过几次就能过目不忘。当晚回到家，他靠着记忆把张忠的教改方案默写了一遍。第二天一大早，就递到了党支部王书记手里。中午的时候，王书记找他谈话。书记拿着大茶杯笑眯眯地看着他不断点头，连说了好几个好字。畅卫国心里虽然一直有几只兔子忐忑不安地跳着，但听见党委书记夸自己还是由衷地高兴着。张忠比他晚了整整一天才交到王书记手里。很快，这就变成一件大事了。两个人交一样的东西，明白是抄袭嘛，这也太不把书记放在眼里了。还怎么给学生起好的带头作用啊。书记把他们两个叫进去的时候，张忠还不知道发生了什么事，一路笑着打趣他，还说，也许他们会在同一天入党呢。他没有说话，因为他知道发生了什么事。书记铁青着脸，背着手不停地走来走去，见他俩进来，把他们写的东西一下子摔了过去。几乎是在吼：

“说，谁抄谁的，给我说清楚，要不都开除！”他镇定地站在那里。张忠有点犯傻，一脸的茫然。

“快说啊。”书记用脚把稿纸往开踢了一脚。张忠弯腰捡起来看看稿纸又看看畅卫国，仍旧没有明白到底发生了什么事。畅卫国也沉默着。屋里只能听见书记啪啦啪啦的走步声。

“告诉你们，这是一件很严重的事。咱们学校的老师没有发生过抄袭的事。你们居然在这么一件严肃的事情上搞这一套。真是恶劣！给你们十分钟。不说清楚，马上开除。”

“谁抄袭啊？书记，你说清楚嘛。”张忠改不了一贯的急脾气，看着书记问。

书记使劲往空中挥了一下手，脸变得更铁青了。气鼓鼓的点着头看张忠：

“行啊你，真行啊，你还反问我？”见书记的声音一下子提高了好几度。畅卫国说话了，声音明显有些打颤：

“书记，我错了。是我的疏忽。但我们绝对没有欺骗您的意思。星期三上完课我随手把教改材料放在张忠那儿，我并没有说清楚是我写的。他完全不知道是怎么一回事。可能看见好吧，所以，顺手抄了一份。但是，书记请您相信我们没有要骗您的意思。他完全不知情。”听他这么说，张忠终于反应过来了，眼睛和头上的青筋都开始往外爆。

“谁抄谁的啊，王八蛋，你抄我的。你说清楚！”

“他完全不知情。书记。真的。他完全不知情。”他一边说，一边往外拉张忠。两个人就那么拉扯着，已经和打架差不多了。看见他们火气这么大，书记反倒觉得自己的气消了些了，摆了摆手说：

“好了，好了。拉拉扯扯像什么样子啊？这样吧，既然是自己写的，你们给我背一下吧。来，谁先背啊，要不，畅卫国先来背吧。张忠，你先在外边那个屋子等一会儿。”

张忠嘴里嘟囔着往外走，临走还狠狠地瞪了他一眼。畅卫国心里清楚，这件事已经定性了。不就是背嘛，他从来就不发愁背。从上小学开始，只要是背诵的章节，他永远是班里背得最好的那一个。书记看看稿子又看看畅卫国，不住地点头，背得好啊，连标点都不差。他真是从心里开始喜欢这个年轻人，又好学又沉稳，还大气。听他刚才为别人辩护的那几句话，真是大气啊。背完了，他又和书记强调张忠的不知情，而且还说，张忠是容易冲动的人，可心眼儿很好。这几句话是他由衷说的。说实话，他从心里并不想害张忠，而且，对于他们的友谊也并不是不看重。这么多年来，他没有再深交过任何一个好一些的朋友。一想起张忠看他的眼神他就害怕，觉得身上的肉被一片片的削下来，最后露出了白森森的骨头，不碰都觉得生疼。当时，因为书记的赏识，他很快入了党。第二年就调到市二中去当团支部书记了。这些年一步步往上升着，对于张忠也慢慢淡忘了。其实，也不是忘，是根本就不愿意去想。没想到最后升校长的时候又转回到了三中。

任职的时候，他又看到张忠的眼睛，他能明显感觉到自己抖了一下，好像一下子又回到了十几年前。他很想对张忠说，他本意并不想害他，他不是那个意思。可他到底是什么意思呢？他发现连自己都说不下去。张忠当时背得磕磕巴巴，少了很多章节不说，连意思也背错很多。张忠那个急啊，明明是自己写的，可就是背不下来。事实已经很明显了，不用谁再说什么，连张忠自己都有些怯意露了出来。最后，还是畅卫国一再的求情，一再的说好话才保住了张忠教师的铁饭碗。虽然，做这些他并不是想做给别人看，是真的想帮张忠。可张忠没有再说一句话，看见他就往地上“呸”地吐一口，然后远远离去。这些内情连张琴也不知道。他不愿意提更不愿意去想。这是他的一块心病。

三年前，他和张忠一样也是副校长。说起来，张忠还是要感谢王书记。畅卫国走后，王书记渐渐地发现了张忠写东西的才能。一样是教案，他写得总是比别的老师要细，要充分，教学的花样、点子也总比别的老师多。回想起之前的一些事，王书记隐约觉得自己是弄错了。其实张忠对于王书记并不十分记恨。当时的事明白着，连自己都觉得有口难辩，何况别人。他只怪自己瞎了眼，不该交畅卫国这个狼心狗肺的朋友。王书记本来就是个热心肠的人。既然已经认识到自己错了，也就马不停蹄地赶紧张罗着帮张忠入党，很快，在他的举荐下张忠当上了教导处主任。后来，张忠又升成了副校长。可以说，没有王书记就没有畅卫国和张忠的今天。这些，畅卫国也都是知道的。小城市永远有小城市的好处：一转身、一抬手都能碰见熟人。在这个城市开车的很流行一句话：碰见撞车，不开骂，骂来骂去，都认识，不光认识还很熟，仔细一查是本家。熟人多了虽然有时也难免麻烦，但到底还是热乎、贴心，总比举目无亲的凄凉来得要好。不管谁有个风吹草动，很快大家就全知道了。所以，畅卫国人虽然不在三中，但三中的事他还是很清楚的。回来当校长，王书记见了他表现得很淡，似乎就是一个不太熟悉的人。他很热心的向王书记请教一些学校的事情，王书记总是以自己快要退休了来推脱。还说，他应该多去问问张忠副校长。畅卫国知道他走后，书记一直很提携张忠，但没想到对张忠的感情会比对自己还要深。难道是张忠和书记又说了他什么吗？有可能。他们同在一个学校有的是时间说话。看来，他看错张忠了，张忠并没有他想的那么老实。难怪三年前提他当校长的时候，有人告诉他竞争名额里有张忠的名字，估计也是王书记力荐的。真是世事难料啊。

2

在办公室下了决心最初的那几分钟里，他确实感受到了从所未有的轻松。终于不用再担惊受怕了，他的心又舒展了。他甚至迫不及待地长长嘘出一口气。一切看来并不难，只要你想好了往前迈那一步，一切真的就不难了。还有什么好担心的？连死都不怕，你还怕什么！但那种轻松也就持续了短短的几秒。接下来，另一种类似于忧伤又比忧伤更没着没落的东西铺天盖地把他淹没了。他开始哭，手完全摊开了掩在脸上。一开始还能压住声音，只是肩一耸一耸的抽噎，后来，声音在手缝里恣意地溅开了。他听到自己的哭声吓了一大跳，赶紧看了看表，又屏住呼吸听了听周围的动静。确信没有人之后，才又接着哭下去。哭够了，和所有快要死去的人一样开始回顾起自己的一生。

台灯发出的蓝光，打在他脸上，很明显地可以看到眼袋。其实，他从很早就有眼袋了。他是少年老成的那一类人。在别人还每天顾着玩时，他已经想着将来要干什么。他一直都算是好学生，是那种用尽了全部力气在学习上的人。不得不承认，人的脑子就和人的长相一样，从一生下来就存在某种差异。有的人，只要稍稍地用一些功就会有不错的成绩，而有的人即使用了全部的力气也最终还是成绩平平，他属于中间的那种人，用了最大的力气还是能勉强够得着树上苹果的那种人。一个勉强就把一切都概括了。他的吃力、他的力不从心渗透在身上的每一寸肌肤里。每每学到深夜睡觉的时候，他都希望那是最后一个夜晚。报志愿的时候，他也想过报清华、北大之类的好学校，但总是犹豫着。报志愿前，班主任和他进行过一次长谈，老师说，你是个好学生不假，但不属于那种创造型的人才。你的优势是记忆。只要有关记忆的课程，你都学得非常好。而别的需要动脑子的课程则差一些。你学习好靠的是勤奋，而不是脑子好。一个记忆好的人最适合当老师，而不是去搞科研或者去创新什么。老师说完还拍了拍他的肩膀。他其实是受了打击的。但以他的个性，向来就不是那种张扬的人。他发泄的唯一渠道就是回家躺在床上蒙着被子哭一通。哭够了再想想老师说的话，其实是不错的。可人往往就是这样，当别人真的说中你的要害，一时间深刻打击到你的时候，自己常常都不会承认。而且越是被击中，就越不肯承认。虽然他知道老师的话是对的，但他报的第一志愿还是固执的写上了北大，第二志愿才是师范院校。

分数下来，一切都和意料中的一样。如果他能听老师的话第一志愿报师范，那么他能走一个很好的师范学校，而不是最后屈就上市里这么一个名不见经传的小师范学校。父亲问过他，是否补习。他很肯定地摇了摇头。老师和他谈话的那个晚上，他已经把自己给否决了。资质平平这四个字他用自己的方式刻到了身体里，经血液再带到身体的各个部位。他懂，他懂自己资质平平。所以他第一眼看见张忠写的教改方案就开始羡慕不已。那本来应该是他的，属于他的才气却落到了别人头上。他是那么一个雄心万丈的人，到头来却被资质平平四个字一下子就轻描淡写了。从来没有人能了解他的痛苦，没有人。

这几年，他的有些同学明显是发达了，常常张罗着要聚会。虽然聚会无非是吃一吃、喝一喝、侃一侃、唱个歌什么的，这些说起来简单，但做起来却无一例外都要和红红的钞票挂钩的。一说起钱，那就永远都不是件简单的事了。兜里不鼓，你个子再高也撑不起那个台面来。他发现，这年头只有怀揣钞票你才能真正像个爷爷似的抖起来，才能从容不迫、谈笑风生，以至于笑着面对一切。那气魄可不是需要一点儿两点儿的钱来做支撑的。他没有钱所以也就没有气魄。轮到他请客，他总是提前一星期就开始做准备。准备什么呢？当然是钱。钱是可以从财务上拿，但总是需要履行一下手续，打个条子什么的。打了条子就要销条子吧。那就需要一系列的票据。学校报销的票据是有要求的，不是什么都可以报。每次，饭还没吃完他就要早早跑出去结账要发票，还要嘱咐开发票的别开错。名目写错了，不好平账啊。另外还要再找一些发票来报唱歌的钱。这么一来，和同学在一起吃饭就变成了他的一种负担。但，人总是很奇怪，即使是负担有时候你也并不想完全地卸下，仿佛它能刺激你另外的神经，能让你难过得亢奋。对于他的这种心情，连他自己也不能理解。每次看大家聊得满面春风他总是笑着，而且还总是笑得很大声。看着别人挥金如土，看着别人膀子一挥来一句“找贵的、好的随便上”点菜的架势，他总是会有一种类似压抑的快感涌出来。会想象一下说那句话的人是他，挥膀子的人也是他。妈的，什么发票，统统滚蛋，老子有的就是钱。

包工程的王老板第一次拿出那些钱，他连看都没敢多看，他怕自己把持不住，那些钱像一堆火似的，不用往近靠，光火苗都能把你烤热、烤化。所以，他表现得很生气，不光生气，他还拍了桌子。可当天晚上，回到家里，畅卫国脑子里来回转的都是那些钱。那些红红的钞票一晚上烤得他翻来覆去的睡不着。好不容易，自己不想了，那个老板又过来找他。他连办公室都没敢让老板进，直接就拒绝了。可老板不灰心，仍赔着笑说，没关系，没关系，等您有空再见吧。当那些钱第三次摆在他面前的时候，他明显感觉到自己的体温随之升高了。真的把钱一摞摞搂在怀里的时候，他才知道什么叫充实。再灰暗的人生，一瞬间也被照亮了。他没有再犹豫，很痛快地下了决心。工程包给哪个人不是包啊。他又没做违法的事。他很严厉地和老板表明了自己的态度：一定不要偷工减料，一定要盖质量上乘的教学楼。

张琴看见那些钱嘴一直呵呵笑着。可到底是女人，笑够了就开始害怕。不断问他有事没事。

“唉，拿都拿了，还问有事没事？有事怎么样？没事又怎么样？安心收起来吧。”他说这几句话的时候并不像表面看上去那么平静。张琴并没有注意他的神情，笑呵呵地看着钱说：

“唉，我可不想让你做违法的事啊。”又搬着手指算了算“嗯，这下，不光小鹏出国的学费够了，还能余出不少钱呢！唉，你别愣着啊，就和受审似的，发什么蔫啊。”

“胡说八道，什么受审。满嘴没一句吉利话。”畅卫国突然提高声音把张琴吓了一跳。刚想反驳，见他铁青的脸还是忍了。

反正没有人能看见钱不高兴。张琴不再管他，自顾自地看着钱高兴着。

唉，他又叹了口气。墙上的影子无限度的把他放大了，厚厚的成了一尊泥胎。当初他也想过的，知道拿了钱总是不妥，可总还是存着侥幸。那么多的人拿了钱还不照样都没事儿，倒霉事儿就能偏偏落到他头上？他不信这个邪。可偏偏邪门的东西就能拐个弯找着他。居然有那么寸的事，泰山庙小学早不出晚不出，偏偏在这个时候出了事。什么事能经得起查啊。再加上张忠帮衬着，让他倒霉那简直就是迟早的事。平时忙来忙去，都为忙个面子，可事到临头再看看面子，才值几个钱啊。也许还要坐牢，那样儿子可就全完了。还谈什么将来，他把儿子通往将来的路给堵死了。只有他死了，才能让一切通畅。儿子啊，你知道爸爸有多爱你吗？他自言自语地说出这些平日不屑说出的肉麻话，自己先把自己感动了。又呜呜地哭了一阵儿。最让他遗憾的是不能给儿子留封遗书。人这一辈子临死都不能把要说的话说明白，是最冤的了。可他又有什么办法呢？虽然是死，他却不能让别人看出来是自己找的死。他反复地想过，自杀是不明智的。一个大男人好端端的自杀，那还用别人查吗？自己就已经把一切都透露出来了。最好是意外死亡。可怎么才能自己制造意外死亡呢？跳楼肯定不行，吃药也不行，想来想去，只有车祸最安全了。在这个城市里每天有多少车祸啊。为了能让自己死亡的成功率更大一些，他选择了高速路。只有在那里才能让车速保持在130迈，再主动撞向防护栏。他见过这类的报道，醉酒的、瞌睡的，只要那么一撞没有一个能活下来。好几次在高速路上开车，他都试着让自己想象死亡的情景，还有撞向栏杆的那一刹那该有的勇气。毫无例外，每次只要一想，他就会全身虚脱。现在，他已经下了决心了。不能再怕了。听说调查组再有半个月就要到他们学校了。等人家来了，你再死，明摆着要多一层怀疑。不能再等了，等来等去等成害啊。其实，自杀也不全是为了儿子，真的坐了牢，那样的人生不是他能接受的人生，还不如一死呢。畅卫国把烟灰缸冲着墙上硕大的泥胎一样的影子砸了过去。死吧，死吧。你去死吧。

给张琴还是要留一封遗书的。要不那个傻女人一定要求公安局好好查。也是真可怜，没了自己她就等于没了主心骨。想起这些，他就一个字也写不下去。可张琴啊，你要知道，我也是为了你好啊，你最疼宝贝儿子了，只有他好了，你才能高兴。我这么体面的走了，有那笔钱，你总是有了依靠。再过个几年等儿子结婚了，你也重新找一个，我不怪你。畅卫国又开始呜呜地哭泣。泪把稿子打湿了，他重新又换了一张纸，可不久又打湿了。好容易控制住了眼泪，他有些发抖的写完了这封信：

张琴：

看到这封信的时候，我已经不在了。先不要哭，一定不要哭。这次一定要听我的话。

1.我的死是我反复想过的，只有这样儿子才能顺利地出国。因为下一步有人就要查咱们了。只有我死了才能一了百了。

2.钱你放到你妈那里。最好能放到她的地下室，用塑料袋包好。

3.我父母麻烦你常去看看他们。我拜谢。

4.等儿子结婚后你就找个人结婚吧。我不怨你。

5.最重要的一条，你看完信后把信烧掉。就当什么都没有发生过。要镇定。要不我可就白死了。我们的涛涛也就没有将来了。现在看完了就立刻烧掉。等着别人来通知

你。快烧吧。就现在！

畅卫国

他要说的话并没有写完。写得太长，他怕他的那个傻女人只顾着哭，连要紧的事没有看完就哭倒了。他要在最简短的话里把事情都安排好。他是男人，他要冷静，他要理智。信上字很大，而且一个字也不潦草。这可不是潦草的时候。他不能再给她解释什么。写信的目的就是让她一遍就能看懂。而且懂他的这份苦心。写完信，缓了缓情绪。开始整理自己的抽屉。一页一页的纸认真看着，没用的放在一边，有问题的放在另一边。整理好了，把有问题的一些纸全部粉碎作废。另一些不重要却也不适合留下的东西整理好了，准备下去的时候扔到学校外面的垃圾箱里。别的不重要的文件材料仍旧码整齐了放在抽屉里。最后又反复的看了看，确定再没有什么是可疑的了，才锁上办公室出来。已经很晚了，他决定去父母那儿转了一圈。他也想过，明天白天去，可那样，实在是太不通情理了。他白天一贯都很忙。父母又没有生病，贸然白天跑过去，被父母起了疑，那就麻烦了。任何剧里主角越多就越乱，越不好配合。有一个张琴已经让他有些不放心了，再把两个老人拉进来，那几乎立刻就会穿帮。那可就真成了闹剧了。

去了父母那儿，两个老人已经准备睡了。见他进门母亲还是着急地想帮他张罗吃的。不管什么时候回来，他母亲永远觉得他没吃饱。父亲很平淡地问了他几句忙不忙之类的客套话。他发现，男人总是容易客套的。就是心里再有你，也绝不肯像女人一样表现在脸上、嘴上。他的泪又有些忍不住了。赶紧用眼睛拼命看着墙角的柜子。父亲见他不说话，开始提高嗓门问母亲饭热好了没有。他说，我不饿。父亲像以往一样没有再说什么。母亲把饭已经给他端过来了。要搁在平时，他一定不会吃。现在，谁缺那几顿饭啊。他不止一次和母亲说过这样的话。可他说他的，母亲仍旧坚持自己的，每次都要忙着给他弄吃的。坐在老式沙发上，吃着母亲做的饭。他的眼睛红红的。为了不让母亲看见，他端起碗呼噜呼噜地大口喝着。母亲满意地笑了。他走的时候给母亲留了一些钱。母亲推脱了半天才收起来。他知道他们还想着帮他攒着。多亏他还有个哥哥。父母跟前总还是有个人照料着。要不他再怎么也下不了决心去走死那条绝路。临出门父亲想起来什么，又把他叫住说：

“你妈刚才还说，明天要下雨。你记得告诉涛涛带伞啊。”

他嗯了一声答应着出了门。初夏的晚上还是有些凉意。他往起耸了耸肩，把衬衣领儿也立了起来。还有明天一晚了。明晚他要留给妻子和儿子。过了明天，秋天的风再也不是他的，什么也不是他的了。看着天空中零碎的几颗星星，他不可抑制地竟呵呵的笑了起来。想想自己刚当校长的时候，还炫耀似的去看过劝他报师范的那位班主任。他买了鲜花和水果很隆重地去拜见老师，老师显得很高兴。点着头欣慰地笑着，觉得自己培养出了好人才。但他心里却仍旧隐隐恨她。是她点破了迷局，是她最后破灭了他的理想和抱负。他的恨意只有通过这种方式才能枝枝蔓蔓地释放出来。他要让她看看她认为没有创造力的学生居然这么年轻就可以当校长。谁能说一个校长没有创造力。他赌着气希望她能后悔。老师一直笑着，看起来是真的很高兴。她没笑错，真是可笑啊。自己一辈子居然是这样一个结局。也许她早就看透了。巫婆！他踢了一脚路上的石子，诅咒着，心里像扬了把沙子似的更凌乱了。

听着妻子均匀的呼吸，畅卫国一挺身坐了起来。就剩这最后一夜了，可除了他自己满腹心事，谁都不当回事。也不怪他们，他很轻微地叹了口气。他不说，谁能知道这就是他的最后一夜。都以为长着呢，不管是好的坏的都以为长着呢。屋子里黑黝黝的透着亮。竹子地板隔一阵儿就格叭格叭响几声。刚搬进来，这响声还把他们吓了一跳。后来，习惯了也就好了，知道是竹节在伸展呢。也许太累的缘故，张琴慢悠悠地打起了呼噜。他把被子给妻子掖了掖，又用手把她额前的头发往耳后抿了抿。张琴动了一下，可翻个身又睡了。他有些怕吵醒她，可又希望能吵醒她。醒了两个人好说说话，半辈子一晃就过去了，到最后连个贴心话也不能敞开了说。他又有些抽噎了。从下了决心的那刻起，他的眼泪就总有些控制不住。流吧，也就今晚了。过了今晚你想流也流不出来了。他用手摸了摸自己的脸，松弛却并不十分粗糙的脸。他很少这么耐心细致地摸自己，摸到最后，都有些上瘾了。使劲地搓了搓，觉得自己的脸就和塑胶面具差不多，好像一用劲就能顺利的扒扯下来。真是松了。他揪了揪脸颊上的皮，一拉老长呢。就只剩一张皮，能和血肉分离开的一张皮。其实连手也开始松了。有一天打字的时候，他低头发现一双干涩松弛的手在键盘上敲着，完全不像自己的。他不能肯定到底从哪天起自己变成这个样子的，不再饱满、激昂，像一碗隔夜的面条又垮又坨成了一团。不用说解开，连多看一眼都觉得费劲。

昨晚，以为自己一直醒着，天亮张琴一边叫一边推他，才知道自己还是睡着了。

“快起吧，不早了，你睡得真死，闹铃一直响都没叫醒你。再晚就要迟到了。”他起得很慢。不用再急了，都想好了还有什么好急的。一会儿去学校转一圈，然后就往那条路上走。衬衣上的扣子他系得也很缓慢。张琴已经催了几次了，见他还磨着，于是自己先出门走了。临走让他关好门，中午要是不回来记得打电话回家。要不老吃剩饭。他苦笑了一下，很想说一句再也不用给我做饭了，再也不用了。听着门砰地响了一声，他才放心的走到厨房四处看了看，最后把写给张琴的信贴到冰箱上。又退后看了看，觉得真是没什么问题了。张琴一回家肯定先去厨房，冰箱是一定要开的，一定能看到他写的信。比放到床头要保险。那个时候恐怕他们已经阴阳相隔了。畅卫国在自己家里又挨个儿的每个屋转了转，最后盯着儿子的照片反复地看了看，心口疼得他都有些站立不住。临出门，他把钥匙也放下了。用不着了，再也用不着了。

3

张琴没有听清楚儿子电话里到底说了些什么，但听到了儿子的哭声，一下子她的方寸就乱了。从上初三开始她就再没见儿子哭过。有时候，看电视剧她抹泪，儿子还总是笑她。说，女人就是爱哭。可今天电话里儿子的哭声就没有断过。中午，刚退休的老领导临时过来说要请大家吃饭。她不好拒绝，就同意了。打畅卫国的电话一直无法接通，就忍不住有些气恼。平时都是她管儿子，一年总共也就那么几次她有事，都指不上他，还能指望他干什么！儿子也许是烫了手了。唉，也怨自己，在外面吃什么饭呢，弄得儿子一个人在家煮方便面。

“涛涛，怎么了？快给妈看看。”一进门张琴连包都没有来得及放，听到厨房儿子的哭声直接跑了过去。儿子半坐在地上，仍抽噎着。张琴不清楚儿子究竟是伤到了哪里，开始抱儿子。儿子被她一抱又哇地哭起来，边哭边说：

“妈，爸没了。妈，爸没了。”

张琴被儿子的哭闹弄得有些手忙脚乱。

“说什么呢？什么你爸没了。涛涛怎么了？”儿子把抓在手里皱巴巴的一块纸递到张琴面前。张琴的心没来由地立刻开始咚咚乱跳。虽然还不知道发生了什么事，但已经有某种恐怖的东西掐紧了她的喉咙。看完了信，张琴松开了抱儿子的手，一屁股坐到地上。

过了很长时间，她发现自己在床上坐着，涛涛手里端着一杯水可怜巴巴地望着自己，脸上挂着小时候才有的无助神情。自己刚才怎么了？张琴开始用力地想。又低下头看了看儿子，儿子脸上一片一片的像个大花猫。她笑了一下，儿子赶紧抓着她的手摇她。

“妈，妈，你别这样。你别吓我。妈，你别吓我。”看着儿子呜呜地哭。张琴震了一下，这是怎么了，吓着孩子了。她赶紧摸着儿子的头说，没事儿，没事儿。儿子说，她刚才晕倒了。她左手还攥着那张纸。定了定神，又重新打开看，泪刷地一串串掉下来。后来电话铃响，他们母子互相看看，都没敢接。电话铃固执的又响了几声才作罢。张琴想站起来，却又“扑通”地坐了下去，才发现自己已经没有任何力气了。看着儿子突然觉得自己是在一场梦里，叫了两声“涛涛，涛涛。”听见儿子的答应声还是很远。又叫了儿子两声，儿子又哭了，眼睛里流露出很深的恐惧。她又吓着儿子了，她赶紧摸了摸儿子。她得醒醒，就算是梦也得醒醒。家里的电话铃又响了。这次，她还是看了看，犹豫着，电话很快就不响了。她松了口气有些清醒了，展开手里的纸重新看了几遍，然后拿起桌子上畅卫国抽烟用的打火机噗地把纸点了，儿子的脸在火苗里变得有些模糊。终于一了百了了。不一会儿张琴的手机又响起来，彩铃一直唱着两只蝴蝶。蝴蝶飞到最后，张琴犹豫了半天还是接了。

4

畅卫国坐在床上看着张琴。他发现，自己的平安归来并没有令家里人高兴得跳起来。虽然已经先给张琴打过电话，但张琴见到他还是显得有些不安甚至是慌乱。儿子满脸都是干了的泪道儿，见他进门像大人似的深深叹了口气就先回屋了。畅卫国和张琴说起上午的事情，她先是愣了一会儿，然后开始哭。哭得很绵长，像水管里流得很细的水，断断续续一直流着。畅卫国闭上了眼。今天上午上高速的时候，他在远处犹豫了很久，快中午一点了，才最后下决心上去。一开始，他开得很慢，后来终于是加速了。80、90、120，开到140迈的时候，他看着旁边的防护栏，准备一下子撞过去。他是真的鼓足了勇气。可就在方向盘刚刚打歪一点儿的时候，很突然的，他又开始害怕了。那种害怕很快变成了恐惧，恐惧由脑子又延伸到了身体，他能感觉到自己瞪大了眼睛。身体绷得直直的，像一根快要折断的弦。在最后一刻，在恐惧就要炸掉他的那一刻，他毫不犹豫地踩下了刹车。车滑了一小段距离“哧”地一声停下了。他的头和手死死压在方向盘上，身体继续抖着。过了很长时间，畅卫国才抬起头。看了看周围然后长长出了口气。虽然没有死，但已经把自己吓得半死了。摸了摸头，全是汗。图什么呢？这么吓自己。又没有人真的逼他，干嘛自己和自己较劲呢？再想想儿子和张琴没有了他可怜的样子，他开始懊悔了。同时也庆幸自己在最后的关头还是做了正确的选择。一切都有惊无险。还是活着好啊。等情绪和身体平稳了，他赶紧往家里打了电话。见没有人接，他又急了一下。张琴该不会是晕倒了吧，或者已经傻傻地跑去了医院。这么一想，就觉得自己很对不起她们。真是荒谬，他居然想要离开她们。自己撕心裂肺的难受不说，还要让他们变成孤儿寡母。后来手机终于还是打通了。畅卫国听着话筒里传来张琴的声音，心一下子就舒展了、踏实了。在车里，畅卫国想起了自己写的遗书，又想象张琴拿在手里难过的样子。想想自己为了家人居然能做出去死的牺牲，他被自己彻底感动了。他能想象出他们见到他平安回来高兴的样子。他要抱着她们，一家人高兴的哭，再也不分开了。

张琴的眼泪虽然还在继续流着，但情绪已经进入到了尾声。

"睡会儿吧，别乱想了。没事儿。"畅卫国拍了拍她的手。自从看了畅卫国写给她的那封信，她的心就再也放不到肚子里了。最初见到畅卫国活着回来，她高兴过，也庆幸过。觉得自己又有了希望。但那种高兴只持续了短短几分钟，很快就被恐惧和担忧代替了。她知道，还有更大的煎熬等着他们，还谈什么希望。她明白，事情才刚刚被牵出了一个线头，千丝万缕、绕来绕去的东西在后面呢。想着涛涛出国的事也要泡汤了，她更是一点儿也高兴不起来。本来想埋怨几句，但看着畅卫国一脸的灰，她又有些心疼他：

"你也躺会儿吧。"她把脸上的泪抹了抹说。

畅卫国点点头躺下了。刚躺下又腾地坐起来，问：

"纸呢？我给你写的纸呢？"

"烧了。涛涛也看了。"

"干嘛让涛涛看啊？"他有些急。

"今天我有事，他先回来的。"看了他一眼，她继续说：

"没事的，看了也好，让他知道你对他的一片心。既然没死成你就不要瞎想了。"

畅卫国没有说话，又躺下了。重新躺在自己床上，他突然有了一种恍然隔世的错觉。刚才在厕所看看镜子里自己的脸，觉得有些陌生，但同时又亲切着。还是活着好啊，难怪有那句话：好死不如赖活着。说得精辟啊。他闭起眼睛眯了一小会儿，也踏实了一小会儿。但很快又不安起来。他的心里就像有虫子在爬，窸窸窣窣的，声音细小却繁杂、绵长。

5

快散会的时候，教育局局长又说起了学校建筑工程调查的事，希望还没有检查到的学校好好准备，一定要好好配合调查组的工作。畅卫国第一个站起来表了态，他说：一定好好配合调查组，学校的建筑事关祖国的未来，不能掉以轻心。大家都点着头，教育科的小马顺嘴说：

“有你这样的校长真是学生之幸啊。”

刚才表态的时候，畅卫国并没有脸红，甚至连感情都没动一下，只是照本宣科念而已。可小马的这一句夸奖却让他的心突然抖了一下，脸也随即红了。他在心里骂小马多事。好在小马没有继续说下去。大家又转移了话题，要不他还真害怕自己一失态露出什么马脚。调查组还有几天就要入驻三中，不能再有闪失了。这些天他也密切注意着张忠。前几天，张忠代他参加了个会，说教育局下一阶段准备抽查市里学校的财务情况，让他们做好准备。张忠说话的口气仍然很激昂，说，学校确实应该严格财务上的报销制度，还说应该好好地把这几年的账都理一理，不该总那么稀里糊涂的。又说他们学校的会计和出纳实际上是不分的，缺少相互的制约。这在财务制度上不允许的。后来又很肯定地说，三中几年来都是市里先进，这次抽查肯定有我们，我们应该提前做好工作。畅卫国压着心中的不快，只是点了点头，什么也没有说。事情明摆着呢，市里只说了个抽查，张忠就能肯定地说要查他们学校，而且还说了那么多的毛病。能说明什么？说明张忠一直就记恨他呢，就等着有了机会好扑上来咬他一口。查账的事情估计张忠也和教育局的人没说什么好话。他知道他针对的就是他。过了这些年，两个人的话倒是说开了，但明显的不亲近。不用说亲近了，屋里如果只剩下他们两个，立刻就会有尴尬的气氛冒出来，挡都挡不住。话本来就是干巴巴，就事论事的说，不会带有任何的感情色彩。再一尴尬，明显的又生涩了许多。那种时候，时间会一段段的跑出来横在他们面前。都能看得见，但又都知道他们走不过去。平时，无论男的女的，老的少的，他总能找到适当的话题聊下去，但和张忠就是不行。话总是很简短，几句就说完了。他也想过，和张忠敞开心扉谈一次，说一说他这些年的苦衷。可无论说什么，谈话氛围总是第一位的，没有一个氛围让你扒肝掏肺的激动，不用说敞开心扉了，就连一般的信任恐怕也谈不到。大家在一起吃饭的时候，张忠总是避免和他坐在一起。虽然在饭桌上该说的客套话还是会说，但一个“远”字把什么都隔开了。这样一个人，在这样的时候，天天转悠在他身边能不让他担心吗？看着张忠说起调查组一脸高兴的样子，他就和出热疹子一样，浑身的不舒服。要说关键时候，还是女人行，一句看似没道理的话结果是大道理呢。昨晚，张琴洗了脸正往脸上抹她的那一堆瓶瓶罐罐，见畅卫国长吁短叹的，就说：

“你别老担心了，担心也要一天一天过，碰运气吧。”畅卫国摇了摇头：

“碰运气，怎么碰运气？有张忠老在那儿盯着，早晚得出事。”

张忠的事张琴也是知道一些的，只是不知道细节罢了。畅卫国告诉她的版本是：张忠嫉妒他，但畅卫国也说，其实他的方案是张忠先想出的，资料也是张忠的，但写还是畅卫国他自己写的。总之，故事里，给了张忠一半的版权，但好人最终还是自己。张琴对于张忠很不屑，觉得那样一个嫉妒心强的人，真不算是男人。这样的话，每次她一说就被畅卫国立马挡回去，甚至还很生气。张琴瞥了一眼丈夫：

“告你说，他那么小心眼，不算个男人，你还老替他辩！”

“你看你，又说这些，破事儿了老提，有什么意思你。”畅卫国开始觉得烦躁了。他最不喜欢听老婆说这件事用不算男人来概括。

“提不提，都是你每天见他，又不是我。要是我早把他弄得远远的了。眼不见心不烦。”说完张琴不再理他，继续揉搓着那张已经开始有些松弛的脸。

是啊，他怎么没有想到呢？挪开不就行了吗？他嘿嘿地笑了几声。张琴瞥了他几眼，嘟囔声，有病。

是的，他是有病，是心病。不把张忠这个心病除了，他安宁不了。一个月前就有通知让学校派人去省里交流学习，为期半个月。当时，他只想着怎么去死，完全没有考虑这回事。但他的记忆力是惊人的，他记得学习报道的日期就是这个星期四，也就是后天。现在看来，还是上天在帮他啊。这么好的机会，又能把张忠支开，又能卖个人情。半个月，调查组应该就要离开了。他嘿嘿地又笑了，都快要哼小曲儿了。

张忠听说要派自己去学习，很不相信的看了看他。要知道去省里学习，这样的机会并不是年年都有的，而且一般都是校长自己去。又能长见识，又能认识一批人，这样的好机会怎么能轮到他呢？畅卫国挥了一下手继续说：

“张忠同志的业务水平是大家有目共睹的。我相信张忠同志通过学习一定能给我们带回更新的知识、更新的管理经验、更新的学习方法。大家有什么不同意见请发言。”

谁还能有不同意见呢？张忠的确像他说的，业务水平是学校数一数二的，平时为人也不错。至于说到出去学习这么好的机会，教导处的这几个人其实都想去。怎么说也是镀金啊，谁不愿意把自己抹得光滑顺溜呢？说白了，好东西谁都想往自己头上戴。可是自己提自己总归不合适，提别人又没商量好，谁也不欠谁的。既然轮不到自己，那校长提议谁就是谁吧。于是，大家的意见很快就一致了。轮到张忠发言，他显然有些激动，反而不像平时那么自信、那么激昂了。一直说，谢谢大家、谢谢大家，我会好好把握这次学习机会的。说完又看了一眼畅卫国，眼睛里有些东西似乎开始融化了。畅卫国点点头，他和他一样也很高兴。这就好，大家都高兴就对了。他开始佩服自己，谁说他没有创造力呢？这样的事自己都能解决还没有创造力吗？

张忠的问题虽然已经解决了，可畅卫国的觉还是睡不踏实。他常常半夜惊醒，恐惧和黑暗始终困扰着他。在睡梦里一次又一次重复着车祸的场面，在实际中没有完成的事在梦里无数次地演练着。场面无一例外都很惨烈，让他疼痛而窒息。每次醒来，都要出一身汗。也看过医生，医生检查后摇摇头说，身体没有问题，最好是看看心理医生。张琴拿眼睛询问他是否看心理医生，他使劲地看了张琴一眼。张琴立刻懂了，同时为自己的粗心变得有些不好意思。是啊，哪能看心理医生呢，他们的那点儿事本来就怕人知道，医生一催眠还不立刻就全知道了。为了不做噩梦，畅卫国常常要熬到很晚才睡。希望弄累了，能一觉睡过去。但很多时候熬了夜，噩梦还是照来不误。就和熟门熟路走惯了似的，轻易地忘不掉他。而他只能在那儿被动地等着、看着，存着侥幸。谁都能看出他瘦了。有人关心的让他回去休息，他总是点点头、笑笑说，没事儿，我本来就瘦，身体好着呢。只有他自己知道他有多害怕晚上，害怕睡觉。可又不能不睡觉。不睡觉的时候他也常常琢磨怎么对付调查组。他明白，只要查迟早是要查出些事来的，要不怎么能叫调查呢？他们学校的工程本来就问题重重。学校的工程本来他是包给王老板的，他头一天拿了钱，第二天就签了约。俗话说，拿人钱财替人消灾啊。可开工的时候，他才发现根本就不是王老板的红旗工程队，而是第三工程队。给王老板打电话，王老板倒是一贯的客气，一直赔着笑说，没关系，没关系，那也是自己人，一样的。畅卫国最不喜欢听这样的话。什么自己人，好像他们是一条绳上的蚂蚱。他和他们怎么能一样呢？他有些生气地说，这可是违约的。王老板仍旧是好脾气，哎呀，都是自己人，怎么会违约呢？工程他做和我做都是一样的。都是兄弟，你还信不过我吗？有事好商量，以后我们还要好好合作呢，大家一起发财、一起干事业。这也是畅卫国最不愿意听到的话，什么一起发财，真是满身铜臭气。畅卫国并不傻，上面拨下来的钱是死的，这么来回转租，真正落到工程上的款子自然就少了。谁都要赚钱，那自然就只有原材料上动手脚。他什么都知道。可知道有什么用呢？一迈脚就已经迈歪了，只能装着什么都不知道继续歪下去。所以他自己清楚，自己经不起查的。可又不能明着不让人家查，那不是不打自招嘛。最好是让调查的人能闭着眼睛过去。他想了好几宿，脑子把调查组的每个人来回都过了过，决定还是找和自己年纪差不多大的卫主任入手。同年把岁的话题自然多一些，烦恼估计也都差不多。那样一来，话题也容易拉近。只要一交心就什么都好办了。

畅卫国一回家就躺到了床上。

“哎呀，脱了外边的衣服再躺，脏死了。”张琴边说边往起拉他，他不耐烦地甩开了张琴。张琴站在床边气鼓鼓地看着他，他索性把头扭到了另一边。张琴又过来拉他，畅卫国终于有些火了。

“脱什么脱，就知道假干净。都火烧屁股了还假干净。”说完，他把身子背了过去。

“行，就你行，你就冲我凶吧。你真有本事啊，就会和老婆凶。”

畅卫国听了这句话一下子坐了起来，冲着张琴几乎就是吼了：

“还要怎么样？你还要怎么样？老子都想去死了，你还要我怎么样？你是不是嫌我没死成啊？”

“你……胡说。”张琴哇地哭了起来。看着张琴委屈抖动着肩膀，畅卫国开始后悔了。自己究竟是怎么了，就和关在笼子里的野兽一样，一逗就急。他揽过张琴往怀里搂，张琴往开挣脱了几下，最后还是被他搂住了。这一搂张琴哭声反而更大了，这么多天的害怕、委屈、担心仿佛一下子找到了突破口。天快暗的时候张琴总算停止了哭。女人的泪就是多啊，畅卫国发现自己衣服前襟上已经湿了一大片了。他真羡慕女人，永远能无所顾忌的痛哭。不像他，只能一个人压抑着哭。哭完了一回头，事情还是追在屁股后头眼巴巴地看着你，躲不开啊。

调查组的事要应付，财务上的账也得规整规整。财务上规整起来可不是说说那么简单。没人查，怎么都好说。大面儿的东西似乎都是按着规定来的。一出一入又有票据，又有单据，好像没什么问题。可只要是稍稍懂财务的人，一查，肯定会出事。不用说别的，就光他请同学吃饭这几年下来也吃了有几万了。学校招待经费每年就那么一点儿，要报销只能从图书经费和办公耗材里走账。反正是他签字，财务上从来都是睁一只眼闭一只眼，只要有票据就行。但畅卫国清楚里面好些票都是他买来的。说起来，现在也真是干什么的都有。卖发票的就和卖冰棍一样，哪儿都有。平时，你不细看还真发现不了。他们的眼都特别尖，而且还特别灵，一对眼就能知道你是想买还不想买。看准了，会缠着你到街的拐角和你交易。买了几次后，一上街他远远一扫就能发现他们。就和特务接头一样，准着呢。那些假票，一查肯定都是问题。他不信他们说的话，什么和真票一样，和真票一样还用偷偷摸摸的卖吗？他清楚，那也就是用来糊弄的。糊弄的东西历来是不能当真的，可细数起来无论哪儿也总还是糊弄的东西多。过去他并不是不清楚这些，而是知道没人会详细的查学校的账。在学校那么多年，没试过，也见过了。过去，他当教导处主任的时候就常常从买的办公用品里自己抽些油水出来。当时他就想，他要是校长就好了，就能一个人说了算，就能大笔一挥批钱了。那么多年也没见有谁认真查过学校的账，只要有票就都齐全了。谁知道轮到他就会变成这样。他叹了口气，要是没有张忠在那儿积极跳着脚要求查，兴许不一定能轮到他们。这个张忠啊，都那么多年了还记恨。

假票的事情其实他还是可以解决的。可以抽出来，再去买些真票放进去。这不是件难事。去买办公用品的时候多开些就什么都有了。可是即使换了票，细查起来，账还是对不上。他家里这几年买的几个大件东西走的也都是学校的账。张琴都有些习惯了，一买东西就问他什么什么报啊。那些东西仔细算算，也是一笔不少的钱啊。

畅卫国决定和教导主任好好谈谈。平时，他也算优待他。只要是他拿过来报的条子，他基本上都批，从来不细问什么。他还不清楚那里面有多少油水？是该报答他的时候了。能顶的替他稍微顶一顶。能怎么样呢？查完了他还是个教导主任，而且有校长庇护着还能升得更快。他说得很含蓄，只说自己是个大大咧咧的人，财务上的事，没有很细致的管过，可能有些报销的单据不太合乎规定，让主任帮着看一看，然后能补救的就补救一下，不合理的就拿过来商量着弄得合理一些。教导主任一直点着头。畅卫国也点点头，继续很和蔼地说：

“还是年轻好啊，趁着年轻能上就赶紧上吧，现在落后一步就是一步啊。”说着拍了拍教导主任的肩。教导主任笑得很开，一直点头说，是啊，是啊。看着他的背影消失在门口，畅卫国有些拿不准了，原以为和他说起这些，教导主任会顺嘴说，让他帮忙提拔的话。那样就什么都好说了，也就好办了。可现在眼看着自己该说的话已经全说了，却并没有换来别人的那句话，有的只是礼貌和客套。这怎么能让他踏实呢?

最近，畅卫国有事没事总要拿着自己签的合同看一看。学校已经有人在议论了，说逸群小学的校舍也出问题了，听说也是第三工程队盖的。当初盖楼签约的时候教导处的几个人都在，都知道是和红旗签的约。开工改了包工队，他只能和大家说，第三工程队是红旗工程队的分队。好在盖的是学生教室，不是职工宿舍，所以也没有人总盯着工程查什么。怕张忠添乱，工程还没开始，他就让张忠着手准备学校的教学改革方案。那可是个复杂又繁重的活儿，为的就是让张忠腾不出时间来管工程。为了万无一失，他还特意开了个会：会上宣布工程由他亲自来督促、监察。说，那样才能保证盖楼的进度，保证让学生在明年冬天住上新楼。他没有说保证质量之类的话，他还是心虚。不过，光前面说的话就已经很冠冕堂皇了。还有什么比学生过冬前住进崭新、暖和的新教室更好的事呢？从他拿了钱的那刻起，他就一直小心着、担心着，可还是躲不过这一劫。前几天，人们都说泰山庙小学的校长在监狱里，头发突然秃了一大块。不少人都笑着说那是报应，做了亏心事，鬼来叫人了。听人这么说，他只能笑一笑，可心里却像吞了块玻璃似的，一扎一扎地疼。现在，出门只要看见穿警服的他都无端地有些心惊。张琴也明显觉得畅卫国越来越胆小了，稍大一点儿的声音都能突然把他吓一跳。脾气也变得很暴躁，一丁点儿的小事都能激怒他。张琴知道他烦，可谁又不烦呢？眼看着儿子出国的日期越来越近了，这可是她弄了一年才弄好的事，要是真的因为丈夫的事泡汤了，她可连死的心都有了。本来忙来忙去就是为儿子，到头来，却害了儿子。早知道这样就不如不拿那些钱，宁愿借呢！晚上，见畅卫国又拿着合同在那儿看，她有些没好气地说：

“就知道看这破合同，你都看几天了。能看出花来？你也是，当初也不和我说清楚，早知道还不如借钱呢？真耽误了儿子出国可怎么办？”

“哼，说得好听。借？你给我借一个试试。现在钱这么紧，有两个还不够自己用呢，还会借给你。和你说清楚管什么用？管屁用！”畅卫国把合同折了折放到衬衣口袋里说。

“你怎么骂人啊？就你明白，明白你现在赶紧让儿子出国啊？告诉你，儿子出不了国，我，我和你没完。”

“滚，都滚，老子已经为你们快死了，还在这儿闹，闹个屎！”畅卫国红着眼睛冲张琴喊着。

他们已经不是第一次这么吵了。最后的结果总是张琴在那儿嘤嘤地哭，一开始，吵完了畅卫国还哄一哄张琴，后来，吵完干脆摔门去外面躲清净，留着张琴一个人在那儿哭。和往常一样，张琴一听畅卫国吼就忍不住哭。见畅卫国坐在床边丝毫没有要劝自己的意思，她就气不打一处来。过去，一直都是畅卫国让着她，现在居然见自己哭成那样连哄都不哄自己。看来，单位的人说的还真对，女人一老就注定会变得悲哀，因为男人永远喜欢的都是漂亮、光鲜的东西。这么一想，张琴开始觉得不值起来。哼，说不定把钱给了几个女人呢！于是，边哭边说：

“少在这儿装可怜，谁知道你的钱给了几个女人呢？你说清楚，你到底把钱给了谁了。你说清楚……”畅卫国没料到张琴会说这些，女人真是不可理喻。你说东，她能完全的往西想，而且还越想越深入。他不耐烦地起身，穿衣服准备出去透透气。见他不说话，张琴更来气了。不说话代表什么，心虚才会不说话。她把他的衣服一把抓住：

“你给我说清楚，你是不是真有相好的？你个没良心的，我一辈子全为你们姓畅的搭上了，到头来，你，倒想走，门儿也没有！你究竟给了别人多少钱啊？你给我说清楚。”看着张琴还在胡搅蛮缠，畅卫国的耐心一下子降到了极限，使劲往开甩了一下，谁知道张琴居然就势倒在了地上，一下子号啕大哭起来。畅卫国闭着眼睛喘着口粗气，眉头打上了死结。他站在原地正要发作，张琴的哭声被砰地一声门响打断了。见儿子涛涛站在他们面前，她赶紧收敛了哭声，但仍旧坐地上。涛涛带着不耐烦瞥了他们一眼，别过头用很平静的声音说：

“够了，你们别吵了，烦不烦啊？整天的吵。你们不烦，楼上楼下也早烦了。谁说我要出国的，告诉你们办了我也不出。别老以为你们为我好，你们是为你们自己好。你们再吵我就搬出去住。”说完也不等他们说话，又砰地一声关上了门。

张琴和畅卫国互相看了看，一下子就没了火气，转而变成了伤心和无奈。

“没良心的，忙来忙去还不是为你吗？要不你爸哪至于急成这样！”张琴冲着门嚷嚷了一句，也不知道儿子听见了没有，可畅卫国是听见了。他拉起老婆，撸了把老婆的头发，一句话也说不出来。张琴反过来开始安慰他：

“别和孩子一般计较，他懂什么？你最近脾气是越来越不好了。是不是身体不舒服啊？”

畅卫国摇了摇头，很深地把张琴揽在了怀里。人就是这样，一让就让出一片天地来，天地宽敞了，心也就宽敞了。亲热完，张琴还是绕到老话题上，又问有没有别的女人。现在问，就有些撒娇的味道了。畅卫国笑着不说话，张琴也笑着，手却往他腿上掐了一把。

“说，到底有没有？”

“喂你还喂不过来呢？还到处喂？”

“去你的。”一句去你的，又把畅卫国的身体勾起了情欲，虽然还有些力不从心，但已经有些跃跃欲试的架势了。

6

畅卫国一面盘算着调查组来的日子，一面忙着找关系，想约出调查组的卫主任吃饭。托了好几次都被拒绝了。他没有死心，最后又托了他们的班主任去说，卫主任比他早三届，当年可是班主任的得意门生，这个面子应该给吧。他都想好了，就在班主任家里搞个家宴，多叫几个他们那届的同学。这样卫主任应该不会拒绝。他也不打算多说什么，那么多人也不是说话的场合，先混个脸熟就行。只要认识了，以后再请就好说了。一切都按计划进行着。班主任听畅卫国说要把学生带到她家里聚会，显得很高兴。一定要自己去买菜亲自做。畅卫国的意思是他从外面订菜，那样方便。两个人推脱了半天，最后决定菜还是老师亲自做，酒水畅卫国负责。他想，这样也好，自己做菜更有气氛一些。请客那天，从早晨起，天就有些阴阴的。他一直担心下雨。下了雨，泥泞不堪的总是让人心情不爽。心情不爽了看什么自然都不容易顺眼。一切还算不错，雨并没有下起来。吃饭的时候，他把自己安排在卫主任旁边，一直和卫主任套着近乎。卫主任显得很客气，一直不停点头、寒暄，礼貌到了极致。见他这么礼貌，畅卫国的心有些凉了。礼貌代表什么，礼貌除了代表涵养，更多的时候代表的是距离。一和你有礼貌了，也就意味着和你有距离了。这年头，有时候，越骂才越亲呢！畅卫国压着心里的担心，仍是笑着不断和卫主任找话题说。可说来说去也还是很有礼貌。说起孩子，以为能多有些话题，卫主任的一句“儿孙自有儿孙福”一下子就带过去了。他知道不能谈学校建房的事，那种敏感的话题最好还是单独谈比较好。可看卫主任和他的礼貌程度，不大可能再单独见面了。他强压着落寞吃完了那顿饭。临走，本来还想送送卫主任，最后努力一把。但被卫主任的老同学抢着先拉走了。他知道自己又白忙活了一场。

雨在晚上快睡觉的时候，终于“哗”地下了起来。啪啦啪啦地打着玻璃。张琴没有受任何影响，不一会儿就睡着了，均匀地打着呼噜。畅卫国盯着天花板，脑子毫无秩序地运转着。转了一个多小时后，终于又转到了他自己的事上。看来，他只能碰运气了。那就碰吧，只希望新盖的教学楼不要出现什么问题。再怎么也是用事实说话，楼出了问题那可就是铁的事实了。听着杂乱雨声，他的心也被敲打得杂乱起来。

雨一连下了三天，畅卫国的心被雨泡得都快起皮了。他每天去学校，连办公室都不进直接要先去新楼那儿看一下。在周围转一圈后，还要去楼里看一看。楼只剩下最后的扫尾工程，只留着一两个工人。这两天下雨，没法开工，工人干脆不来了。整幢楼就听见他一个人的脚步声。倒霉的雨居然也和他过不去。一下起来就没完没了。雨再这么下下去，地基一塌陷楼可就完了。楼里忽地吹来一股阴森森的冷气，他往起缩了缩脖子。出了楼门，也没往开撑伞，就那么缩着脖子往办公室走去。到了办公室，一屁股坐进转椅里，畅卫国有些蔫了。正发愣，教导主任把新补开的发票给他拿过来了，等着他签字。畅卫国假装随意地看了看说，你先签吧。你不是一直管这些吗？你签了我再签。说完又补充说，这也不是什么大事，查也就是走个过场。教导主任几乎一下都没有犹豫，很慢却很肯定地说：

“畅校长，这几笔钱，我没经手过，数目这么大，我看光我签不太合适吧，要不你再找张校长商量商量？”一听那语气就是经过深思熟虑的。畅卫国抬起头一声不吭地看着教导主任，教导主任也客气地沉默着，丝毫没有要妥协的意思。最后，他只好把手摆了摆让教导主任出去了。畅卫国烦躁地在屋里走了好几圈。又看了看窗户外面，天仍旧阴得很浓稠，没有丝毫要开的意思。办公室像晚上一样，显得有些昏暗。他走过去开了台灯，看着墙上自己硕大的影子，终于忍不住骂了一句。

张忠从省里赶到三中的时候，警察已经用白色的隔离带把人群隔开了。一部分人开始清理楼门口倒塌下来的水泥和石块。张忠发现教学楼的左侧像柔软的面包一样有了很大的弯曲弧度。还没走到楼跟前，教导处的小李先把他的胳膊拉住了。

“张校长，畅校长现在还没找到呢！他爱人说昨晚他就没回家。”见张忠没有明白过来，小李又压低声音说：

“最近，畅校长每天都要去新楼看好几遍。他们说……可能是埋在下面了。”听他这么说，张忠有点紧张了。难怪，刚才电话那么急的叫他回来。到了楼跟前，人群嗡嗡的嚷嚷着，多数都是骂声。其中，还有警察的喊话声。警察不时要往后赶一赶群众。可没过一会儿，有人又往前拥着到了隔离带那儿。张琴半跪着趴在一边，像凉了的面条般软瘫着，没了往日的形状。张忠上前问了几句，张琴看了他一眼没有理他，别过头继续哭自己的。小李向清理组的王队长简单介绍了张忠。王队长点点头。告诉张忠让各班的老师中午放学的时候看管好学生，千万不能让学生到清理现场，要尽快地疏散好学生。张忠转身告诉小李去安排。他和王队长一起往已经清理开的楼门口走。刚走到门口就听清理队员喊，发现人了、发现人了。张琴听见喊，也起身往里就跑。

昨晚，畅卫国一直到十点还没回家，张琴就有些急。打电话一直无法接通，问了他父母也说没回去。想问学校的人，又怕被别人笑话。雨一直也没有停，她就那么一直等着。熬到天亮，等涛涛吃了早饭，赶紧就往三中赶。远远的，见学校那儿围着一大堆人，她还觉得挺奇怪，又不是六一，按理说早晨不会有活动啊。学校的老师见她过来，有认识她的，还和她打了招呼，顺便问，畅校长呢？张琴矜持地笑了笑没有说话，心想，她可得沉住气，不能随随便便地和谁都说畅卫国晚上没回家，那样影响可不好。教导处的几个人见她过来，也赶紧上来问她，校长呢？她还是笑了笑，笑完了把小李拉过一边去悄声问：

“你没见你们校长啊？”

小李摇摇头。

“畅校长昨晚没回去吗？”

张琴刚要点头，抬了一下眼，透过围着的人群才看见新教学楼有一角塌陷了。一下子她也塌了，这些天畅卫国每天都和她念叨学校的新楼，她知道他每天都要去新楼看好几遍。小李说楼是晚上塌陷的，大概八九点左右。门房最早听到了声音，还以为是打雷呢！早晨才看见已经塌了。他们一直给校长打电话打不通。小李最后的半句话淹没在了嘈杂的人声里。其实看见张琴木然的脸，大家也隐约地清楚了是怎么回事。只能叫副校长回来了，这么大的事单位领导不能不在啊。小李给张忠打电话的时候，只是说找不到畅校长了，没敢说人已经埋在了下面。见抬出了人，早就准备好的医务队赶紧把担架抬了过去。又一阵儿的乱哄哄。畅卫国身上、脸上都是灰，整个人好像失去知觉一样，没有任何动静。张琴使劲叫着他的名字，一样还是没有任何反应。医生让人把哭哭啼啼的张琴从畅卫国身上拉开，对张琴说，伤者只是昏迷了，伤者还要去医院做进一步的诊断。张琴使劲点点头。这时候，张忠走了过来，本来是想安慰她几句的。但张琴一看到他，就拉下了脸，没等他说完扭身走了。

张忠虽然恨畅卫国，但绝不至于希望他死。看见他这样，心里积压多年的恨也似乎一下子找到了出口，汩汩地开始流走了。剩下的只是些年华历尽的无奈罢了。他和清理队的王队长一起在医院等着畅卫国的检查结果。张琴也在。但张琴的眼睛连看都不愿意往他这儿看一眼。过了一会儿医生出来了，话说得很平静，有些像自言自语：

“病人头部受到撞击，初步诊断有脑震荡，可能出现脑震荡的功能性精神障碍。左腿大腿处软组织多处损伤，胳膊以及脸上六处皮外伤。再过几分钟病人就会醒了。”医生说完，把手揣在白大褂里，往病房走去。张琴赶紧跟上，想问得更清楚些。见她跟在身边，医生停留下来说：

“有什么不明白您可以看病例报告。”

张琴讨好的笑着：

“大夫，那他有事吗？”

医生仍用很平静的语调说：

“我和您已经说过了，你有什么不清楚一会儿可以详细的看病例。我还有工作，不能一直和您重复地说这些。”说完，往前欠了一下身子，很礼貌的离开了。张琴周围的空气像医生的脸一样冷静的不能再冷。

张琴、张忠和清理组的王队长几乎同时出现在了病房门口。畅卫国的眼睛慢慢睁开了，首先看到了张忠，接着看到了穿着警服的王队长。谁都没有反应过来，他突然大叫了一声，然后就呵呵地笑起来，声音大极了。而且一下子从床上跳了下来，嘻嘻笑着走到张忠跟前说：

“嘻嘻，你没抄我的，你没抄我的。我是骗他们的。嘘，别告诉他们。你看我儿子考上哈佛了。”说着从口袋里拿出了一张纸放在张忠手上。张忠还没看清楚，畅卫国又拿了过去，放在张琴手上。

“你也看看，嘻嘻，好吧。儿子考上了。”说着居然扭秧歌似的扭了起来。张琴看了一眼就知道畅卫国拿的是他自己签的那张合同。张琴用手捂着脸哭了。畅卫国见张琴哭，停止了跳，把身子往后缩了缩，正好碰到了王队长身上。一回身，吓得脸一下子白了，摆了摆手说：

“不要抓我，我儿子考上了。等他走了再抓我。就等几天他就走了。求求你……”说着像孩子一样坐到地上开始呜呜大哭。

九月的太阳缓缓照在屋子里。畅卫国眯着眼睛看着手里的纸，纸已经有些破烂了。见有人过来，他赶紧把人拉过来看他的纸：

“快看，我儿子的通知书，哈佛的。嘻嘻。”那个人拿起来仔细地看了看，很认真地说：

“没盖章啊好像。别怕，我最有钱了，回头我给你买一个。你看我有多少钱。”说着那个人从兜里掏出一叠卫生纸，小心的放在了畅卫国手里。

让我落在尘埃里

牧牧还是和以前一样的缺乏想象力。对于雷歌的热情，常常表现出一幅浑然不觉的样子。这让踌躇满志的雷歌多少有些吃不准，不知道自己是该上还是不上。

要不是陈涛极力撮合，他是不会和她往这一步走的。之所以这么说，倒不是因为他不喜欢她。事实上，还在念大学的时候，雷歌就开始喜欢牧牧了。虽然在多数人眼里，牧牧一点儿也算不上漂亮。五官每个部位都有些轻描淡写，如同用水洗过多次的衣服，干净是干净，可干净里总是多少带了些陈旧。加上性格也完全配合着长相，仍旧是一味的淡。所以，几乎都用不着往人堆里扔，牧牧自己就能把自己悄无声息地淹没了。可是，这一切，在雷歌看来，居然有了另外一番韵味。他从心眼里喜欢牧牧那种淡。她就像他家里挂着的写意山水画，无论摆着还是看着，永远不会有任何的攻击性，让人觉得放心，同时也安心。年轻时自然怎么也比不上浓艳、隆重的女人来得抢眼、来得热烈，但随着时间的推移，也决不会像隆重的女人消退得那么惨淡。落了灰、发了黄的山水画，旧是旧了，但多半都会生出些别样的味道来。雷歌喜欢的就是牧牧的淡，但偏偏他的表达出了问题。在食堂聊起班里的女生，他端着饭盆，举着筷子说：

“牧牧啊，就像一杯白开水，可以装在任何的容器里。”他本来是想夸牧牧“淡”得很亲和、很随意，谁知他的话音刚落，就引来男生的一阵哄笑声。有人附和到，对，像白开水一样淡而无味。你看，咱们莉莉，多浓啊，像玫瑰一样，可不能随便的装在任何的容器里，要捧着，不对，要贴在胸口搂着。当时，牧牧就在隔壁的桌子上吃饭，虽然脸上还是一如既往的淡然，但神情冷漠得已经可以结冰了。所以大学四年，不用说发展恋情，就连朋友都算不上。

毕业后，班里只有八个人留在了东城。八个人里只有两个女生，一个是他们的副班长，另一个就是牧牧。谁都没想到，性格一向不招摇的牧牧会留下来，而且还早早的已经应聘好了工作。毕业那晚，大家都拼命喝着酒，说着话，努力地想要留住些什么。他们把班里的女生都说了个遍，也第一次谈起了牧牧，陈涛使劲拍着桌子说，女人真是搞不懂啊，搞不懂啊，你看牧牧，居然能留下。小回回也晃着站在桌子上说，女人真是搞不懂啊，搞……桌子没晃，小回回自己把自己晃倒了，嗓子里依旧咕噜着话，大家都笑了，笑得模糊而灿烂，那晚最后的记忆就是笑。

他们终于留在了这个并不陌生却仍旧满是隔阂的城市里。开始，他们一如既往地重温着毕业那晚的好时光。不断地聚会，不停地聊天。时间在那些谈话里变得像羽毛一样丰满起来。每次聚会，牧牧都安静地坐在角落里，听他们说，偶尔会笑笑，他只要看见牧牧坐在那儿就没来由得踏实。后来，大家开始各自忙得一塌糊涂，聚会也就渐渐少了。几年下来，副班长、陈涛、姜武、刘飞……都陆续结婚，除了他，每个人都像落定的尘埃。某个，怎么也打发不走的时刻，他也会想起牧牧，但那些喜欢早就被时间拉得又细又脆，不经意间，常常会断裂。所以，如果有可能，他宁愿什么也不想。

三个月前，陈涛突然叫吃饭，饭桌上不断往近拉拢他和牧牧的关系。牧牧没有说话，他也只好不说话。有了过去那次说话失败的经验，他不敢再乱说什么。吃完饭，陈涛先走了，他只好送牧牧回家。在车里，两个人都有些尴尬，反而更没话了。牧牧一直看着窗外。路灯下，外面的车，还有人，变得柔和、缓慢了。不再像白天那么刺眼、那么急匆匆的。慢了真好啊，除了在大学的那几年，她还真的没有更多的体会过慢的滋味。上学的时候，每一天都在为以后做准备，不是上课就是补课，那些年，她觉得自己从来没有认真的睡过觉，“荒废”是她母亲那时最爱说的一个词。怎么能把时间荒废在睡觉上呢！睡觉就像她每天必须按点喝奶一样为的是循环，为的是维持正常的生理代谢。所以，考完大学，她在床上躺了整整一天。时间终于不用再划分了，不用一格一格的摆在那儿等着让她跳。但也只躺了一天，第二天答案下来，她就开始不断地估分，光母亲就和她详细地估了四遍。母亲总是不停地说，一定要细、要细，最好一分也不要差，这样就能走个好学校。从估分到大学毕业，好像就是一转眼的事儿。终于上班了，她仍旧没觉得松口气，反而觉得像回到了上大学之前的日子，又是在赶，又是在为明天。像现在这样，坐在车里，对她来说真的算是最缓慢的时光了，和这个城市比起来，身边的这个人让她觉得温暖、踏实，她甚至希望，路，就一直这么无尽的延伸下去。她回过头看了一眼雷歌，发现雷歌也看着自己。她笑了，虽然浅浅的。这一刻，他和她的感受有些居然是一样的。他拍了拍她的肩。她点了点头。那晚，他们都没有多说什么，好像也不需要说什么，送牧牧下车后雷歌就直接走了。但从那晚起，他们开始单独见面了。

转眼半年过去，除了过马路的时候，他拉过她的手，其余时间两个人就像是来接头的革命同志，没有任何的进展不说，连话题也不会涉及结婚这样敏感的领域。雷歌觉得自己的耐心正在一点一点瓦解、坍塌。下午，看完电影，他决定带牧牧回他住的地方，也许是该创造一些暧昧的气氛的时候了。牧牧从进门起就一脸的平和，既不紧张也不兴奋。对于他说的话一律用无知的眼神来接应，弄得他完全丧失了信心。于是只好沉默着抽烟。见他这样，牧牧眨了眨眼有些无辜地问：

“怎么了你？怎么不说话了？”

雷歌有些哭笑不得，“噗”地一声连烟带笑一起喷了出来。因为噗得太急，咔、咔地咳嗽开了。牧牧这回没有旁观，居然腾出了插在兜里的手，在雷歌背上一下一下轻轻拍着。雷歌又激动了。不等咳完，顺势把牧牧搂了过来。牧牧居然没有躲，这让雷歌心里又一阵窃喜，早知道，就不说那么多话了，多费劲啊，这么一抱不就什么都解决了嘛！他把头伸进牧牧的脖子深深地嗅着。

“牧牧，咱们结婚吧。”说着把头偏了偏，开始亲牧牧的头发。边亲，边拥着牧牧往里屋走。

“牧牧，咱们结婚吧，就现在，好不好？”快到卧室门口了，牧牧突然推开了他，神情很严肃地说：

“你能保证一辈子喜欢我，和我在一起吗？”他点点头。

“你能保证不再喜欢别的女人吗？”他又点点头。手放在牧牧的背上摸索着。

“那你发誓吧，说，如果再和我以外的女人调情就立刻去死。”雷歌愣住了，脑袋稍稍地清醒了些，用手拍着脑门说：

“你说什么？让我去死？”

“你要不敢发誓，就说明你做不到，就说明你在说谎。”牧牧的眼神凌厉起来了。

“我都说了，不会离开你的。发什么誓啊，死多不吉利啊。”雷歌说着又伸出手去抱牧牧。

“你发不发？”

雷歌摇摇头。

“你发不发？”

雷歌还是摇摇头，没等雷歌再说话，牧牧转过身走了。

门“咣”地一声关上。楼梯里还听得见牧牧噔噔的下楼声。雷歌摸出了烟，使劲地吸了一口。

看着雷歌握着酒瓶，陈涛在对面哈哈地笑，笑得都有些喘了。

“你说你吧，人家笑姑娘就是有点心理障碍，让你发誓就发吧。有什么大不了的。”

“滚，少废话。你会无缘无故的咒自己死啊。”

“嗨，你不知道她父母离婚，心理障碍啊，可怜的孩子，到你这儿寻求父爱来了。你居然还不肯发誓，你说你有多绝情吧。”陈涛笑得眼泪都快出来了。

“废话，你去多情吧，不就是离婚嘛，谁没受过伤啊，我从小就见我爸妈吵架。我还受伤害呢！”

“那你以后聚会还参加吗？”

“参加，怎么不参加。我们又没怎么着。”

“回头给你再找一个吧。”

“就你？就能给自己找好的。连人带房子一下就都齐了。”听他这么说，陈涛笑容里爬上了知足又伤感的表情。点着头说：

“明年，孩子就上幼儿园了，她们单位办的。对外一个月2000多呢！对内才200。”

“那不就和白上一样吗？”

“嗯，是啊。要不就我那点死工资，供了孩子就供不了自己了。”两个人互相看了看，眼睛里的落寞居然都冒出了苗头，没等苗头继续延伸出来两个人赶紧心照不宣地笑了。和抱怨比起来，男人更喜欢吹嘘的形式，至少，看起来是饱满而完整的吧。笑完了，雷歌轻轻叹了一口气说：

“不管怎么说，你是安定下来了。来，再喝一杯你回吧。省得回去找别扭。”

城市的夜晚到处都飘着暧昧，荡着激情。雷歌四处看了看，刚刚压下去的落寞又混杂了荒凉一股脑儿地全扑了上来。他有些踉跄了。这个城市，他已经待了十五年。除了大学四年的时间让他觉得踏实，其余的时间，都像是飘在身外的东西，虚晃晃的，越用力就越抓不住，也看不清。一年一年的慢慢变成了在捱、在拖。也想过回到老家去。老家在记忆里就像热腾腾的菜，飘着香气，温暖着身体。可真的回去才发现，他变得挑剔了。看什么都忍不住要和东城比一比。住了才不过一星期，就觉得有些住不下去。爸妈多数时间都殷勤地给他做好吃的，然后就是小心翼翼地唠叨，边唠叨还边看着他的脸色，显得生疏又客气。他也客气地听着，不再像过去那么顶嘴、那么不耐烦。爸妈偶尔吵个嘴，只要妈的声音略高些，爸就用眼神使劲地往他这边瞥。妈立刻心领神会，很快就住口了。他们当他是客，他知道。不止他们，他自己也当自己是客。远房的表弟们来看他，照例他是要给些钱的。有时候，他也恶毒地想，他们来看他不会就是为了那些钱吧。但听着他们说话，听着他们憧憬他在外面的生活，还是让他觉得满足。他会讲很多外面的事，变得健谈而且幽默。在大家羡慕的眼神里，生活似乎暂时被他主宰了。他可以摸着生活的触角，任意地弯成他喜欢的样子。临走，他给母亲放下了一些钱。母亲没有推脱，只是问他什么时候结婚，有些诺诺地说，隔壁和他同岁的小林生的孩子都要上初中了。每次家里打来电话，都只会问他这些，好像这是一个很好的话题一样。他只能说，快了，快了。

再回到这个城市，起初总还是亲切的。看着车像蚂蚁一样挤在一起，听着周围的嘈杂，他居然觉得平静而心安。但绝不是踏实。他知道踏实是什么感觉，是那种口袋里装着足够的钱抱着心仪的女人，沉沉地睡去，又轻松地醒来。心呢？始终能乖乖待在肚子里，而不是晃来晃去的让你发慌。

他也找过女人，做完爱搂着很快就睡着了。可到了半夜总会莫名清醒，再睡着就变得有些困难。听着女人咻咻的呼吸声，杂乱的屋子里就只剩下陌生。他也下过决心，想，就这么结婚吧，这不就是生活嘛。早晨醒来和女人一说，女人把头摇得和筛子一样。还没房子呢！还要奋斗呢！哪能这么将就呢！他才知道他也就是别人暂时凑合的对象而已。虽然看见别人比他想得开，多少有些不平衡。但不知道为什么，到底也还是松了口气。

打嗝把酒又翻带了上来，胃里消化了一半的食物也跟着一齐往上涌。雷歌嘟囔着骂了一句。扶着墙站了会儿，使劲压着又咽了回去。他不想吐。他有经验，吐了会更难受。回到屋里连灯都没开就躺下了。

敲门声响起的时候，雷歌还在他短暂的梦里徘徊着不肯出来。敲门声又急促又野蛮，没有一点儿礼貌。他皱了皱眉，不耐烦地喊：

“谁啊？”声音哑哑的，和空气一样干巴得很。没有人回答他。只是继续咚咚敲着门。实在听不下去了，他有些愤恨地爬起来开门。

房东的老婆，胖胖的身子敦实地斜靠在门框上正看着他。他赶紧笑了。

“哟，敢情你在啊？我还当人没了呢！”胖女人习惯性扬了一下手进了屋。雷歌挠着头跟在后面，胖女人像视察工作似的到处看了看。突然一转身，脸差一点儿就碰到他了，他赶紧直着而脖子往后仰了一下。胖女人极不屑地瞥了他一眼。

“到期了不想租，也该言语一声啊，再怎么着也得接电话吧。今天能搬吧。你搬了别人也好往进住。”

“不是，我在外面吃饭没听见电话。”

“少来这套，三四天了，你连着吃饭啊？”胖女人把头来回摆了摆，顺了顺发型。雷歌本来是想拖一拖的。因为陈涛最近给他说了一套离单位更近的房子，但还没最后定下来。所以，不想轻易地就放弃了这里。这儿虽然离单位远，但价钱便宜。而且，住了两年也多少有些习惯了。他赶紧跑到厨房给胖女人倒了杯水。

“别，别，这是干什么呀。”胖女人嘴里说着，可手还是接过了杯子。雷歌用力把头低下，闷着声音说：

“大姐，您就多体谅一下我吧。说真的，其实是因为最近谈了女朋友，钱花得多了去了。下星期发工资我就把房租给您送过去。”听他这么一说，胖女人口气突然开始变得舒缓了，而且眼睛里闪出了热情的光芒：

“哦，谈对象啦，现在的女人真是能花钱。不比我们那会儿，老想着省。你可要好好找一个，太能花了，可不是能过日子的人。”

雷歌点着头。胖女人又说：

“你也是，怎么能把钱都给她花了呢？结婚还要花一大笔钱呢！还都让你父母出啊？”说着叹了口气：

“我们儿子长大了估计也是个花钱的主儿。哎，都不知道是怎么了，过去是嫁鸡随鸡，现在啊，是娶鸡随鸡。我呢？碰巧，哪趟好事儿也没赶着。”

雷歌不由得笑了。胖女人继续絮叨着，喝完一杯水，雷歌又给她倒了一杯。胖女人的身子陷在沙发里，话题像细线一样扯也扯不完。他看着阳光从胖女人的脚上一直移到肚子上。琐碎、繁杂的说话让这个周末的上午突然变得不那么空了。胖女人临走又压低声音说：

“女人呀，不识惯。该敲打还是要敲打，要不她就该爬上你的头了。你看，我不就上我家老庞的头了么！他哪敢管我？”雷歌哈哈地笑了。

给陈涛拨了电话，接电话的是一个奶声奶气的声音。弄得雷歌也压着嗓子装起嫩来，问：

“你是谁呀？”

“我是和和。你是谁呀？”

“我是你雷歌叔叔，你想不想我呀？”

电话里小孩问陈涛想不想？陈涛说，想个鬼呀。

小孩唧唧地笑了：

“爸爸说，想个鬼呀。”

雷歌又换成了粗重的声音冲着话筒喊：

“快，叫你老子过来，他才像个鬼。”

陈涛的话已经说了好几遍了，可雷歌还是有些犹豫。不是不想买。谁不想有自己的房子呢！踩着自己的地，看着自己的天花板，睡着自己的床，无论怎样总是贴心的。可真买了房子，每月的房贷就让他吃不消。工资的一半还多呢！剩下的，刨了饭钱、路费、手机费、水电费一类的，估计连在摊上吃面的钱都没有了。陈涛也说过，让他在婚姻上别老情啊爱啊的瞄得那么高，能一块儿供房、过日子就行。

他知道陈涛说的都在理。但越在理他就越难受。在一堆正规又站得住脚的大道理面前，他的自尊像街上被车反复碾压过的一块脏兮兮的老鼠皮，眼看着就萎缩了，平平摊在那儿，谁路过，都会不小心踩一脚。看见陈涛龇着牙揉脖子，他知道自己刚才又手重了，不知道男人是把一贯的压抑都转变成了含蓄，还是天生就喜欢社交似的模棱两可。他们表达感情的方式总是有些单一，甚至是别扭。关系越好，说起话来就越是有些骂骂咧咧，而且还常常要夹杂些暴力的模式在里面。好像只有这样才能显示关系非同一般。不像女人，关系越好，越是要贴着、黏着、宠着。咬着耳朵说着悄悄话，走路也总是拉起手挽着胳膊，时刻都会把关系好这三个字放在最明显的地方，简直就快成恋人了。他们公司的那几个女人就那样，腻歪得都让他有些烦。有个小孩儿从他和陈涛腿之间咿咿呀呀地跑过去，他看见陈涛的嘴又咧开了。怕陈涛往孩子身上扯，赶紧把酒端了起来。陈涛自从有了小孩，和他说话的时候，时不时总会突然露出傻兮兮的表情，然后兴奋地说些他们孩子的有趣事情。每次，陈涛都说得唾沫星子乱飞。雷歌则半闭着眼睛忍着性子听着。他很纳闷，怎么男人一有了孩子就和女人似的也变得婆妈起来，而且还个个都傻子似的觉得自己孩子独一份的又聪明又有趣，这些在外人看来实在肉麻得有些滑稽可笑。但真的见了陈涛家的孩子，他也不由得有些开心了。小孩子和小动物很相像，有着某种无知的执著。哭和笑没有一点儿遮拦。那么敞亮的一笑，让雷歌觉得生活立刻也敞亮了。一次他蹲在地上逗着小家伙，说：

“哎，陈涛，养个孩子的确比养狗强啊，还会说话，能和你交流。”

陈涛“呸”地一声回答了他。

晚上，雷歌的梦里来来回回跑的都是房子。这些年，他的钱除了套在股市的，其余全部交给房东了。有时候，喝酒喝得情绪高涨，他也会和陈涛说，看，哥们怎么说也是有二十万存款的人了。陈涛附和着，对，对，你是有钱人啊，努把力，能买个床那么大的地儿了。再放张床，想干什么都能干了。但他要真的沉下了脸，陈涛又会往死了开始夸他。

犹豫了一个星期，雷歌终于决定把股市的钱取出来了。赔是赔了点，但赔得还不算多。付了楼房的首付，估计还能剩下一万多平时急用。去买房的路上陈涛不停逗他说话，一会儿说，哎，你小子也算是地主了啊，有房了嘛，一会儿说，想想睡在自己的家里，自己的床上，再搂着自己的女人，那是什么感觉哟。雷歌始终一句话也没有说。买了房子并没有让他觉得踏实、光明，反而像走进窄窄的胡同里一样，渗着些压抑和某种看不到尽头的无谓恐慌。最后把手印按下去的时候，他听见自己的心“扑通”一声落了下去，总算是落下去了。但具体落在什么地方他就不明白了，也没有人会明白。他嘘了口气。陈涛说：

“晚上的聚会你来吧，今天牧牧不来。”见他没有任何表情，又说：

“牧牧的妈得脑溢血了，父母离婚后她就一直跟着她妈。来上大学，她妈卖了家里的房子也跟来了。和其他人早就没了来往，现在她妈一病就她一个人里里外外陪着。说真的，牧牧真是够可怜的。”陈涛说完回过头看雷歌，雷歌的眼神有些飘了。脑子里像水一样淡的牧牧此刻变得更加的单薄、脆弱，好像轻轻一碰就会折断。雷歌闷声闷气地问：

“怎么不早和我说？”

“和你说？你不是不关心她嘛，怎么？还是放不下吧。”

“别废话了，现在陪我一块儿去吧。”陈涛本来还想开玩笑，看见雷歌一脸的认真，顿了顿也不作声了。

牧牧的脸和医院的床单一样，白得有些发乌。看见他们进来，抬起眼睛招呼了一下，又把头转向她母亲。屋子里弥漫着不好闻的味道。雷歌下意识的皱了皱眉。牧牧说话的时候，说一句就叹一口气。叹息声落在雷歌耳朵里，一下一下的又落在他心上。他真是心疼了，就想抱抱她，告诉她说，没事儿，有我雷歌呢。可到底还是没抹开这个面子，临走他从身上拿出那一万块钱给牧牧放下了。牧牧推脱着，他说：

“别推，这是我和陈涛的一点心意。”

出了医院，他和陈涛都大口呼着外面的空气。陈涛问：

“你干嘛说是我和你的心意啊？”

“我不愿意让她觉得欠我，而且说说怎么了？不平衡拿过五千来。”雷歌又恢复了死皮的嘴脸。

“就你聪明！我们早就给过她了。”

“那怎么不叫上我啊？”

“嗨，知道你和小回回都没房子，叫你们干嘛！王军做买卖最近挣了点钱给了三万，我和三儿、小武、刘飞、圆圆一人拿了一万。”

听着别人对牧牧好，雷歌感动了，一感动就想伸出拳头捣陈涛一拳。都伸出去了，又改了主意，用胳膊揽住了陈涛。之后，两个人又都觉得有些别扭。他拍了拍陈涛的肩，怕自己有些忍不住，一个人先往前走了。

第二天一下班，雷歌就去了医院。牧牧似乎一点儿也不意外。抬起头，安静地冲他笑了笑。倒是雷歌有些不好意思了。眼睛在屋里来回的转悠。牧牧说：

“你别站着，坐吧。”他哦了一声。

牧牧的母亲躺在床上，脸上插着横七竖八的管子。因为还处在半昏迷状态，整个人看起来并不十分痛苦。他又看了看牧牧的脸。她还是那么安静，可安静里似乎少了平日里的那份平稳，变得有些没著没落。沉默了一会儿，雷歌说：

“我刚刚才知道。”

牧牧抵着头说：

“我知道。”

雷歌舔了舔嘴唇，看着牧牧说：

“你别担心。伯母会好好活着的。”牧牧又点点头。

两个人就这么来来回回用句子拉扯着，好不容易拉近了，就快说到想说的话了。牧牧的妈妈咔咔咔的咳了几声，牧牧忙回过头去看母亲。她母亲只醒了一小会儿，眼神在牧牧的身上逗留了一下，就忽地又回到了她的梦里。呼吸也渐渐变得沉重起来。牧牧习惯性地往里掖了掖被子，然后又把床边的接尿管往空排了排。做完这一切，认真看了雷歌一眼。然后，低下头，缓缓叹了口气。雷歌也不知道该说什么来安慰牧牧。想说一些更贴心的话，又觉得在医院这么压抑的地方谈感情多少有些不妥。见雷歌不说话，牧牧站起身说：

“不早了，你先回吧，我要洗漱了。”听她这么说，雷歌也站了起来。他想，是握个手好呢？还是应该拍拍肩膀。

“谢谢你。”这次，牧牧把声音放得很低，似乎努力在压着什么。雷歌看着牧牧的脸，往前跨了一步，这下他们离得很近了，近得都能听到彼此的呼吸声。牧牧的头又低下去了，然后有些急促地说：

“你走吧，真的你走吧。我要休息了。”说完扭过身子不再理雷歌。雷歌抖了抖喉结说：

“好，那我明天来。”

听着门砰地一声关上，牧牧哭了。声音虽然不是很大，但抽噎还是逐渐变成了呜呜声，她好像又回到了小时候，那种没遮没拦的日子里。她知道，母亲是爱她的，但父亲走后母亲似乎总压抑着，隐忍着。那份隐忍不知不觉地就传递给了她。小的时候，母亲总是说，她为了她不会再嫁，为了她会吃苦，为了她能什么都忍受下来，让她常常觉得是自己拖累了母亲。长大了，母亲开始不停地说男人如何的不可靠，如何的没良心，要她睁大眼睛。要她不要再走母亲的老路。每次，她都忍着不吭一声，但心里却厌烦得要命，整个儿抵触着。她告诉自己，她才不会像母亲那样偏激的想问题。但很奇怪，真的面对男人的时候，母亲的想法和一切的唠叨会突然的覆盖在她身上，赶都赶不走。母亲说过的话也会从她的嘴里汩汩地流出来。这些，都让她觉得越来越害怕。男人带给她的不过是些不安全、不踏实。可母亲，那个和她朝夕相处的女人却让她有了压迫感。母亲发病的那天，从她一回家就开始唠叨着。要她一定要早点儿找对象，早点生孩子，要不就成老姑娘了。接着又唠叨起男人的花心。这几乎成了她每天回家后的必修课。牧牧突然就变得不可自控了，几乎是喊着说：

“全是你造成的，全是你造成的。你被别人甩了就老说我，全是你……”母亲听见她喊，身子抖了一下，眼睛有些虚晃晃地看着她。其实一喊完她就后悔了，她和母亲一样也被自己的喊声吓了一跳。她不敢再看母亲，折回身子躲进了厨房。后来，母亲“咚”地一声倒在地上，她才跑出来。母亲先是往外吐东西，后来几乎变成喷了。她不知道发生了什么，吓得连哭都不会了，到了医院，母亲完全昏了过去。

这些天守在母亲床边，她不停地给母亲擦着发干的嘴唇，给母亲导尿，给母亲掖被子。时间一点一点又倒了回去。让她想起了母亲的不容易。过去她病了，母亲就总是这样守着她。其实，母亲就只是唠叨而已，从来没有真的干涉过她什么。从来没有。她凭什么把一切都推给母亲呢！是她自己嫉妒别的孩子有父亲，是她自己在恨那个男人，凭什么都怨在母亲身上。她和母亲说了，什么都说了。可母亲似乎深陷在一个绵长而湿冷的梦境里，只是短暂的醒来看她一眼就又沉沉睡了。今天看见雷歌，听着他说话，牧牧突然好想被这个男人紧紧抱着、温暖着。但她怕自己会错意，更怕自己现在这么一个生活的烂摊子拖累别人。总之，她还是怕。

陈涛听雷歌说完，看了雷歌半天，然后呵呵笑了。笑得雷歌有些莫名其妙。

“雷歌呀，你还真是天真啊，过日子可不是演电视，浪漫一下就完了。一天一天的要往下过呢！牧牧的妈以后恢复也还要花一笔钱呢！况且和老人住到一起也会有你想象不到的磕碰和麻烦。你可一定要想好，弄不好，可就连牧牧一起害了。要不这样，今天呢，你就别去医院了，你好好感觉一下，看自己能不能扔开牧牧。要是能扔开，哥们儿劝你还是别给自己找麻烦了。”雷歌抽着烟看了陈涛一眼，在陈涛的头上看到了好几根白头发。说：

“你看，你都有白头发了。”

“废什么话呀，和你说，听明白了吧。”说完看了看表走了。雷歌一直看着陈涛的背影拖成了一条黑线，才把目光收回来。不光陈涛，他知道这几年他自己也老了，对一切变得不再那么热衷，包括女人。这些天去医院，倒是勾起了他久违的热情。牧牧也开始变得爱笑了，一逗就笑，随便他说什么她都会笑。牧牧的母亲醒的时间也开始长了，看见他也总是努力地笑一下。一想起这些他就觉得自己不空了，觉得自己不再是一个可有可无的人，变得重要了。至少对这个女人来说，他变得重要了。世间的一切归根结底都拗不过时间这个坎去，变老也就是很快的事。他突然不想再这么空下去了。

雷歌直直的看着牧牧，他发觉，牧牧笑起来真是好看，哪还淡呢！简直是很浓了。脸红扑扑的像个小姑娘一样！他把头埋在牧牧的脖子里嗅着说：

“我们结婚吧。我会好好照顾她的，让她好好活着。”牧牧从嗓子里嗯了一声。雷歌犹豫了一下又说：

“我保证不多看别的女人，我发誓……”没等他说完，牧牧用嘴堵住了他。

躺在他怀里的时候，牧牧闭着眼睛说：

“以后不许和我再发誓了，我只要你好好活着，我们都好好的活着。”

半面妆

即使我们努力，终其一生，始终也还是只能以半面示人，这不是悲哀，是宿命。

一

秋天的一个晌午，田有禄在偏屋里一觉醒来，看见了站在他面前湿漉漉的徐裁缝。那时，徐裁缝还不是裁缝，只是一个全身湿透了的男人。田有禄像做梦被惊醒一样，有些呆呆地看着眼前这个来路不明的男人。男人笑得很谦卑，点着头。每点一下，头发上的水就往下滴一滴，像下雨似的。男人说：

“对不起，打扰了，我叫徐家汇，这是我的工作证。”说着男人上前一步，把一个小本子递到田有禄面前。田有禄看着男人伸过来的手更诧异了，又抬眼看男人的脸。完全是生疏得不能再生疏的一张面孔，他可以肯定，他从来没有见过他。

吃晚饭的时候，王玉琴看到田有禄领着一个男人穿过堂屋径直向厨房走去。男人跟得很紧，像是田有禄的一个影子。王玉琴跟到厨房的时候，两个男人已经端起了碗。田有禄边吃边说：

“他叫徐家汇，先住咱们家，就住我睡午觉的那个偏屋。”

说完，低头吃饭。叫徐家汇的男人站起来有些拘谨地欠着身子和王玉琴点点头，算是打招呼。王玉琴也点点头，一时不知该说些什么，又盯着田有禄看了一眼，也端起碗吃饭。厨房里，三个人都小心翼翼地吃着饭，尽量不发出任何声音，很显然，大家都明白，现在不是多说话的时候，谁和谁都不是多说话的时候。

半躺在床上，田有禄终于忍不住拿出了兜里的一叠粮票，举起来晃了晃。粮票虽然被一层塑料包裹着，还是隐不住它彩色的、闪闪的光芒。尽管还什么都不明白，王玉琴的脸上已经很均匀地刷上了一层笑意。

田有禄继续晃着粮票，仿佛那是一个人的肩膀，晃一下就可以和他对话，继而可以谈心。

从徐家汇掏出粮票的那一刻起，一切就变得顺畅起来。何况又有工作证。如果没有这叠全国粮票，那么工作证什么也不是。他田有禄又不是公家单位，要工作证有什么用！他看都不打算看。可有了这些粮票，工作证就变得有用多了。至少，让他放心。虽然，也有一刻，他有过短暂的犹豫，但很快，理智把一切都压下去了。他不是玉琴，总把过去的事没完没了地搬出来又搬进去。过去的总是要过去的，没有什么东西会一直横亘在那里，赖着不走，无论什么都自会有它的去处。田有禄从来都坚信这一点。

王玉琴捻了唾沫点了点，整二百。又把粮票用原来的塑料纸包好，翻开箱子把头深深地探进去，拿出了一个黑色的包，拉开拉链，缓慢地把粮票放进夹层里，拉上拉链，然后又把头深深地埋在箱子里。做完这一切，再直起身的时候，她才长长地出了一口气。

“踏实了？”田有禄看着王玉琴问，

玉琴的脸上弥漫开了笑意，但很快就被另一种有些哀怨的表情代替了。脸上的纹路也更深了，即使不笑也能看见它们横在脸上，几年前还不是这样，几年前，她也很少叹气。

“好了，好了，你看，这么多粮票呢！这可是全国粮票，你攒都攒不下。”

二

徐家汇从来没有想过，有一天会有人叫他徐裁缝。第一个叫他徐裁缝的是街对面的林宇。那时，裁缝店还没有开。为了打发闲散的时间，也为了感激田有禄肯让他留下来，他给田有禄做了一身中山装。在他看来，那身衣服做得实在一般，主要是不够挺括，虽然打了浆，可还是不够理想。田有禄的感觉却好极了，他还从来没有穿过这么笔直的衣服，一天到晚出门总是穿着这身衣服，逢人问起，也总是夸耀般地说，是房客老徐做的。田有禄一直叫他老徐，尽管他努力地想要改变这个称呼，因为这个称呼让他觉得无形中和田有禄到了一个辈分，所以有些惶恐。但田有禄有他自己的坚持，说，那是礼貌，必须叫。紧接着他又给王玉琴缝了件衣服，是件中式的套在棉袄外面的褂子。姜黄色的衣服上盘了同色蝴蝶扣，穿在王玉琴身上非常好看，也很惹眼。巷子里还没有人这么盘扣，大多数都是里面缀个子母扣外面包个扣子就算完事，讲究些的即使盘也都是盘最简单的琵琶扣。除了电视上，整个巷子还没见谁穿过蝴蝶扣的衣服。尽管这样，玉琴却并没有显得很高兴。他留在这儿的第二天，玉琴给他送新被子，看到他摆在墙角的画板，问他，那是谁的？他说自己的，听他这么说，玉琴没有再说话。从那刻起，他就明显感觉出她对他的疏远，那种疏远完全超过了第一天初见时的生疏。做衣服，也是他反复说、田有禄使了眼色，玉琴才同意的，看得出，她同意得很勉强。衣服做好，她还是穿上了。徐家汇不知道她是出于客气，还是出于女人天生对衣服的喜爱。不管怎么样，她肯穿，这就让他很高兴了。渐渐地和玉琴熟惯的人也拿了料子让他裁。林宇是玉琴老街坊家的孩子，二十几岁的年纪，长得不高，却很注重打扮。撩门帘进来就叫，玉琴姨，让你们家老徐给我裁件衣服吧，可要精干啊。徐家汇一边给他量一边听他嚷嚷着说要求，林宇要斜拉链的四个口袋的夹克衫，还要袖口上有一圈灯芯绒边子。说完了回过头看着他又说，

“我就是要这种啊，可别做成别的，我可不喜欢。我就要电影里穿的那样。”徐家汇笑着点了点头。看到林宇很容易让他想起学校里的那些孩子，那些生硬却青春洋溢的孩子。就是那次做完衣服，林宇逢人就夸，还是老徐裁的衣服好，比巷子里于裁缝都好，你想要什么样就能做成什么样。后来，林宇又连着让他做了两件，换上衣服的时候，林宇高兴地跳着叫他徐裁缝，临走还拍了他的肩膀，很用力地拍了两下子，似乎这样才能把他的高兴完全传递出来。没有多久大家就这么叫开了，叫的时候，前面还会加上你们家的徐裁缝。每每听到人这么叫，田有禄总是显得很高兴，玉琴有时候也会笑一下，但徐家汇觉得那笑不是给自己的，是给邻居的，所以他从来也不敢和玉琴对视着说话。

很快到了年下。有了这样热络的相处，徐家汇满以为田有禄会留下他过年，虽然他自己还没拿定主意是回去还是留下。但心里还是希望田有禄会留他，哪怕是礼貌性的。出乎他的意料，田有禄委婉却肯定说，年下了，一家人总是要团聚的，这儿的车票要早买才行，否则就回不去了，不回去过年怎么行。一句“不回去过年怎么行”，让徐家汇清楚地知道他还是个局外人。这多少让他有些心冷，也许根本就是他的一厢情愿，过去所有一切无论

他怎样努力都不会再回转了。

回北京过了元宵节再回来的时候，他带了满满三大包东西。走了不过一个月的功夫，一进门却已经觉得有些生疏了。从他一进门，玉琴就忙着张罗做饭，还告诉他，被子拆洗过了，被罩也是新的。说话的时候，玉琴脸上闪过了一丝笑容，这一丝笑容让徐家汇心里瞬间就暖了。他庆幸，过年想的是对的，他是应该为他们多考虑，他们需要他。田有禄抽着他递过来的东风烟，听他说着话，不断地点头。听到他要开裁缝店，田有禄说：

“应该，应该，是该开一个，去年替人白裁了多少衣服。早该开了。”

“也不能说白裁，没那么多人来裁，我还真不敢开！父亲早年裁衣服倒是开过店，我一直在学校教书、画画，别的什么也没干过，还不知道行不行呢？”徐家汇说话总是很慢，每个字都能排着队清晰地站出来，谁也不抢谁的风头，让听的人觉得他既斯文又有礼貌。

虽然只是一个小小的裁缝店，却也准备了一个多月才开张。从办执照到找裁衣服用的铺板，都是田有禄一手在操办。因为裁缝店性质和经营很单一，又找了熟人，几乎没费什么劲执照很快就批了。倒是找铺板花了他不少时间。先找的几块门板都不合心，不是短了就是太烂了，后来，对门的张福生提醒他去供销社后院废旧的食堂看看。在旧食堂总算是找到了一块废旧的支面案用的板子。旧了点，却很大也很结实平整。又去找供销社的肖主任抽了一盒烟聊了半下午事情才算磨成。肖主任抽着烟说：

“公家的东西再旧，也是公家的。”田有禄点着头说，是，是。

“可，你也是供销社的老人了，那些年你也出了力，你也确实不容易，临了连个依靠也没有。”说起田有禄的家事，田有禄的脸还有身体迅速随着话音缩了水，要不是那口烟还提着气，简直会平摊在地上。看他这样，肖主任叹口气说：

“只要你不和别人说，你就拿回去吧，就当我什么也不知道，反正放在那儿也是等着往烂沤。”

从肖主任那儿出来，水红色的太阳轮廓清晰地斜倚在杨树的树杈上，很像树上长着的一个物件。田有禄仰着头出神地望着。很快，在他眼皮底下，太阳从树杈上跳了下去，动作快得惊人，简直像溜走一样，一点儿也没有照顾到他的情绪。天一下子黑了，站在巷子里，听着风呼呼地从耳边吹过，田有禄的眼睛和心情都变得艰涩又惶惶。

第二天晚上，田有禄和徐家汇趁着夜色用平车悄悄地把木板从食堂运了回来。他骑着车，徐家汇连扶带推着往前走。这一幕像极了多年前他和岳父，那时，他用力推着煤车，那么年轻，身上有着使不完的劲，看见玉琴只想用尽所有的力气在她身子上。那么多人追玉琴，岳父却单单挑中了他。一直以为岳父看中他是因为他在供销社上班，直到岳父去世前，岳父才说，是因为他沉得住气，对什么都能看得开。岳父教了一辈子书，临走对玉琴说：

“书，只能看，日子却是用来过的，过日子不可能不遇事，一遇事就跳脚，那成不了事，也过不好日子。不是你的等不来，该你的也躲不了。急，是没用的。”

父亲说这些话的时候，玉琴还没有孩子，结婚9年了却没有孩子，她急，家里人更急，可有些事真的是急不来的。父亲下葬，她没有怎么哭，只是懵懵地跟着送葬的队伍一直走，一直走。送了父亲回来，才觉得父亲真是走了，那几个月，关于父亲的一切她不能看也不能想，一想心就像扯了一块下来，疼得她只有不停地吸气才能好些。整个人一下子就悬空了，她不知道还能抓住什么。谁也没想到父亲走了上天却给她送来了孩子。孩子两个多月的时候，她才知道自己有了身孕。田有禄更是高兴得和傻了一样，眼珠子一动不动地看着她。随着月份增大，身子逐渐变沉，玉琴整个人也从空中再次落到了地上，日子也结实起来。她相信这一切都是父亲带来的，父亲知道她的苦。

田有禄的苦呢？也许只有他自己知道。转过头，他问推车的徐家汇累不累，徐家汇喘着气摇了摇头。有了铺板一切就绪。徐家汇又鼓捣了两个下午，给旧棉布帘子缝上了一圈粉色的自行车内胎胎皮。从包里拿出了剪子、尺子、划粉、起浆垫子，一一摆在铺板上。还有几卷布，往开一摊，一下子就有了裁缝店的样子了。

小店开业那天，田有禄放了好几板子1000响的鞭炮，鞭炮放出的烟弥漫了很远。晚上，徐家汇躺在床上，还能隐约闻到鞭炮的烟火味。比起学校的喧闹，这里也许就是课本里说的世外桃源，可是他闻不到任何桃花的香气，没有了家庭，没有了灵儿、他完全变成了可有可无的人，没有人再等着他、缠着他，也没有人喋喋不休。人就是这么奇怪，有东西压着的时候，觉得沉重，可一旦没有了，什么都不再压着你了，那份空荡荡的感觉，更会让你完全喘不过气来。如果不是来到这个镇子，他也许完全会被冗长得怎么也打发不走的时间淹没或者干脆就地掩埋。就冲这一点，他也应该感谢徐家全。

三

涂水巷的夏天和大学里一样闷热，只是少了一群群穿戴鲜亮的女学生。三年前的夏天，校园里的丁香开得也是这么浓郁，就在那个夏天，像花儿一样绽放的女孩向他展开了芬芳的花瓣。从那时起，空气里就到处都弥漫着她的香气。

师生恋，在大学校园里一直不提倡却从来也不缺乏，艺术系更是如此，仿佛恋爱是艺术衍生出来的一个胎儿，大家最好随身携带才会让艺术更像艺术。系里的老师或多或少都会有些风流故事，描述那些故事是大家聚会时活跃气氛的一个必要环节。来学校9年，徐家汇从来没有想过要去招惹谁。那些女学生，他承认他们青春，有些也算美丽。但又如何呢？有的是青春自然也有的是麻烦，他可不想碰这些麻烦。何况，在他眼里，女人也就只是女人，并没有谁让他动心，让他心慌意乱。所以，他不找女人完全不能说是克制。当然，因为徐家汇算是老师里相貌比较好的一位，所以女学生从来也没有因为他的冷淡就远离过他。为了这个，李萍没和他少吵架。李萍和他是同校的老师，教声乐。结婚前的李萍很瘦，还跟他抱怨过怎么吃也吃不胖，没有力气唱歌。自从结婚后，李萍的体重像年龄一样一年年增上去，如果不看她从前的照片，他几乎已经忘了她还曾经那么苗条过。对于过去，他们都已经忘得差不多了。李萍数落他的时候会用特有的学声乐才有的嗓子，高八度、拖长腔，火气平稳的时候，像戏剧的念白，火气旺的时候像急促的歌剧。整个楼里都听得见李萍的训斥。徐家汇唯一的应对手段就是沉默。他越沉默，她就越是搓火。说实话，她根本看不上那些女学生，她们有什么，除了年轻，还有什么。结了婚，还不是和她一样。但恰恰就是她们的年轻、她们的没结婚常常会刺痛她。那些也是她有过却已经没有了的东西。她最看不得他们围着徐家汇问长问短，但更看不惯徐家汇的态度。虽然并不十分热情，却一味笑着，显得很好脾气。她也知道，他和她们没有沾染，但还是忍不住生气。她希望他可以生硬一点拒绝。但他说，拒绝什么，人家又没和我说什么，只是问一般的画画问题，再正常不过了。要拒绝你去拒绝好了。真是可以把李萍气死。

灵儿所在的班本来并不归他带，只是因为尚老师出去写生，才由他接了课。起初，他没有注意到她，不是因为她不漂亮，而是她太沉默。在教室叽叽喳喳的女生里，从来看不到她的身影，直到有一天讲起了毕业创作，他希望他们早做准备，他说：

“你们早点把毕业创作搞完，才能有精力和时间去找工作、去实习。至少要提前半年把创作搞完。要不什么都来不及。”这算是套话了，每一年他都会这么讲，但也是大实话。学生一入校看着都差不多，都能风花雪月、风轻云淡，但一到大三很现实的问题立刻会摆在他们面前，将来何去何从才是决定人生的大方向。没有什么比现实这道坎更高、更难跨的。可人群里偏偏有人嘟囔着说，什么都要急，可世上没有一样东西是能急来的。他有些生气，问是谁说的？连问了两遍，没有人答话，他还想再问，田灵站了起来。从那天开始，他知道灵儿原来并不是个沉默的人。他没有责问她，只说，你们都大了，自己的事自己可以考虑，老师只是引导的作用，路始终是你们自己在走。说这些的时候，他的脸上已经没有了最初的生气，只剩下平淡。也许他本来就是个平淡的人，而且也只想平淡。

第二天下午灵儿找到了他的画室，和他道歉。他笑了，说，不用，没什么。面对面站着，他才发现原来她很好看，不但有着好看的轮廓，也有细腻的皮肤。灵儿并没有立刻离开，而是站在他身后看他画起画来。陌生的而且还是个漂亮的女人站在他背后，这让他多少有些不自在。灵儿用很轻的声音说：

“徐老师，我没有顶撞你的意思，我真的觉得没有什么是能急来的，包括工作、人生，凡此种种也许早就写好了摆在那儿，只是等我们去看而已。我们自己却总是急急地赶着往前走，以为这样真的就能赶得上什么。”徐家汇放下画笔扭过头认真看着灵儿，他不知道自己是惊讶还是惊喜，她还这么小，却说得出这样的话。但她到底也还是小，徐家汇用手拍了拍灵儿的肩，眼睛望着调色盘说：

“很多事情，说法、答案都会有很多，不受伤害才是最重要的，但你真的是很聪明，我也没有生气，好好地把握自己吧！不要受什么伤害。”说完徐家汇自己先莫名地有些感动。这些年，他好像已经习惯说些套话，还不曾和谁这样交心地说话。那晚，躺在床上的徐家汇有些失眠。也许，她说的是对的，这些年结婚、买房子、生孩子，没有一样不是赶着，但他真的赶上什么了吗？看着李萍肥胖结实的后背，突然想起，很久没有在一起做了，犹豫着伸过手揽住了李萍，夜，突然又变短了。

过了几个星期，灵儿又来到他的画室，说，别的班都开始本班轮着做模特画画了，那样就能多练习画头像，问他们班要不要也这么画。自从那次灵儿道歉后，再去12画室，看见灵儿就多少有些别扭，有些异样。他竭力想抹平这种异样，但有些东西却像生根似的，大有发芽的趋向。在自己的画室里再见到灵儿，他居然有些紧张，点了点头说，好，你去安排吧。她走了一会儿，他才想起，她又不是班长，怎么好端端管起班里的事了。

12班开始轮着做模特画头像了。没事的时候，他也会跟着他们一起画，一面可以练手，一面也能做示范。轮到画灵儿的时候，他特意找了个正面的位置，但那天只画了一半。因为李萍的叔叔从老家来了，徐家汇自然少不了热情接待。在这一点上他从来都做得很好，即使刚吵完架，只要面对亲戚、朋友，他总能做出他们最和睦的样子，仿佛那是他出门前需要穿上的最后一件衣服。

三天后的傍晚，灵儿第三次来画室找他。他好像有预感，所以对于她的出现，一点儿也不意外。早晨，李萍和孩子随着叔叔一起回老家，本来也让他一起回，他却推了，说，课紧。这举动对徐家汇来说，实在算是破天荒的。李萍碍着家人在，也没有说什么，只是狠狠瞪了他一眼。

灵儿一进门就说：

“那天没有画完头像，你还要画吗？”说完用力咬着嘴唇。他说，好。

她坐在他面前，伸手可及。脸在日光灯下白得像一枚瓷器，画眼睛的时候只和灵儿对视了几秒，就让他有些眩晕，有些画不下去。于是，他深吸了口气说：

“要不改天画吧，今天有点累了。你去图书馆还是回画室？”

“我想让你陪我一会儿，行吗？就像一个朋友。”灵儿加了后缀，这让他有些无法拒绝，或者他根本不想拒绝。

抱了画板放在胸前，他故作镇定地看着她，沉默着。她也看着他，也沉默着。很突然地，灵儿就抱住了他，他不清楚是怎么看着她走过来的。然后，他接触到了她柔软的唇，他的手僵了一下，开始用力抱着她，吮吸着。当手触到她胸口的时候，又停了下来，说，不可以，怎么可以。灵儿哈着气在他耳边说，怕了？你什么都怕，是怕她吧。被燃起的欲火本来就难以浇灭，她却又浇了一瓢油，一切只能更旺地开始燃烧。

平息下来的徐家汇有些不敢看灵儿，觉得自己突然就变得有些猥琐了，像占了不该占的便宜。徐家汇不知道自己是怎么从画室出来的，灵儿瘦瘦的背影把一切都拉得有些瘦长。第二天，班里再见到灵儿，他只觉得心脏快要把胸口敲破了。他不敢看她，连路过她身边也不敢。一下课就匆匆出了画室，他感觉她跟了上来，她快速地说，晚上，我去你画室。说完低着头跑了。

画室里，灵儿说着喜欢，说着一切。满脸都是泪，是让他心疼的泪。他开始一点一点地，小心翼翼亲着她，看着她在身下像桃花一样散开，他开始用力，随着他的摆动，她的胸前像两滩水，漾来漾去，摇晃着他的每一根神经。此刻，他只能爱着，就这么爱着。灵儿的脸红红的，娇媚地看着他，这个男人还是那个平淡的徐家汇吗？不是了，她知道，他也知道。画室里小小的床承载了他和她的一切。

世间的一切，只要开始，就像已经开始转动的车轮，即使不驱动也自会有惯性带着它一直向前。短短几天，徐家汇已经开始迷恋了，迷恋灵儿的身体、灵儿的体温、灵儿的声音，分开即使只有一刻也会生出想念。生活好像为他打开了另一扇门，一些芳香开始扑鼻而来。他们天天晚上都腻在一起，一直等到快熄灯才各自溜回到自己的住处，然后，躺在床上还是想念。李萍回来的前一晚，他们说了很久的话，灵儿说，过去老辈人走西口的时候，临分别，一对恋人会一起去没人住的窑洞，然后在洞口挂上红裤带……没等她说完，他就用嘴堵了上去，全身力气用尽的时候，他问她：

“也像我们这样，做到浑身一点力气没有，是吧。”和灵儿在一起，他才发现原来自己也可以很风趣。

李萍回来自然又数落了他半天，他虽然仍是沉默，但沉默里却没有了往日的不耐烦。晚上，还拍了拍李萍的背，算是安慰。李萍的呼噜声很快响了起来，看着身边的这个女人，和他挨着躺了快8年的女人，徐家汇突然觉得无比的遥远又陌生，他知道此刻灵儿一定正想念着他，而他却已经不知道该如何去想念，在李萍的呼噜声旁边陪伴他的只剩下混乱。

下午，系里开会，说下一步要调整班子，吸收年轻一些的老师进管理层，让大家都踊跃报名，当然，系主任王峰的语气停顿了一下说：

“作为一个基本的参考，这次考核还是要从职称和讲课入手。毕竟作为一个教师，这是能力的体现和教学大纲的要求。”陈卫东显然被这几句话鼓舞了情绪，脸上不但露出了笑意，皮肤下面的血流也加快了许多，随后又刻意地调整了一下呼吸。这些，徐家汇一点儿没落全看在了眼里。其实，从王峰说当然的时候，他就觉得他会说这些。老一套了，何况，在王峰那里，陈卫东明显比他要受欢迎得多。会上徐家汇的表情一直很平静，平静得都有些过了，开完会，他没有第一个走，那样的举动会让人误会他有情绪，当然，也不能最后走，那样也容易让别人联想，特别是王峰会联想。今天的会议内容他要搞议论，只要是议论，有哪个是不带情绪的。他不能那么做。他并不打算刻意讨王峰的欢心，但也不打算像傻子一样办那种明显的蠢事。说到底还是分寸，尽管他并不善于拿捏，但很多时候也只能拿捏。看着两个老师走出了系办公室，他也收拾东西紧跟其后。他知道陈卫东不会着急走，也许还等着和王峰说话、谈心呢！陈卫东长得很丑，徐家汇多次发现陈卫东有斜着瞟人的习惯，而且常常喜欢背后说一些煽风点火的话，那样的眼神、那样的言语绝不是一个善良、光明的人该具备的。但偏偏，领导吃他这一套。徐家汇承认，他的情绪里有妒忌的成分。但妒忌的根源也还觉得陈卫东不该小人得志。一起考的副教授，陈卫东顺利上了职称，轮到他，就说指标没了，还要等一等。这一等，一年就快过去了。论讲课、画画，陈卫东哪一样比他强。前年，给学生讲古典油画的时候，连上色的顺序也讲错了，简直是贻笑大方。就是这样一个人却比他强了，而且眼看着还要强。徐家汇到了自己的画室，灵儿也跟了进去。他镇定了一下情绪，拥着灵儿亲了亲脸，然后讨好地看着她说：

“听话，你最乖了，她刚回来，我得早回去，不能再那么晚，等过几天，安稳了，我找机会陪你。”灵儿撅着嘴不理睬他，胳膊仍旧缠着他不放。又低声下气地劝了半天，灵儿才不情愿地走了。回到家，李萍说音乐系又要调整人事了，整个晚上来来回回都在说这些，见他不说话，李萍提高了嗓门：

“徐家汇，说了半天了，这可是你老婆的事，你不关心你老婆，你要关心什么！你说说，你到底关心什么？这个家，你关心了多少？”徐家汇知道她又要吵了，今天，他已经没有了那天的心情和歉意，听着李萍唠叨，他觉得厌烦又无奈。李萍和他一样，也厌烦，但，同时又习惯着。只要是习惯，无论好坏，都是停不下来的东西。她已经习惯了训斥他，唠叨他，而他也习惯了忍着，时间长了，连厌烦也变成了一种习惯。

这半年，本来徐家汇已经不再想职称的事了，他决定彻底放开它，顺其自然。可昨天系里的会一开，旧的情绪又全翻了上来，散发着比过去还要浓烈的霉腥气，让他躲都躲不开。尽管他一句也没说系里的事，李萍还是很快就知道了会议的全部内容。回来又唠叨嫌他什么也不跟她说，是家里人呢，还是个外人？徐家汇不说，是因为他清楚地知道和李萍说了，不但解决不了任何问题，只会更烦，不说，那些事会在他心里绕，说了李萍会让那些事天天在他耳边绕。还是灵儿好，只会黏他，却不烦他。想着灵儿，他的心有某一处柔软了下来。

星期四，李萍回姐姐家，徐家汇终于算是逮了个机会。抱着他的灵儿，听着灵儿呼吸，他彻底放松了。她是他的灵儿，他的领土，她那么柔软、美好，他在心底喊，徐家汇，你不是一无所有的，你有最好的女人跟着你。灵儿是柔软的，那柔软不是少女式的，而是孩子般的柔软，是他抱着女儿徐童童才有的柔软，好像皮肤里全部充满了水质的液体。那是李萍年轻时候也从来都没有过的柔软。时间在画室的床上过得飞快，走的时候，他使劲抱了抱她。告诉她，好好保重，她已经是他的，只有她好好的，他才会好。灵儿用力点着头，她那么清晰地感觉到了他的爱，他爱她，这就够了吧。

晚上，打发孩子睡了，李萍盯着徐家汇问：

“你没什么瞒着我吧？”其实，这是李萍常问的一句话。

以往，徐家汇都是从鼻腔里哼一声作答，但今天徐家汇还是紧张了，居然没哼出来。生怕李萍再问下去，他侧过身先躺下了，李萍没有说话，看了他一眼也躺下了，而且往他身边靠了靠，手伸了过去。他知道她想了。怕再惹她生气，他开始努力调动着身体某部分的情绪，李萍也配合地抚弄着他。看着黑暗里李萍骑在自己身上的身影，他有些恍惚，不知道自己究竟在做什么，然而最后，他的身体还是脱离了思想，顺利抵达了高潮的彼岸。无论和谁在一起，无论最初怎样的艰难，它自会去它要去的地方。每次都是这样，没有一次例外，没有人能控制得了它，连徐家汇自己也不能。他的手还搭在她腰上。他们的从前，在李萍沉沉的鼻息里，被徐家汇一点点地拽了回来。

最初，也有开心的时候，怎么会没有，第一次抱着一个女人，他当然是兴奋的。那时，李萍也有娇媚的时候，他也愿意听她说话。但那些时间，好像走得很急，没有任何的告别仪式，说走就走了。不努力想，从前仿佛根本就不存在一样。后来，只剩下不断地争吵，不停地冷战。感情，在日复一日的争吵里，也磨得逐渐面目全非。在彼此眼里，他们的缺点不断被放大，直至完全掩盖了原有的优点才算罢休。对于如何更好地挑剔对方，他们有着高度的默契。和李萍在一起这些年，他从来都心安理得，而且还总觉得自己问心无愧。他没有找过她以外的任何女人，难道就凭这点，他还不该理直气壮吗？在学校这样一个朝气蓬勃的地方，女生像花草一样年年更新、年年绽放的地方，他却没有任何故事发生，他的人生大树上只有平淡，从未有过任何的分叉。这难道不该她李萍引以为傲吗？徐家汇对李萍在言语上从来都是沉默的容忍的，但在姿态上，在心里却从来都是居高的，从未有一刻放低过。现在，他却和灵儿开始了。他承认，灵儿漂亮，可比灵儿漂亮、聪明的姑娘，他不是没见过，那些年，如果他愿意，那样一段感情并不难找。为什么一见到灵儿，他竟像那些青涩的毛头小子一样，只为几句话就急急地动了心，一切开始乱得毫无章法。他的心是那么的渴望和她缠在一起，那些渴望像一个小动物并不锋利的牙齿，一小口一小口地锯扯着他的肉，让他时刻都无法忽视她的存在。李萍翻了个身，他的手从她身上滑了下去，今晚，面对两个女人，他觉得自己有些力不从心了。心底竟然有一丝希望回到无味又平淡的从前，那样，至少是安心的。

早晨碰到陈卫东，陈卫东和他说起系里的事时，撇了撇嘴说，那些都是最没意思的，人生这么短，他的心思就是画好画、教好课，再无他求，可领导老是希望他多分担责任，偏偏他是最不愿意驳人情面的，真是烦死了。说完还摇了摇头，表示他真的是烦到没办法。徐家汇笑了笑不想接他的话，心想，你都快把领导的门踏破了，在这儿却要装。陈卫东倒也不在意他不说话，说完，拍了拍他的肩，先走了。很显然，和他说这些，陈卫东并不打算听到任何回应，重要的是他说完了想说的话，表达完了想要表达的意思。徐家汇敢肯定陈卫东不止和一个人说过这样的话了，因为那些话，听起来又随意又缜密，编织得恰到好处。这些话如果不是从他嘴里说出来，如果徐家汇不是清楚他的为人，简直就要以为自己碰到高人闲世了。看来，陈卫东真是要上去了，居然已经开始打伏笔了。一上午，面对灵儿痴缠的眼神都有些心不在焉，直到灵儿的神色里露出了关切，他才摇了摇头，表示自己没什么。很快灵儿就对着他灿烂地笑了。他有些担心被旁人看到，急忙转过身子为别的同学说起了画。他总是很担心，他知道，在灵儿的世界里，他是唯一的，除了他自己，没有什么能打扰到他们。而他的世界里却被现实堆满了，只有极小的一块属于灵儿。有时候，那块空地也会突然像吸了水的海绵，增大到无限；但更多时候，它是被挤压的，任何突发的事情都会让那块空地变得更狭窄、拥挤，甚至是消失。他知道，聪明的灵儿也知道。一整天，只要稍不留神，陈卫东三个字就会站出来，连同评职称的旧事一同在他面前摇摆着晃来晃去。心，怎么也平息不下来。每次他用力按下去，不一会儿它们就会更起劲地浮起来。直到精疲力尽，他也没有打消它们站起来的念头。回到家，李萍又开始唠叨，还是那些话，来来回回地，连话自己也快转烦了，李萍却仍旧说着。晚些时候，徐家全来了。徐家全是他的表弟，性格和他一点儿也不像或者说完全相反，说话很快，做事也很快。徐家全跟着老板做生意，长年都在跑，有时候待在这儿，有时候待在那儿，从来没个准地方，如果换成是徐家汇估计早就睡不着觉了，可徐家全却很享受，这次在北京，时间算长的，已经待了快半年。他因为一点儿没有徐家汇细腻的性子，对于李萍的唠叨就完全不介意更不觉得别扭，甚至觉得有趣，所以隔三差五就会到徐家汇这儿走一走。看见他来，李萍收敛了些，但忍了没多久，又说开了。很快，徐家全就明白了事情的原委，看见表哥像平时一样闷着坐在一旁，他乐了。端起桌子上的水杯喝了一口说：

“这有什么难，不就是指标吗？弄个指标不就完了，你们那么多的学生，多好的资源啊，也不好好利用，有多少学生就有多少家长，有多少家长自然就有多少关系。我要是你们，早什么都办成了，还愁什么。”

他的这番话，在夜里被李萍和徐家汇来来回回仔细琢磨了好多遍。面对家庭的共同利益，他们虽然很少达成统一意见，但却永远可以保持站在一起，这也许就是夫妻，此时此刻灵儿完全消失不见了，从里到外，从上到下就只剩下他们夫妻俩。徐家全无意中亲手为表哥一家子打开了一扇他们从来没有想过，此刻却要一步跨进去的门，从今晚开始，一切和过去都会不再一样了。

很快，两个人就在班里开始了搜寻关系的工作。徐家汇不好意思直接问，婉转地一个一个问学生父母在哪儿工作，一上午，也没有问出任何情况。李萍不同，上课期间直接在班里问，有谁的父母在教育局人事科工作。林伟马上举手说，他叔叔在那儿上班，而且好像还是个头儿，但具体是什么头儿，说不清楚。李萍把林伟叫到讲台低声说，希望林伟回去联系一下他叔叔，她要去拜访一下，咨询一些事情。林伟一直点着头。李萍整个说话的过程都显得很自然，似乎这是课程的一部分。中午，李萍免不了得意，当然也数落了徐家汇半天，说，学画没有学音乐高雅，有文化的家长谁送孩子学画啊，这次只是小试身手，他们班一看就人才济济，还不定有多少关系呢！听着李萍数落，徐家汇一点儿也没有生气，反而有些想笑，他知道她的性格，却也没有想到她会在课堂上问这些事。眼看事情朝顺利的方向走，他们都掩饰不了内心的喜悦。

第二天中午，林伟的叔叔亲自来了学校一趟。和李萍握手后，他表现出了所有家长面对老师都具有的谦卑和热情，不住地点头。听李萍说完详细情况，林伟的叔叔马上保证，一切没问题，职称考过了，指标本来就是迟早的事，既然找着他了，那马上就能解决，如果快，一星期就办好了，随后又和李萍聊起了林伟。这种时候，李萍再愚笨也知道该怎样表达感谢，主动说，可以让林伟多参加几次实践活动，然后帮林伟申请入党。还说，林伟是个难得的人才，乐感非常好。告别的时候，两个人脸上都挂满了希望。

果然，不到一个星期徐家汇的事情就全办妥了。系主任王峰问起他和人事处的林科长是什么关系。因为林科长之前就嘱咐过，说是同学，所以，他也照答。王峰点点头，又说了一些祝贺和鼓励的话。陈卫东也祝贺他，不知道是他多心，还是事实如此，他总觉得陈卫东心里写满了不快，以至于说话的时候，脸部表情和话语总不是很合拍。见到这一幕，徐家汇生出了些许得意来。他终于感受到了俗世的成功所带来的喜悦，哪怕是少少的一点，都足以让在尘世中打滚的他得到慰藉。他应该感谢徐家全，更应该感谢李萍，没有李萍也没有今天的一幕。结婚8年，徐家汇对李萍第一次生出了感激之情，但也仅仅只是感激，它不会蔓延，更不会柔转成别的。徐家汇的好心情也带到了课堂上。他开始有心情仔细看灵儿了，每次，只要他向她看过去就一定能碰到她在看他。他温柔地抿嘴带上一丝笑意，她立刻也会笑着迎合。画静物，他特意从楼下摘了几朵梧桐花洒在衬布上。因为她说过她喜欢一切紫色的花，他甚至还幽默地让学生最好能画出梧桐的花香。12班的学生还是第一次发现，他们的徐老师原来是个有趣的人。他还说，他喜欢紫色的花朵，因为有一个对他很重要的人喜欢梧桐花。即使坐在角落里，他还是看见她笑了，眼里铺满了花朵一样的甜蜜。他居然当着全班的面，表达了他的喜欢，尽管是隐晦的，却也足以让她心动。黄昏，在画室里徐家汇捧着灵儿的脸亲了又亲，爱惜地抚摸她的每寸肌肤。那样柔软、那样年轻的身体，让徐家汇觉得自己也年轻了，觉得自己像王峰昨天说过的，还有着无尽的未来。即使痴缠着，他也绝不会忘了时间，一切虽然匆匆结束，他们的身体却已经开始默契了。有了上次的经验，晚上回家，他提前洗了脸早早睡去，少了与李萍的纠缠也就少了内疚和麻烦。只要想清楚，一切原来都是可以避免的。

为了更安全地见面，他和灵儿甚至约定了暗号，教学楼和他们家，中间隔了四五十米的距离，从12班的教室斜一点望去，正好能看见他们家的书房和厨房。里面的人做什么虽然看不清，但可以看清楚窗台和玻璃。他们约定，如果他晚上有空，就早早地把家里的花盆摆到书房的窗户外面，为了显眼，他特意选了家里正盛开的海棠花，花色是艳丽的玫红，这样，就是远远地也能看清楚。看见摆出了花，她就可以去画室等他。同样地，她有事了，想他想得厉害了，也会在12班的窗台外面摆出花，班里只有仙人球，她就用宣纸染了艳红色做了绒花挂在仙人球上，看见她弄这么个东西挂在花上面，徐家汇笑得前仰后合。徐家汇不可能随时都有空，所以，两人约好，看见灵儿摆出花，如果他能在半天之内到画室找她，就摆出一盆花；如果没空，就摆出两盆花。灵儿如果只是想他，也是只摆一盆花；如果是有事就摆两盆花。灵儿还想出了很多很多的暗号，但因为实行太困难只能最终作罢。只要在家，隔一阵儿徐家汇就会习惯性地走到书房往对面眺望，一看见对面摆出一盆花，他就会在心里笑出来，知道她想她了；有时候，她也会恶作剧摆出两盆花，看见了，他会急急地就往画室赶。知道她没事，他装着生气不理她。见他这样，灵儿会用胳膊搂住他的脖子，歪着头笑。只要灵儿笑，他立刻就服软。他们开始真正享受恋爱的甜蜜了。徐家汇发现自从他的职称办了后，一切都开始顺利了，包括和李萍。

李萍最近忙得很，除了代课，还要抽出时间来和林伟排练节目。她向来是个认真的人，报恩也不是一句话的事，既然说了要让林伟入党，就要极力促成这件事。何况人事处这样的关系，以后也是用得上的。每年放假学校都要组织老师和学生乡演，参加的多是积极分子。往年，她都是能躲则躲，实在躲不了也是应付了事，从来没有认真为这些事上过心。林伟在班里专业课排名一直靠后，也许因为从小生活条件比较优越，他似乎什么也不放在心上，包括入党。李萍一开始说，要入党就要先下乡，他立刻摇着头说，没必要，这是家里人的想法，他可没这么想过，他只想过自在的生活。最后，李萍说，下乡很有意思，在村里住、村里吃，村里的晚上有星星照着路，可亮堂了，还能看到课本里才有的各种星象。听她这么说，林伟笑着同意了。

带林伟这样一个专业课一般的学生出去演，并不容易。为了能顺利带他出去，她不得不多下些功夫排练两三个像样的节目，林伟也很听话，每天都按时去琴房等着李萍排练，有时还会买好吃的东西等着李萍，排练累了一起吃。李萍这样忙碌着，对徐家汇的唠叨自然就少了许多。已经有一个月了，他们几乎没有拌过嘴，吵过架，这在他们的婚姻生活里，简直是罕见的。谁都看得出，徐家汇的心情越来越好了。过去，他只是一味地沉默，现在，居然爱开玩笑了。12班的学生时常听他讲一些有趣的事，他讲他上大学的故事，他的过去。男生有时候会起哄让他讲恋爱的故事，他也不生气，笑着讲。灵儿听得出，他是在说他们的片段。所以他讲，她只是低着头笑。

在李萍的精心排练下，她和林伟的节目终于通过了系里的审查。李萍走了，孩子也送回了老家。徐家汇再也不用把那些花盆搬进搬出了。他把灵儿直接带到了家里。在他的家里再抱着她，他们都有了完全不同的感觉，有些像夫妻了。他做饭，她会蹲在一边看着，他画画，她也在一边看着。他呢，一边忙着一边听着她不停地说这说那，不忙的时候他就陪着她一起说话。徐家汇还为灵儿裁了一条裙子，灵儿穿上一直笑，说，他巧得都像女人了。徐家汇说：

“怎么会像女人，我父亲就是个裁缝，我学了好多年，从画图打版子到盘扣，都会，本来要考服装专业的，谁知差了几分，又不想补考了，所以才会画油画。如果，我是个女的，你可怎么办？我们还怎么做……”灵儿听他说话，更是笑得直不起身子。她极爱笑，有时，笑得像个孩子，但有时又会说些很老成、很哲理的话。徐家汇本来想趁着假期帮灵儿把毕业创作画完，她却说，她要画半面妆，他替她，怎么可能画出她所想的内容。过去，他们谈到过半面妆，当时，徐家汇说：

“那样的女人，再美也不敢要。”

灵儿却说：

“历史是全能信得吗？把女人说得那样坏，既然她要气他才妆半面，那她就爱他吧，没爱哪来的恨，更不值得气他；况且，也许徐昭佩的本意是想说，人和人之间的了解就只有半面那么多，再努力也看不到全部呢？”徐家汇每次听到灵儿滔滔不绝地否定那些既成历史的东西，就会觉得灵儿很聪明，但同时也觉得她很幼稚。只有年轻、幼稚，才总会对一切强加评论。

一个假期很快过去了。李萍回来前，他们仔细打扫了房间，把一切和这个家无关的东西都清理了出去。最后，灵儿笑着说：

“我呢？该怎么清理？”虽然笑着，却已经有了些心酸。徐家汇紧紧地把她抱在怀里，不知道该说什么。

李萍晒黑了，也瘦了，浑身上下带着村里才有的好气色。一进门，李萍就对他端详了半天说：

“徐家汇，没什么瞒着我吧？”

徐家汇笑了，笑得有些不安，生怕他粗心落下什么不该落的东西。李萍在家里转了一圈，一屁股坐在床上满意地点点头说：

“不错，挺干净的。”又转过头看了看徐家汇：

“你看你，脸白得和墙一样，一直待在屋里吧？”

晚上，李萍伸过胳膊搂他，她那样热切着，他却生疏了，比任何时候都要生疏。当她用手摸着他的脸，他有些不好意思回应她。还好，李萍很快把头埋在他怀里，他稍微松了一口气，这样，至少能让他有一些掩饰的空间。怕李萍起疑，他往紧搂了搂她说，路上累了，睡吧。9月的晚上，还是炎热的，抱了一会儿就出了一身汗。想起前两天灵儿还穿着短裤光着脚站在地上，让他看。她总是光着脚走，然后一下子就跳到床上……徐家汇只希望今晚快一点过去，也许到了明天，他就能适应了，像过去那个月一样，他不是适应得很好吗？李萍回来的第三天，晚上他陪李萍出去，意外地看见灵儿站在楼下花池旁边，因为紧张，他没有和她打招呼，她也没有说话；走过很远又回了头，看见她仍旧站在那儿。第二天，问起灵儿，灵儿面无表情地说：

“等你。”

徐家汇一脸茫然地问：

“等我？我没有让你等啊。”

“是，你没有，你也不会，是我自己想等。”灵儿的回答干脆又生硬。徐家汇耐着性子哄着，灵儿把脸埋在他手里哭了，很快，他的手就湿淋淋的，像刚洗过。哭了一阵儿，灵儿抬起头说：

“这个假期我已经习惯了每天都和你在一起，回宿舍睡不着，我在楼下站了三天了，想等你下来，等你一个人下来，看看我，抱抱我，只抱抱就好。”说着灵儿又委屈地开始哭泣。

连着几天下午，灵儿都摆了两个花盆，他知道她没事，但还是去了画室。对她，似乎不止是心疼，还有害怕。灵儿曾经说过，她向往急速向前奔跑的感觉，还说，她知道，任何东西太用力都是不好的，容易折，但她就是要用力，她不要水流过却没有一丝痕迹。她说得很轻松，徐家汇的心却紧了一下，一个人，如果清楚一切，还要去扑火，这就只能是天性使然，像蛾子，像荆棘鸟。可是，那样的惨烈局面却不是徐家汇愿意看到的。这些天，哄灵儿几乎耗尽了他所有的力气，回到家，就只想躺下。新学期一开始，系里开会让老师们准备考核。开完会，王峰单独找他谈了话，希望他能好好竞争副主任一职。还把自己曾经写的工作报告给了徐家汇一份，让他参考着写一份竞聘计划。自从上次评职称，知道他在人事处有人，王峰对他就客气了许多，也高看了许多。他还是他，但有了那些关系，就像房子外扎了新篱笆，篱笆虽然不能居住，但有了它，房子看起来会更像一座房子。这些他清楚，李萍却还是时刻说着、提点着，让他清楚，一听李萍说林处长如何，他就有些烦。看见他烦，李萍就免不了要生气。人总是要知恩图报的，她跑去村里为什么？还不是为了他，不是他，她何至于那么辛苦地和林伟排练；看见他懒洋洋地躺在那儿，连学校的考核也不积极准备，就觉得自己嫁错了人，越发嫌弃起来。

又过了几天，徐家汇回家没有躺着，开始认真准备竞聘稿。李萍看见，松了一口气，觉得自己没有白唠叨。其实，徐家汇做这些，并不是因为李萍唠叨，本来，他也准备做，只是因为灵儿的事，暂时变得没有心情罢了。职务对于男人就像花环一样，能戴在自己头上，哪有不戴的道理。

灵儿来找他的时候，他正光着膀子认真写稿。听到敲门声，还想李萍怎么不带钥匙，看见灵儿站在家门口，他被惊到了，连忙问她怎么来了，灵儿的眼神像刀子，直直地看着他。没有办法，他披了衣服和她又到了画室。在画室，面对徐家汇的责问，灵儿一言不发，咬着嘴唇忍着流泪。徐家汇只好换了口气，开始哄她，但还是说，无论怎样也不该来家里找他，多亏她不在，要在可就麻烦了。灵儿把头往起仰了仰，看着他冷笑了一下，说：

“徐老师，我怎么会破坏你安稳的家，我早就想好了，如果她在，就说，我要回家，要请假。”听她这么说，徐家汇也觉得自己刚才太急了，于是开始解释，解释了半天，才知道这两天灵儿在窗台摆了花出来，却没有看见他按约定摆花。她问他，有没有看见她摆出的花，他说，他忙。她摇着头说：

“看一眼需要很久吗？摆一盆花需要很久吗？我又没有要求你过来陪我，只是希望和从前约定的一样，摆个花盆告诉我行或不行，这很难吗？”

徐家汇说，他真的很忙，要写竞聘的稿子。徐家汇越是解释，灵儿就越是绝望，不知道她究竟喜欢了一个怎样的男人。他的自私，以她的聪明不是看不到，有什么办法呢？她就是爱他，过去有那些柔情、那些呵护在，她很容易说服自己不去多想。可现在，眼看着自己成了他的负担，他躲的心情是那么明显，解释半天能说明什么？只说明，此刻，对于他来说，她不再是重要的，他也不会再费心去想她有怎样的心情；如果，他肯说一句，是他错了，他该看见的，该陪着她，那她不会这么生气。但他只是解释，只是辩解，只是让她理解他，他从来没有给过她未来，哪怕是模糊的一句话也不曾给过，却那么心安理得。最后，灵儿点了点头，说，很好，很好。说完跑走了。只剩下徐家汇一个人留在他的画室里。徐家汇不明白，为什么灵儿不肯理解他一下，他不是有意的，更没有她说的要躲她。他写稿子，远没有画画来得顺手，他已经很焦急了，她却一点儿也不肯听他解释。

早晨，徐家汇一想起灵儿委屈的眼睛，就决定好好再哄她，毕竟她还小。可是，教室里一天都没有看见灵儿的身影，也没有任何人和他说起灵儿的去向。他的心有些慌，但又不能马上问。画室的管理本来就不像文化课那么紧，人又可以随便进出，一天没来并不算很奇怪。第二天还是没有看见灵儿，他只能问，灵儿去哪儿了，为了掩饰他的关心，特意强调说，希望不来的同学可以提前和他请个假。红梅站起来说，昨天，灵儿很晚才回来，一早发烧了。听她这么说，徐家汇稍稍安了安心。下了课，思虑了半天，还是决定先不去看灵儿。一个专业老师，又不是班主任，去看女学生，这种举动实在太奇怪了。而且，去了，当着那么多人，该怎么说呢？

灵儿终于来上课了，他一直看着她，她却不肯再看他一眼。他走到她跟前借着看画，和她说话，她也只是沉默着。下了课，看见她往外走，他再也顾不了别的，跟了出去。走廊里，他低声说，让她去他的画室，她说，不必了。他又恳求说，就算分手也要说清楚了分。她看了他一眼，想冷笑，忍住了，说，好。

画室里，徐家汇说了很久。说他的担心，说他的内疚，还有想念。无论他说什么，灵儿只是远远地抱着胳膊站着，不说话。徐家汇感觉到了她的冷漠，又放低声音说：

“我知道耽误了你，如果你想离开，我会躲得远远的，绝不再缠你。”听到徐家汇这么说，灵儿终于开了口：

“什么我打算离开？走的人是你，不是我，为什么你总要把事情最后推在我身上？”说着带出了哭腔。徐家汇看着她，也难受起来，往她跟前靠了靠说：

“我知道自己配不上你，你还那么年轻，全是我耽误了你。”

“什么耽误？我是嫌你耽误吗？你冷淡我，却还要怪到我身上……”灵儿哭了。看着灵儿哭，他犹豫了一下还是抱住了。起初，灵儿挣扎着，很快就在他怀里大哭了起来。她说，那天走了整整一天，晚上就病了，恨他却又想他，想他又恨他，灵儿说得语无伦次。哭完了说完了，乖巧地靠在他身上。随着身体里多余水分的排出，灵儿又柔和了下来。他知道她需要他们有一个共同的未来。他也这样想过，但连想都让他觉得不是一件容易的事。先不说，李萍会怎样地大闹，单是童童就让他割舍不下，好几次，只要一想，她将来叫别人爸爸，心口就会揪得疼。做了8年的夫妻，婚姻就像穿在身上沾了水的一件衣服，即使是件破衣裳，它也会沾得紧紧的，剥下来扯疼的绝不止是肉皮。很多事情，连想一下都困难重重，做就更加变得不可能。刚才和灵儿说的话，全是他的心里话，既然没有结果，还不如早些彻底结束。可看见她哭成这样，刚刚硬起的心肠又回转了。

她何尝不知道他们没有未来，她就像站在荆棘树上的荆棘鸟，一面放声歌唱，一面看着生命之血一点点滴尽。有了刺穿身体的荆棘，一切已经不是想停就能停下的，只能撑着往前走。

他们不断争吵又不断和好，他们不知道这一切也被陈卫东看在了眼里。美术系竞聘的前一天，系里和李萍同时收到了一封信。信里详细描述了徐家汇和12班学生田灵不顾学校风纪乱搞师生恋，信里还清楚记录了他们见面的日期和时间。信后署名：知情人。因为是匿名信，系里并没有太重视，王峰找徐家汇谈话，也只是让他注意影响和分寸，并没有多说什么。现在竞争副主任的就他和陈卫东两个人，大家嘴上不说，却都能猜测得出是谁写的。师生恋在他们系，谁没经历过，哪儿还值得拿这个说事。明摆着是为了竞争。虽然系里没有处理徐家汇，他却丝毫不觉得轻松，这样的信既然系里有，那么李萍一定也看到了。他不敢想李萍看到信的后果，那是完全无法想象的。

还没看完内容，李萍已经觉得血全部涌到了头上。停了一会儿，又细看了一遍，心里核对着那些时间。那些时间，似乎她都不在家，至少上星期二她不在，这个星期一她也不在。她为这个家忙着，而他却为了别的女人忙着。信上的时间如果是对的，那么说明事情就是真的了。这么想，李萍觉得身体里被人骤然掏空了，只剩下骨架和皮肤，它们已经不足以支撑她130斤的身体。很晚，徐家汇才回家，虽然想好了怎么解释，心里却仍旧害怕李萍的爆发。但就算胆怯他也只能回来，他没有退路。李萍倒在床上，没有说话，也没有哭。空气里只剩下徐家汇故意压低的呼吸。沉默了很久，徐家汇决定先开口。他故作轻松地说，这些都是陈卫东在搞鬼，他和她之间什么也没有，如果有，系里不会不处理。说完看着李萍。等了很久，足有一刻钟那么长，李萍坐了起来，走到他面前突然开始疯狂地往他身上打去，边打他边叫喊着，李萍的叫声那么可怕，像是另一个生物发出的吼声。楼里一定都听到了这可怕的叫声。徐家汇任由她发泄着，直到两个人都疲累地坐在地上。李萍开始骂了，骂他不要脸，骂他不是东西，什么难听骂什么，他也不再解释。这中间，李萍因为嗓子干又去喝了两次水，徐家汇一直在地上坐着，他已经不恐惧了，以后也再不用恐惧了。听着她骂，他没有一点儿难受，反而很释然。发脾气说明她一切都正常，还是过去的那个李萍。快天明两个人才沉沉地睡去。一起来，李萍又开始骂，他知道她咽不下这口气。见他洗脸，李萍推着问他要干什么？去见狐狸精？徐家汇被李萍推搡着身上溅满了水。看着李萍憔悴的样子，他平静地说：

“哪儿也不去，考核也不去了，我就在家待着。”听见他这么说，李萍却把声音挑高了：

“为什么不去考核，为了狐狸精考核也不去了？你要还为了这个家，你就去弄个副主任回来。”

他知道，李萍一向是吵闹的，却也是理智的，但不知道李萍面对这样的事仍能保持理智。如果换了灵儿呢？也许一转身就走了，除了他，现在没有什么会被她看在眼里。可生活真的能一走了之吗？李萍这样想得开，徐家汇不知道该庆幸还是该悲哀。

精心准备了半天，陈卫东却并没有看到好戏上演。没有人知道他有多失望。碰见徐家汇他仍旧笑着问好，还关心地问徐家汇有事没事，一点儿也不显得心虚。过去，徐家汇总以为，人做了坏事，早晚会有内疚的时候，没有内疚也多少会心虚；现在看来，一个坏彻底的人是连内疚是什么都不知道的，更谈不到心虚。他觉得李萍的理智是对的，他的确应该拿个副主任回去。

李萍没有想到他们的事会传得那么快，一个晚上的时间整个音乐系都知道了。别人看她，都是关切的眼神，说话也刻意地开始小心翼翼，好像她随时会失控，也许他们就等着她失控。她发现，人们爱看戏的天性正毫无保留地发挥到了生活中。下了课，林伟走过来看着她收拾课本，她头也不抬地说：

“改天再补课吧，老师今天有事。”

过了一会儿，见林伟还站着，她有些不耐烦，强压着情绪看着林伟。教室里的学生已经都走光了，他们已经习惯了李萍给林伟补课，而且他们也知道这和家长有关系，学生很多时候并没有表面看上去那么不谙世事。林伟只是看着李萍，不说话，看他这样，李萍失去了最后的一点儿耐心，拿起课本直接往门口走，她已经忍了一天了，她不打算为了一个学生再忍着装出笑脸。在教室门口林伟用胳膊拦住了她，她想推开他的胳膊，他却坚持拦着。这下，李萍彻底火了，声音提高了说：

“怎么啦，没有谁规定我必须给你补课吧！就算你舅舅是处长也管不着。”林伟看着李萍礼貌地说：

“我就想让你发出火来，不要那么压着，一整天了，看你这样我们都很难受，李老师，你是最好的人，不该受委屈。”李萍的泪被这句话一下子挤了出来，再也收不回去。比起昨天的发泄，这句话更能触到她的痛处。一个外人尚且能觉出她的好，他呢？早就对她厌烦至极了吧。她不去他系里闹腾，让他去竞聘，他应该高兴吧，早在昨晚之前，她早被生活教育乖了，反正都是失望，又何必和生活再较劲呢？可不较劲不代表她就能过得了心里这道坎儿。

面对林伟，她毕竟是老师，再难过也一直都是无声哭泣，尽管如此，哭过之后的李萍还是觉得心情好了很多。心里那道坎似乎也平滑了些。林伟说得没错，不开心，更应该多和音乐待在一起，就像他们在乡下演出，吃得差，住得也不好，但大家都很快乐。上次去乡下也是李萍最高兴的一次，因为是她主动要去的，所以也就不会生出任何怨言。任何事只要是愿意，苦的东西都会吃出清甜。晚上，大家坐在一起，看着星星聊天，竟然把陈年的隔阂也消除了，李萍自己也抒情起来，和大家一起唱儿歌、朗诵诗词。过去到乡下，因为一直想着女儿，她的心总是匆忙的。不止在乡下，这些年她的心从来都是匆忙的，它们那么认真地、急切地往前赶，最后却完全忘了要去哪里。在乡下，有一次林伟说，我们为了自己活就好，每个人，如果都为了自己而活，那一切就会变得简单许多。父母为了子女、子女又为了父母、女人为了男人、男人又为了女人，说起来好像很伟大，其实都是困顿其中，最后生出来的都是埋怨和疲累。在乡下，每次听到和林伟一样的学生说这些或空洞或热情或哲理的话，李萍都会生出羡慕来。羡慕他们年轻，羡慕他们还有着水一样的不可琢磨的未来。不像她已经不可以选择了。

四

徐家汇一心等着系里考核的消息。自从那封信寄到了系里，他和灵儿的关系就被传开了。上课，他们再也不能互相看着，班里的学生时刻都在捕捉着他俩的目光。即使是正常过去给她看画，他也能听到教室里刻意地突然静下来。他的画室他们也很少去，因为总能隐约地听到一些声音，他怀疑有人在窥探他们。这些天没有和他在一起，灵儿的毕业创作进行得很顺利，已经基本上画完了。画面上，一个女人穿着松垮的衣服披着长发，掩住了多半边脸，眼睛半垂着，一只骨感极强的手立起了四个手指把梳子很有气势地按在腿上，另一只手掩在头发里。看上去，画面中女子似乎正打算做一个动作。用现代油画来表现这样一副画面是极不讨巧的。油画重面，而这幅画里重的是线，用油画表现线，要么会显得僵硬，要么会显得太厚重，已然没有了线的轻盈。徐家汇原来建议灵儿画半面妆，画一个面具半掩在脸上，那样浓重的东西反而是好表达的，灵儿说，还要面具吗？不用面具我们已经是半面了，用了面具那就连半个都没有了。灵儿固执地坚持着，他也不好再说什么。好在灵儿算聪明，画里还是极好地隐藏了自己的缺点，灵儿最不擅长画布，过去画静物，她总是会把桌面处理成别的。这次也一样，衣服只是大块带过，仅有一个隐约的影像，不知道的还以为是为了强调头发，特意处理。整个画面基调偏绿，又营造出了很好的氛围。创意也算是很好，有些意在画外的景象。他想，即使他们从来没有过交集，只看到这幅画他也会给她一个高分的。

李萍和上学期完全一样，每天都很忙碌。在家里总是一副神色匆匆的样子，完全顾不上唠叨他，童童也送到了李萍姐姐家，只有周末才可以见上一面。没有争吵也没分歧，生活是这样平静，按理说，他该觉得幸福才对，但不知道为什么没有了李萍的管制，他似乎丢失了对抗的重心，反而有些没有着落。他总觉得李萍有些不一样了；不止李萍，灵儿也不像平时那么健谈，在确定李萍不回来的时候，他会把她带到家里。灵儿说话不再像过去一样，想起什么就说什么，好像在有意回避和他的矛盾。他不知道究竟是哪里出了问题。

又下了一场雨，树上叶子终于落了个干净。可系里的副主任人选还是迟迟未定。李萍见他回来，说，要和他谈谈。徐家汇坐在沙发上看着她，不明白为什么李萍现在对他竟变得这样客气了。客气到让他觉得别扭。李萍说：

“我们离婚吧！”见他望着自己，李萍又说：

“离婚吧，何必这么撑着？”徐家汇不知道今天又发生了什么事，仍是迟疑地看着李萍。半天才说：

“又怎么了，我不是已经竞聘了吗？”李萍笑了，笑得很温和，很从容。李萍人瘦了，也变漂亮了，她已经变成了一个徐家汇完全不熟悉的李萍。

“你竞聘不竞聘是你的事，我在说离婚。”

“为什么？”

“为什么？徐家汇，你还需要问为什么吗？你到什么时候才能不缩脑袋，什么时候才能主动地承担一次？”

“我和你说过，那封信是陈卫东写的，他的话能信吗？”

“徐家汇，你能不说谎吗？陈卫东不是个好人，你呢？你在两个女人之间就好吗？我们这些年怎么过的，你还不清楚吗？你以为就你厌烦吗？”

徐家汇有些语塞了。

“我已经决定了，我只是告你一声，你尽快去学校开证明，我们早点办，徐家汇，如果你还有点良心，你就别拖着。”说完，看了徐家汇一眼，摔门走了。

徐家汇在沙发上坐了很久，虽然李萍无数次生气的时候说离婚，但这么认真地提出来还是第一次。他不清楚李萍是在激将他，还是在生气，还是真的要离婚，又或者是发生了什么事。灵儿绝不会挑事，那就只有陈卫东。可还有什么事呢？他和灵儿已经很谨慎了。徐家汇没有任何头绪地想着。李萍很晚才回来，躺在床上，徐家汇伸手去搂李萍，刚搭在身上，被李萍一把拿开了，转过身冷漠地说：

“徐家汇，我们有必要这样装吗？”李萍这么一说，徐家汇也变得没意思了，两个人，各自背过去都紧靠着床边睡去。早晨，李萍又提醒徐家汇开证明。这下，他有些相像李萍是真的了，但为什么呢？这太不像李萍了，过去，李萍吵闹得厉害了，有时徐家汇提离婚，李萍总说，别想了，有了孩子我不会离，闹一辈子也不会离。现在，为什么突然就要离了，而且连商量都不商量，自己就决定了，那他算什么？摆设？晚上，一回家李萍又问他开好了没有，他摇摇头，李萍问，为什么？徐家汇说：

“你先说说，为什么离婚？离了要和谁结婚，我什么都不清楚，没法开。”李萍从鼻腔里哼了一声，眼睛看着他提高嗓门说：

“徐家汇，你还真行啊，自己错了还挺理直气壮。我跟谁结婚和你有关系吗？在你眼里我就是个用旧的东西，你看都不想看一眼，你没想到，我这个旧东西也能开始崭新的生活吧。”看着徐家汇一言不发。李萍又说：

“其实，告你也没什么，是和林处长，他单身。”徐家汇在脑子里飞快转着林处长这三个字，李萍又哼了一声，她这一哼倒让他想了起来，问：

“就是你们班学生的家长？”

“不是家长，是学生的叔叔。”

在徐家汇焦头烂额的时候，灵儿正酝酿着一件大事。她怀孕已经三个月了，一直忍着没有和他说，因为在心里她想把这个孩子生下来。这些日子，灵儿一直仔细考虑着该怎么办？她想，徐家汇知道了孩子也许会和她在一起，但也许不会，因为他说过，离婚很难。可是，她就是想要这个孩子，如果他们之间注定没有未来，什么都没有，那她至少有孩子。这是上天给她的，她会自己养她。一切都想好了，她决定告诉他。徐家汇听灵儿说完，看着她苦笑着问：

“为什么不告诉我？”灵儿晃着他的胳膊撒娇地说：

“我自己想生嘛，我都想好了，反正你不要，我也要生。”徐家汇的神经被这句话一下子扯长了，长到快要绷断了，他大声说：

“很好啊，你们都想好了，都决定了，你以为怀了孩子，我就应该和你结婚？你自己都决定了还告诉我干什么！你自己爱干什么干什么！”灵儿看着他，胸口急促呼吸着，让他再说一遍，他又说：

“你想干什么干什么，想和谁结和谁结，少问我，”灵儿没有说话跑走了。

徐家汇不知道两个女人是怎么商量好的，居然都变得这么有主意，都来将他的军。那天，他和李萍说，她就是个爱慕虚荣、喜欢权力的小市民。李萍不但丝毫没有生气而且还笑着说：

“小市民怎么样，不好吗？可是有人就喜欢小市民。你赶紧去找高尚的人吧，加快脚步，咱俩谁也别耽误谁！”

他的心情从那天起再也没有平复过。过了好一会儿，他才觉得对灵儿有些过，她想生的是他们的孩子，他有什么可生气的。明天，再好好哄就是了，反正，他是要离婚的。离了婚和灵儿就能永远在一起了，这不正是她一直想要得到的吗？和李萍耗下去，他只会成为结结实实的笑柄。哪有男人，老婆想离婚了还强留的。随她去吧。

李萍并没有徐家汇说的那么不堪。和林伟练歌说起了乡下的美好，她一脸向往，林伟说，这没有什么难的。果然，没多久林伟说服了叔叔带着李萍一起去了郊区。李萍礼貌地叫林处长，林处长说，叫我老林吧，叫处长怪别扭，老觉得在上班呢。那次见面，因为大家都没有任何任务和要求，所以都觉得很轻松。轻松了也就容易走近。他们在郊区都放开了歌喉，老林在听了李萍唱歌后，连声说要拜师。李萍以为只是一句玩笑话，谁知，回来后，老林真的来找她练唱歌。李萍唱歌的时候，老林眼里满满的全是欣赏，这让李萍产生了一种错觉，仿佛又回到了十年前，那时，她唱歌，追求她的男人也会这么看着她，满是欣赏。可那眼光，后来她再也没看到过。教老林唱歌以后，一天，老林单独约了她出来。平时，有林伟在，也是她和老林聊得更多些，老林比她大四岁，他们经历都差不多，聊起年轻时，聊起生活的艰辛，大家有的是话题。林伟在老林面前完全做回了孩子，很少参与他们的谈话。谁知，这次没有林伟在，他们竟聊得有些尴尬，仿佛林伟是润滑剂，有了他，说话可以更顺畅。老林说，我还单身着，见李萍不说话，又说，你的事，我都知道，林伟说过了。李萍不知道林伟究竟说了些什么，也不知道自己该说些什么。所以，老林只能自己一个人说下去。

女人也许天生就需要被爱慕，自从老林表明了爱她，虽然李萍拒绝了，但心里却对老林生出了异样的感觉。再练歌，看见老林盯着她看，她居然有些羞涩了。女人对男人一羞涩就很能说明问题了。和老林在一起是快乐的，但她不敢多想，也不愿意多想。生活的折腾已经够了，她不想再折腾。直到看见枕巾上有一根黄褐色的头发，对徐家汇才算是彻底死了心。李萍身上最值得炫耀的除了嗓子就是那一头乌黑的头发。其实，她心里也清楚，没有那根头发，他们也完了，只是需要最后的一丁点儿细如发丝般的推动力罢了。

徐家汇等了灵儿一天也没有等到，想着以后两个人还有的是时间，他决定先解决和李萍之间的问题。结婚这些年，共同的家产就只有房子和童童。两个人都争着要童童，起初谁也不肯让步。李萍口气软了下来，看着徐家汇说：

“如果是个男的，我一定会留给你，女儿一天天长大，总是跟着妈更方便一些，你们结婚以后还可以再有孩子。我却不一定有机会了。女儿，我让她跟你的姓，还不行吗？”想着灵儿已经怀了孩子，李萍却还从来没有这样低声下气过，徐家汇的心软了。对于李萍找了个比他强的男人，他虽然觉得没有面子，也说了刺激她的话，但心里总还是有夫妻情分的。他说，好。李萍见他同意了，赶紧说，房子留给你。两个人说到这个份上，都想起了对方的许多好来。徐家汇说：

“房子、孩子你都拿走吧，好好过日子。”听他这么说，李萍的眼圈有些红了：

“不，房子，你住着，他那儿有。”

办完了手续，李萍说，以后再评职称记得找她，她会帮的。徐家汇点点头。临走又和李萍说，孩子还是姓林吧，那样对孩子好，只要孩子好了，就行了。李萍答应着，从离开徐家汇的这刻起，她才觉得徐家汇原来是个大气的男人，原来也并不自私，原来也对她很好。可一切已经过去了，也只能过去了。

回到系里，徐家汇才知道灵儿找不到了，没有人知道她去了哪里。在他忙着的这几天，她一次也没有出现过。徐家汇找了一切可以找的地方，已经十一月，这么冷，她能去哪里呢？没有办法，他找到了正在忙着准备个人画展的尚老师。灵儿是尚老师招来的。那年，尚老师在全国走了一圈，招了许多学生，这其中就包括灵儿。听他说灵儿不见了，尚老师看他的眼神立刻就变了。尚老师是系里资格最老、年龄最大也是品行最好的一个。平时，话不多，只是一味地关心和画画有关的事，因为什么也不与人争，所以口碑极好。他和灵儿的事，尚老师写生回来已经听到了一些，但是没想到会这么严重，尚老师叹口气说：

“学校每年快毕业都有女孩子出事，这你不是不知道，为什么你也会变得和他们一样呢？白白毁了一个有才华的孩子。”说完，把画笔泡在松节油里。洗干净手又问徐家汇：

“为什么会不见呢？你不是已经离婚了吗？”

尽管不好意思，犹豫着，徐家汇也只能说：

“她怀孕了，那几天我和李萍正闹离婚呢，和她说的话重了些。忙完李萍的事，回来，她就不见了。”尚老师说：

“我去她家找吧，我去过。”

徐家汇见尚老师肯帮忙，连声说，好，好，我马上回去准备一起去。

“你还是先别去了，这种事放在谁家闺女身上，都是往死了气的事，闹得街坊邻居都知道了对田灵不好，对你也不好。我去找王峰，我说，他会去的，以系里的名义去，我尽量带田灵回来，快毕业了，缺勤可不好。等回来，你们再慢慢解决。”

徐家汇知道尚老师一向看不惯师生恋，但现在却肯帮他，而且是这样实心地帮他，心里充满了感激，暗下决心，希望有机会也能帮尚老师一把。一切就只剩下等待。灵儿那天说，有三个月了，那么孩子出生也是夏天，徐家汇脑子里盘算着该怎么准备小孩儿的衣服，他母亲做就可以，灵儿回来，办了婚事也来得及。小孩儿的床就睡童童的床就好。想起童童，他的心又缩紧了。已经有半个多月没见过童童了，不是李萍不让见，是他不敢。心里既怕童童老想着他，和林处长疏远，让林处长不待见，又怕童童完全忘了他，只和林处长亲近，那样温馨的家庭画面，也是他不愿意看见的。这世上，任何缺失的东西总是要拿质地相仿的才好弥补。所以他盼望着灵儿的孩子早点落地。一个星期后，尚老师回来了，不过并没有带回灵儿。尚老师说：

“孩子已经没了，田灵回到家的时候，满身都是血，但不说一句话，所以没有人知道孩子是怎么没有的。田灵的父亲问，田灵到底是和谁处对象，怎么会弄成这样，我没说……”说到这儿，尚老师把头低得很厉害，继续说着，“田灵只是躺着，一句话也不说，可怜啊……”徐家汇的世界在这一刻终于彻底支离破碎了，从此以后，他的世界里再也没有完整地出现过昔年景象。尚老师像是明白了他的心思，说：

“你还是先不要去找她的好，她那个样子，家里人见了你，根本忍不住，只会闹得四邻都知道，那样对田灵不好。再有几个月就过年了，过了年，我再去看她。没人的时候，我和田灵低声说过，你已经离婚，她消了气再养一段日子，也许就好了。她是我招来的，你们既然已经开始，我也就只能盼着你们有个好结果，要不然，我也不安啊。”

一切仍然是等待，徐家汇却已经没有了先前等待的心情。在他失去了一切的时候，副主任这顶帽子终于在入冬前落到了他头上。他丝毫没有觉得暖和，更没有觉得欣喜。没过多久关于他的种种谣言，一个一个传到他耳朵里。最广为流传的一个版本是：他为了评职称，让李萍勾引了他的同学林处长，之后，他的同学索性取而代之把李萍完全笑纳了。为了报答徐家汇的让妻之恩，林处长又帮他拿到了副主任一职。这个版本的故事极为流畅，逻辑又缜密，徐家汇自己听来也觉得颇可信。另一个流传的版本是，他搞师生恋，李萍为了气他，故意找了他的同学，他的同学为了能顺利和李萍结合，给出的条件就是帮他当副主任。徐家汇知道，如果李萍再嫁的人没有他强，那版本就会更改成别的。但无论怎样，他都摆脱不了可憎的嘴脸。现在的他在众人眼里，不只可憎，也卑鄙、可怜。从他入校十几年，还从来没有见哪个老师因为师生恋而离婚的，更没有哪个老师像他这样被老婆主动踢开。他不明白，为什么别的人搞师生恋，像割韭菜一样，一茬又一茬地割，没有任何事，而他只碰了一次，就碰得一切尽失。他只有一线希望，就是等灵儿回来，只要灵儿回来，孩子，一切也就都有了。

过了年，风尘仆仆赶回来的尚老师仍旧没有带回灵儿。他说，田灵已经去了另一个城市生活，她的家人说，她不想被人打扰。一句不想被人打扰彻底断了徐家汇最后的一线希望。灵儿一定是恨极了他，否则不会留一句“不想被人打扰”，这是说给他的。

徐家汇决定从此不打扰任何人。去系里辞了副主任出来，头一下子就轻了许多。他知道副主任算顶帽子，可一切都失去了，连脸皮也失去了，还要帽子做什么，只能是打扰别人罢了。帽子应该送给急需要御寒的人才对。那以后，从学校到系里，对他就只剩下怜悯。他们觉得在学校里再也找不出第二个像他这么倒霉的人。他不可怜谁可怜。徐家汇无所谓了，只希望自己能每日撑下去，直到徐家全的到来，这一切才有了改变。徐家全把粮票拿出来先在他面前抖了抖，然后拍在了茶几上，说：

“整四百，全国粮票，拿去，租你房子两年，两年以后你住你的，我走我的。”徐家汇看到粮票的时候，并没有像田有禄一样两眼放光，此时此刻，就是把金子放他面前，他也未必会觉得有用。看见他没有任何反应，徐家全笑了说：

“哥——，不需要这样，女人嘛，走了，说明还会有更好的要来。何必这么半死不活的，不就是面子嘛，我要是你，就先出去转一转，反正学校也请得了假，大不了停薪留职，这么好的单位，不好好利用，可惜了的。人挪活、树挪死……你要动一动……”又拿起了粮票说：

“全国粮票，你走到哪里不需要这个？我就是雪中送炭，当然，顺便也要帮帮自己，货放在这儿，安全又放心，也好销。”说完看着徐家汇等着他说话。徐家汇不知道他这个表弟哪儿来的精神头，每天鼓捣来鼓捣去，现在居然又自己弄起了生意。

“你粮票从哪儿来的？”

“倒腾的呀！这些你不懂，反正不是抢的，你看看我，这么瘦，我抢得过谁，倒是被人抢比较容易！”听他这么说，徐家汇被逗笑了。这么久，他还是第一次这样大声地笑。他也盘算过出去走走，但想到请假以及一系列复杂流程，也就只是盘算而已，如果没有徐家全租房子这件事，他一定不会真的就放下工作出去。但他出去却也绝对不是因为要给表弟腾房。他没有这么高尚，至少目前还不具备如此高尚的情操，做到只为他人不为自己。说白了，他总是被动的，总是需要被人推一把，才能往前走。而徐家全就是这个推他的人。从前和现在都是。向学校请假比想象中还要容易，有了之前对他离婚的同情，似乎一切都是应该的，他不出去、不闹情绪反倒有些不正常。要去哪里，却是徐家汇早就想好了的。这些日子，他脑子里一直转着灵儿说过的话，湿漉漉的、甜香的巷子。即使见不到她，那个巷子都令他神往。他期待，去了那里，一切都会好起来。

五

每天傍晚，徐家汇都要一个人在涂水巷里走一走。从东面走到西面的清虚阁，有太阳的时候，会安静地站一会儿看着太阳落下，再绕到北门转回来。巷子里的石板路到了夏天终日沁着潮气，看着都会很凉爽。巷子里的人遇见了会叫他徐裁缝，他已经很习惯这个称呼了。他们除了问候他还会顺便问候田有禄，这让他仿佛觉得自己和他们是一家人。田有禄和王玉琴在一起很少生气。最初，他以为是在避讳他，快一年了，天天在一起，才发现，他们的确吵不起架。两个人似乎早就达成了某种默契，只需要一个眼神就能平息事端。为什么他就不具备这种本领呢？无论是和李萍还是和灵儿，他们仿佛总是要跋涉千山万水才能到达彼此的内心。即使到达了，一个不留神就又拉回了从前。就凭这些，他就该羡慕他们。田有禄偶尔也会和他一起喝点酒，聊一聊，但从来都很克制，不像在学校，大家总是会喝到忘了自己，胡乱吹嘘的地步。徐家汇也是个克制的人，所以，两个人聊天也就都圈在一定范围内，谁也不会绕到圈外去胡说。徐家汇的婚姻、田有禄的女儿，这都是他们从来不谈的话题。只有一次，玉琴摘了槐花给他做拌揽子吃，田有禄主动说起了自己的女儿，说她小时候常会爬上树去摘槐花，淘气得很。徐家汇接过话说，那她现在呢？在哪儿，怎么不见回来？说完，小心翼翼地看着田有禄，田有禄望着摘槐花的玉琴淡淡地说，儿孙自有儿孙福，长大了就由他去吧。徐家汇早就知道，田有禄是淡定的，如同这巷子里的四季，该来则来，要去则去，从来不见他着急。

入秋又下了一场雨，天气彻底转凉了。这样的一年，时间竟还能过得这样快，这是他没有想到的。最初，小巷在他的印象里并不像灵儿说的那么好。整个巷虽然到处都湿漉漉的，却沁着让他不舒服的寒意，而且无论哪里都没有一丝甜香飘过。后来，住久了，他才渐渐地发现了这里的美好。巷子里几乎每家都种着槐花。一到五月，家家的槐花开了，连同巷子里那颗千年的老槐树会一起散发出诱人的浓香，光是那香气就极为壮观。据说，过去离着十里地都能闻到巷子里的香气。还曾经叫过槐花巷，解放后才叫回了原来的名字。巷子的风，也和别处的不同，有时候柔得像丝手帕一样，绵软得都无法触摸；有时候，却又同刀子似的生硬冰冷，嗖嗖地从耳边穿过。巷子虽然很深，每一家却都很熟悉，常常会端着碗边吃饭、边串门，像一家人一样。玉琴开始待他那样冷淡，后来也一天天暖了起来。像是习惯了他，虽然他清楚那习惯是那么地艰难。他对这里也习惯了，相比之下，对学校反倒变得有些生疏。这生疏，偶尔会让他生出些不安。向学校请一年的假，学校准了他一年半，算是创作假。可一年下来，他一张画也没有画，只是裁衣服。裁衣服也并没有最初徐家全说的那样赚钱。去年回家，徐家全听他说开裁缝店，一直拍着胸脯说，相信我，没问题，那人多得简直就是在抢布料。开了一年，人虽没有断过，却从未出现徐家全所说的抢布料的场面。他的本意是想支起个摊子，生意兴隆的时候，再盘出去，好让田有禄赚些房租钱。他能做的也就只有这些。现在，生意这样淡，又能盘给谁呢？再待半年，无论是否能见到灵儿，他都必须回去了。

进了十一月，裁缝店的活计居然一下子多了。没几天布料就高高地堆了一摞。看见他高兴，田有禄也高兴，怕他忙不过来，还帮他张罗了个小工。这下，徐家汇彻底安心了，心里盘算着过了年，不忙的时候，好好教这个孩子裁衣服，他只要肯盘下这个店，就能租田有禄的房子，田有禄也算是有了依靠。他也能回学校了。忙碌了一个月，眼见着人比先前还要多，都催着给自己先做，说自己是要年下穿的，那情形还真和抢布一样。这下，他算是彻底佩服徐家全了。

徐家汇一点儿也掩饰不住自己的高兴，他以为，他可以一直这么高兴下去，至少年前会高兴下去。谁知，十二月的第一个星期二，田有禄突然被人告发了，罪名是私吞公共财产。据说，一起被告发的还有供销社的肖主任，他的罪名是包庇罪。被告发的当天田有禄就被保卫科的人带走，关了起来。一块铺板竟惹出这么大的麻烦，这是徐家汇没有想到的。他又自责又着急。可越急，就越没有头绪。玉琴气着也埋怨着，说，早就劝他不要和画画的人打交道了，就是不听，这个家受的害已经够多了，还要受害到什么时候啊。徐家汇不敢说话，只是在堂屋默默地站着，他心里甚至在等，等着玉琴说出更难听的话来，这样，他心里或许才能好受一点。但玉琴并没有说出更难听的话，后来就只是在那儿叹气。这越让徐家汇觉得惭愧。过了晌午，对门张福生来了，犹豫了半天说：

“上次和供销社的老高喝酒，喝大了，就说起了你们家徐裁缝，也说起了老田怎么帮他张罗弄铺板。本来是夸耀的，想说老田总算有靠了。老高和肖主任一直就不对，不知道这次的事和他有没有关系。”说着，又看了玉琴一眼，说：

“大妹子，是我害了老田，我这张嘴啊！”说着就要打。玉琴拉住了。听张福生这么说，徐家汇像是看到了一线希望，急急地问：

“你和他喝酒应该熟吧，找找他，看能不能不告，想想办法。我这儿有两百全国粮票，还有一些钱，全给他，如果不够，我还会想办法。”边说边从兜里掏出粮票和钱。这些是他昨晚就准备好的，虽然还什么办法也没有想到，但他知道办事总是要用钱的。这个只要他有，他舍得。张福生看着粮票点点头，说，我去说，我去说，这粮票他稀罕呢！

三天后，田有禄终于放了出来。过了一夜，他叫住徐家汇往他手里塞东西，说，只剩下一百了，那些我以后补给你。徐家汇一看是粮票，又塞了回去，说：

“铺板本来就是为我找的，这是干什么，怪我吗？”

昨天夜里玉琴和他把家里这几天的事全说了，田有禄说，把剩下的给了人家吧，人家也不容易，灵儿的粮票以后再攒。玉琴点点头。见徐家汇不要，田有禄有些急了：

“你拿着，我不欠人的。你肯往出拿已经帮了我了。”徐家汇按着田有禄的手说，我欠你的，你再要塞给我，我明天就走。说完不等田有禄再说话，转身回了他的小屋。几次，他都想和田有禄挑明了，说出一切，可每次话到嘴边又咽了回去。一开始，是存着心想再见灵儿一面，不敢说，后来是他们对他的那份好，让他留恋着，也不敢说，他知道，一旦说了，他们之间的关系瞬间就会不复存在，留下的只会是怨恨。

一个冬天都没有下雪，进了腊月了，雪反倒开始一场接着一场下起来。徐家汇知道自己是要走的，想着年后处理完事情就不来了，心里生出了许多的不舍。所以回去的日期推了又推。过了腊月二十三，他知道不能再推了，收拾了行李去和田有禄说，他要回去。田有禄看着他，面有难色地说：

“按理，这种话不该说，可雪这么大，你回我也不放心，你要是能和家里人说得过去，就留下过年吧。”

“可，你家里人回来，方便吗？”听田有禄挽留自己，徐家汇才知道在心里一直是想留下的，说要走不过是个托词。

“方便，你，不算外人。”说完这句话，田有禄似乎有些不好意思，低下头一直抽烟。徐家汇一直笑着，他终于可以期盼了。

六

灵儿进来的那一刻，徐家汇紧闭着呼吸。他生怕一呼吸，就把她吹跑了。进了门灵儿看了他一眼，笑了一下，就坐下不再看他。他一直盯着她，急切地想要弄明白那一眼的意思。虽然灵儿笑了，可那一眼在他看来是那么陌生，完全不是他想好的目光，既不热烈也不生气，眼神里空荡荡的。和灵儿一起进来的还有一个中年女人。田有禄介绍着他们，女人原来是灵儿的小姨。徐家汇点点头，田有禄叹了口气说：

“老徐，不是想瞒你，这实在不是一件光彩的事，她就是我闺女，原来也在你那个学校上学。前年，从学校回来就很少说话，后来，彻底失了心，人的精神就全废了，有时候，能认得我们，有时候连我们也不认识。刚病的时候，我还提前退休让她顶了我的班，可没法上啊，白顶了。一直在她姨姨家住着，我们攒了粮票也是给她用，不能让她姨受了累再受亏空。”

徐家汇无数次幻想过他们再重逢的情景，或热烈，或激烈，或者是冷淡。如果，她还爱着他，那他们的眼神一定会一直痴缠着，如果不爱，她也许会瞪他，也许会骂他，看着他离开，相见的场景已经在他脑海里演练了无数遍，无论是哪一种，对他而言都是熟悉的，他都可以接受。但现在的一切，却像一个湿冷的梦境，让他无从下手。徐家汇的身体在灵儿面前像水一样，一点点垮着流下去。

徐家汇说得很认真的，田有禄一直犹豫着，过了几天才说，先住一起吧，试一试，能行了再结婚。

那天，面对徐家汇的诉说和不安，田有禄显得很镇定。听完了才缓缓地说，他一直有种感觉，觉得他和田灵可能有牵连，但是徐家汇不说，他也不好说。他早就不恨了，因为，恨，没用。早些时候，也想过，去学校找一找、问一问，想知道灵儿究竟是怎么才变成这样的，学校派人来看过，后来还给了毕业证。他就知道学校是知道的，既然，那个人不来找灵儿，可见别人是铁了心的。他们再去闹，灵儿只会更没脸。孩子是一个自尊心极强的人，已经病了，再把脸也没有了，那就更不能活了。还说，你离婚能怎么样呢！把灵儿放在她姨姨那儿，也是希望她能好起来，好了再回来，邻居也不知道什么。她还能继续过下去。可已经一年了，还是不见好。就算再有错，他们也不会把一个终身的拖累推给他。他们做不出这样的事。是好是坏是她的命，谁也不怨，只怨自己当初太疼闺女，把她送到那么一个地方。

徐家汇本以为，只要他一开口，立刻就会遭到唾弃，没想到田有禄却说出这样一番话来。原来田有禄也揣测过他，不同的是，别人是包容，而他却用自己已经萎缩的心境胡乱地低看了他们。只要他们肯，他只求，一切还能有机会再弥补。

田有禄有的是办法。灵儿虽然失了心，却并不是一个傻子，不会好端端地就和徐家汇住在一起。田有禄就和灵儿讲起了梁山伯和祝英台，还说，学好了就能去外面上大学了。这么说，灵儿果然一下子就同意了。

为了他们，田有禄和玉琴搬到比偏房大一点的南屋里。大屋腾了出来给他们住。徐家汇知道反对也没用，索性坦然接受了。他只盼望着能和她立刻单独相处，他有那么多话要和她说，他的思念、他们失去的孩子，这一年的煎熬胜过之前的几十年。他还想告诉他，她的以后，就是他的以后。他们不会再分开了。

七

真的面对失心的灵儿，徐家汇发现一切并没有自己想的那么容易。灵儿已经不再是过去的灵儿了。坐在面前的这个女人，除了长着灵儿的样子，其他，完全是另外一个陌生的女人。一个动作、一个笑容甚至连声音都是陌生的。他努力克制着陌生的感觉，开始和她说话，说那些想念的话。可他无论和灵儿讲什么，灵儿只是笑一下，就开始专心做手里的事，有时候是做一朵花，有时候是画一幅画，从来没有静静地看着他，听他把话讲完。田有禄和她说话，她偶尔还是有回应的。但和他，却一点儿也没有。他的那些思念，在反复地重复叙述里变得越来越稀薄。他对她来说，应该也是陌生的吧，不止是他，周围的一切似乎也都不在灵儿的世界里。没有人知道她的世界里到底有什么，她到底在想什么。亲热，更是无从谈起。第一天，他试着搂她，他也仅仅是想搂着，她大声叫了起来，吓得他连忙往后退去。这之后，只要他离她坐得近一些，她就会突然大叫。玉琴已经和他谈过，让他不要急，慢慢来。他知道她是什么意思，这让他再面对玉琴一家人又生出些羞愧。

两个月过去了，他们之间陌生的感觉丝毫没有消除的迹象。徐家汇回了屋不再和灵儿说任何的话，只是看着她，看一会儿就上床睡觉。他多希望，这样看着，他的灵儿突然就能回来，从前的时间也能像水一样流回来。过去，看不见，灵儿却一直是清晰的，从来没有一刻离开过他。晚上想了，只要一伸手就能把她揽在梦里。可现在，每天面对着，和她躺在一个床上，却是这样陌生。他常常会想，她根本就不是灵儿，是个完全陌生的女人。可她看起来是这样可怜，他总应该要好好待她，或者干脆把她当孩子一样爱着；面对一个曾经和自己那么亲近过的女人，亲密的时候，他也许常常会生出怜惜来，会生出对孩子似的感情。可一旦那种亲密没有了，甚至已经变成了另一个人，他们之间竟然比完全陌生的男女还要陌生、还要别扭。每晚，看着灵儿，他都会说服自己对她好，他也应该对她好。每天，他都要对自己大声地说几次这样的话。

过了清明的第二天，雨淅淅沥沥地下了一整天。屋子里冷极了。晚上看着灵儿，他苦笑着说：

“赶路的人还能抱把柴取暖，可我，什么也没有。我就和你这么干坐着等老，这就是我的命。”说完，他折过身子躺下。他知道空气里虽然是两个人的呼吸，却永远不会有任何回应，比和自己待着还要寂寞。夜晚实在是太冷了，徐家汇一会儿就被冻醒了，然后，他听见屋里的大钟左右摇摆的声音。左一下，右一下，左一下，右一下……

天明醒来，已经没有了灵儿的踪影，他只看到了一封信：

即使我们努力，终其一生，始终也还是只能以半面示人，这不是悲哀，是宿命。柳树也许明天一早就发芽了，我相信我要找的生活，它就在远处，也许已经等我太久了。匆匆，勿念。

开始熟睡

1

到了星期四晚上十点，电视里开始准时播放每周一次的《犯罪实录》。莉香和母亲像以往一样坐在沙发上看着电视。随着情节发展，母亲王兰的身体开始不断前倾，神情也变得紧张起来。后来，电视上出现了当事人家属痛哭的画面。莉香转过头看母亲，母亲的眼睛果然又变得湿润了，莉香心里“哼”地笑出了声。真是不可思议，母亲的感情仿佛是一扇大开着的门，无论什么都能轻易地跑进来，顺利击中她。画面里的人继续哭诉着不幸。莉香抬头看了看墙上的表，感觉晚上的时间就快要过去了。

回到自己房间，莉香开始脱衣服。她没有裸睡的习惯，虽然时下许多媒体不断宣传裸睡是最健康的睡觉方式，虽然她也试过裸睡，但实际情形并不像电视里说的那么舒服。真的一丝不挂，并没有让她觉得轻松、亲近自然，反而有一种紧张和不踏实的情绪紧揪着她。试了一晚就再也不想那么睡了。她一直都明白潮流是不可靠的。但很多时候，还是身不由己，总要试一试才真的甘心。

离婚后，莉香每星期都会在母亲这里住一夜。傍晚过来，然后一起吃晚饭、一起看电视，最后各自回房间睡觉。她的房间还和十年前一样——放着一张写字台，一张单人床。她并没有变胖，但睡在床上明显觉得有些拥挤了，好像一翻身就会翻到地上去。母亲说过几次，要给她重新买个大床，都被她断然拒绝了。母亲这个人虽然爱唠叨，但说归说，做起事情来倒是很少勉强别人。对和错仿佛只是用来说说而已。因为她的反对，所以床一直也没有换成。不只换床这些小事是这样，对于她离婚这件事母亲的态度也是一样的。发表了很多意见，不希望她离。反反复复地和她说，离了婚的女人如何的可怜。但最后她真的决定了，母亲也只是闭着嘴，用一整天不说话来表示自己的一点不满而已。每次来母亲这里吃饭，都少不了要听母亲唠叨。反正要唠叨，那么话题离自己越远就越歇心。适当转移母亲的注意力对她只有好处，没有坏处。所以莉香常常会选择星期四来这里，一边看节目，一边听母亲发表一些对节目里的人和事热心而繁琐的评论。退休在家的王兰最喜欢看和时事有关的栏目。其中，最爱看的要属《犯罪实录》。反正和犯罪沾点边儿的节目，王兰总能津津有味地看下去。偶尔王兰唠叨的话也能把莉香给逗乐了。比如有一次看韩剧，王兰慢悠悠地说：

“香儿，你说韩剧怎么这么磨叽啊？这人死了，已经又演了八天了，还对着死人哭呢，怎么就不埋啊？坏不了吗？电视里演吃顿饭比我吃的时间还长呢！你说说……”

看着母亲一本正经的较真模样，莉香忍不住哈哈笑起来。这些话后来被莉香在一些场合转述的时候，听的人也像莉香一样笑得很大声。大家都说，你母亲可真有意思，真逗。虽然莉香心里并不这么想，但她很乐意听到别人这么说。

2

对于刚刚结束的那段婚姻，她偶尔还是会生出些留恋来。和韩俊结婚的时候，莉香以为他们会一直过下去，和所有她周围的人一样，生孩子，教育孩子，然后等孩子长大了，再给孩子看孩子。就一直这么循环下去。这样的生活虽然枯燥，却也有疲惫的乐趣。她一直都是这么想的。刚结婚他们确实也过了一段吵吵闹闹、亲亲热热的日子。和所有的人一样盼着天黑，盼着黏在一起。过了半年，他们决定生个孩子。从那时起，许多东西开始一点一点儿的变了。不过，事后莉香也想过，没有那些事其实也会有别的东西来改变他们。一个月，两个月，一年半过去了，没有一点儿动静。他们用了各种适合怀孕的姿势，但就是等不来那个小人儿。虽然不知道问题出在哪里，但他们都知道自己不会有问题。之前，还没结婚的时候，他们小心翼翼地试着接触身体，结果只有一次就怀孕了。最后她蒙着头巾戴着眼镜跟在韩俊后面去医院悄悄做了人流，搞得和做贼一样。这次担惊受怕的经历让他们相信，生命是很容易制造的，那些小人儿一排排站在那儿傻等着，只要伸出手就一定能抓得住一个。谁都没料到会有现在这样的局面。别说把这个小人抓在手里了，就连小人儿的影子都眼看着越走越远了。

韩俊的母亲从他们结婚那天起，就开始耐心地为他们做祈祷，希望能尽快生一个孩子。那个女人有一个很好听的名字——梅晚晴。因为她信天主教，所以莉香的婚礼举行了两次。一次是在教堂，一次是在她家旧院子里。梅晚晴说只有在主的面前接受主的祝福才能幸福地过一辈子。尽管莉香压根不信这些，也还是跟着韩俊站在了教堂里。当天，神父操着当地的土话说了一大通主啊、神啊之类很神圣的话。莉香却一直忍着不让自己笑出来。

那么一个无论穿着还是内容都极其西化的场面，回响在耳边的却是土得不能再土的方言。长这么大，莉香头一次觉得她的家乡话的确有些登不了大雅之堂。去教堂的时候，她母亲没有去。王兰是个老党员，能同意他们去教堂结婚已经是下了很大决心了。所以莉香第二天又在自己家的院子里重新结了一次婚。婚礼比第一天在教堂还要热闹得多。一群孩子跑来跑去，鞭炮的碎末儿，飘得到处都是。结婚那几天是她一生中最迷糊的几天。整个人像穿了线的木偶，穿着光鲜的衣服带着光鲜的笑容，脑子却一点儿都不是自己的。就觉得乱哄哄的总是被一堆人拥着转来转去。无论什么，繁复到一定程度到最后剩下的就只有一张皮了。莉香对于结婚的细节只记得在教堂要笑场的那一幕，别的，更为重大的事则完全不记得，仿佛她根本不是当事人。

梅晚晴说话前总要轻微的闭合一下眼睛，这个动作让她很多时候看起来都很语重心长。那天吃完饭，梅晚晴把他们叫在一起，照例先闭合了一下眼睛，才匀出一口气慢吞吞地说：

“我看你们还是先去医院检查一下吧，主会保佑你们的。一切灾难都会在主的庇护下消失的。”

莉香和韩俊愣愣地都点着头，直到出了门，莉香才边笑边摇着韩俊的胳膊说：

“你妈真够逗的啊，一面说去医院检查，一面又说主保佑。真信主就让主替我们查好了。是不是？”

说完继续笑着。看韩俊没有说话，又用力拽了拽他的胳膊。韩俊仍旧不说话。到最后，莉香有些不耐烦地甩开了韩俊的手。心里想着韩俊一定会上来拉她，那么一来，她就再使性子磨一磨他。但韩俊并没有追上来。两个人自顾自走着，回到家，莉香把门“哐”地一摔，回卧室去了。谁都没有再多说一句话，都生着气，但又搞不清楚具体在生什么气。虽然结婚后因为琐碎的事情不断地吵架，但那晚是莉香第一次感觉到婚姻的沉闷。

到底还是决定了去检查。两个人在医院门口又磨蹭了一会儿。主要是韩俊觉得有些脸上抹不开。本来挺正常的人，这么一检查传出去多难听啊，好像他真的不行似的。莉香半拉半推的才把他弄进了医院。听他们说了情况，医生面无表情地问：

“月经干净几天了？同房没有？”

都说大夫不要脸，还真是。问这样的问题眼都不眨一下。莉香心里想着，又扭过脸去看了看韩俊。他也有些尴尬地僵在那儿，好像两个人突然不知道该怎么说话了。大夫等得有些不耐烦，用油笔敲了敲桌子说：

“唉，说话啊，看不见一堆病人都等着呢？你们看还是不看啊？”

大夫这么一说，同诊室的另外几个病人马上骚动起来，眼睛直勾勾地看着他们，好像他们真的耽误了大家的时间。莉香翻着眼睛刚想说话，被韩俊用手拽住了。韩俊脸上带着讨好的笑低声说：

“完了七八天了……有过、有过一两次。”

大夫抬起眼斜斜地扫了他们一眼，一边接下一位病人的病例本，一边用平缓冷静的声音说：

“月经干净3～7天不要同房，再过来检查。好了，下一个……”

检查的过程对两个人来说都有些不堪回首。身体的不适导致了心情的不爽。尤其是韩俊，总觉得像是受了屈辱，回到家一声不吭，掉头就倒在床上。莉香也一样不高兴。本来还指望着韩俊哄她呢，可看情形，不吵就不错了。检查结果出来的那天，莉香站在阳台上眯着眼睛看韩俊从远处一点一点变大走过来。韩俊身后被阳光拖出了很长的影子。快到楼下的时候，韩俊抬头看了一眼自家的窗户。不过，他好像没有看见莉香，进门后冲了澡，才说：

“结果出来了。”

莉香坐在床上等着他说结果，他却把纸递给了莉香让她自己看。莉香低着头看了半天也没大弄懂。这个时候，韩俊开始用手拍着莉香的背，用有些游离的语气说：

“没什么，大夫说，这种情况也能怀孕。就是几率小了点儿。”

“几率小了点儿？”莉香瞪着韩俊。韩俊知道莉香的意思，头一次怀孕的迅速和自然，让人不得不对医生的诊断打个问号。他摇了摇头，又叹了口气。手从莉香背上拿开，开始揉搓自己湿漉漉的头发。莉香看着他，等着他继续说下去。

“子宫后倾所以不容易怀孕，而且输卵管有些狭窄。大夫说，这种情况也能怀孕，但怀孕几率有些低。”

莉香婆婆知道这件事的时候，嘴巴张了很大，好半天才重新合上。莉香的公公每天中午都有看报纸的习惯，那天也破例没有看报纸，早早地就回到屋里睡了。虽然都没有再说什么，但一种无形压力还是拐弯抹角地朝着莉香压过来。从婆婆家出来，莉香才想起刚才韩俊连一句宽慰的话也没有说过。莉香用眼睛狠狠地瞪着韩俊，韩俊一脸茫然地问她：

“瞪着我干嘛？”

莉香深吸了一口气，转过身子头也不回地走了。那天，莉香觉得她连吵架的力气都没有了。晚上，背着身子听韩俊的呼噜声，心里突然有一些厌恶的枝枝蔓蔓爬了上来。后来，莉香才知道，有些东西一旦露了头脚就永远都缩不回去了。

倒是莉香的母亲王兰听了这个消息，很不以为然。

“没事儿，你没见隔壁张成家吗？五六年了不能生，要了个闺女，第二年就怀上了。这不是又有闺女又有小子的，比一般人还好呢！”看莉香不说话，王兰又说，“别怕，妈能给你找偏方，这些偏方妈多着呢！多大的事儿啊，看把你愁的。老这么愁着，生的小孩儿不好看，丑不拉几的将来找谁结婚去啊？实在不行咱们就先要个孩子，这叫一个拖一个，拖着就全来了。”

王兰并不是随便说说，第二天就给莉香找来了好多方子，有吃的，有贴的。莉香这一回很顺从母亲，说什么是什么，让怎么做就怎么做。闺女长这么大还是头一次这么听话，王兰也忙得很开心。莉香的婆婆梅晚晴从不管上帝是否有时间顾得上她，仍旧每天按时向上帝做祈祷，遇着他们回来吃饭，也总是习惯性地会往莉香碗里多加一些菜。一切看起来和平时没有什么两样，甚至是更好了。人越多气氛就越融洽，只有单独剩下他们两个，一切才变得有些微妙、滑稽。两个人坐在沙发上紧挨着却常常连手都不碰。现在对他们而言，做爱已经不再是身体的享受，而只是制造生命一个不可缺少的步骤。谁都怕多余的身体接触给对方发去不恰当的信号，从而导致一次效率不高的做爱。每次做爱都要事先安排测温，准备妥当才会开始。时间长了，在这件事上，两个人都觉得有些索然无味，但又都不肯承认。都在尽量配合，却又无法竭尽全力，总有一些什么东西刺刺啦啦地在中间横亘着。到后来连表情都有些勉强了。莉香觉得两个人做爱的时候像在工作，枯燥，乏味，了无新意，和她白天在单位一个样。不知道谁在应付谁。

莉香到现在也不愿意承认是因为这档子事才离的婚。当初，她提出离婚的时候，虽然韩俊嘴里说着，别胡闹，眼里却分明是松了一口气的神情。这在很大程度上刺伤了莉香的自尊心。每个人在自己感到无趣的同时，总还是侥幸希望别人觉得有趣些。尤其是对待身体这件事上，说不在乎不过是托词罢了。不过，就算是在乎，也是对自己在乎得更多些。离婚的时候，韩俊没有要房子。至于存款，因为少得可怜，要也没有什么意思。所以韩俊等于什么都没要就和莉香离了婚。说起来，他其实也算是个不错的男人。莉香也这么想。她母亲和她婆婆一直都是劝着不要离，但也只是劝。没有人跳出来说：不许离！死都不许离。没有人说那样的话，没有人会反对到那种程度。一切都显得很含蓄，像他们一贯的做派和习惯。莉香事后一直想，如果有人强烈的反对，反对到说那样一句“要死要活”的话，她就一定不会离。或者韩俊咬死了不离，她也不会离。但大家好像都一门心思地成全了她。对于她离婚的本意却没有一个人深究过。王兰和梅晚晴以为是怀不上孩子的缘故，所以梅晚晴对她还有些愧疚在里面，以为她是不想耽误他们要孙子而主动地腾开了位置。而韩俊大概以为她是真的厌倦了。其实对于她，厌倦虽然也是真的，但从提出离婚的那天起，更像一个小孩子不小心爬到高烟囱上一样，完全不知道该怎么下来。惊动的人越多就越慌，越不知道该怎么下来。心里盼着有人能抱着自己下来，就当什么都没发生过一样。但好像一切都有些太迟了。她从来没有和王兰说过这些。和母亲之间最好的状态，也就是母亲不停唠叨着，而她却一声不吭。

3

门开了一条缝儿，莉香那张像猫一样的短脸突兀地贴在那儿。从这个角度看起来，她的脸似乎比平时显得要长一些。谁都不清楚，莉香为什么会有这样一张面孔。额头显得过于饱满了些，像一大片无人居住的空地。相对于额头的开阔，从眼睛开始脸上的距离一节一节开始短下去，到了下巴，简直是草草地就收了场。整张脸像一张没有计算好尺寸却偏要勉强画完的画儿，显得有些头重脚轻。不过，这样的一张脸倒也不见得就多难看。尤其是笑起来的时候，很有些妩媚乖巧的意思。

王兰躺床上听见门响，抬起眼皮往门口扫了一眼。莉香犹豫了一下推开了门。王兰把手里的书放下，等着莉香说话。莉香把嘴抿了抿，说：

“最近我单位有点事儿，下礼拜就不回来啦。”

“有事儿？什么事儿啊，再有事儿能不吃不喝吗？还是回来吃饭吧。”

王兰把花镜摘了，仔细看着女儿。莉香没有再说话，脸朝墙角看过去，这就意味着，就这么定了。王兰继续唠叨着，莉香已经走了出去。外面的太阳白得像漂过的墙一样，一点儿不透气。想起晚上还有一个要约会的男人，莉香拐进了一家发廊。两个小男孩儿很尽力地在她头上摆弄来，摆弄去，为的是让她觉得她的钱没有白花，首先在时间上是保证了。后来，她觉得自己打了会儿瞌睡。不知道自己嘴巴是不是一直张着。那样的丑态虽然被两个毛孩子看到了也无所谓，但她还是觉得应该保持一个良好的形象。做完造型的时候已经快六点了。看着镜子里的自己，觉得和之前几乎没有什么变化，要说有变化，那就是比之前还要显得没精神。听她这么说，发廊的人说：

“大姐，现在流行这个。就流行这种随意、松散的发型。这个最适合您了。您看多好看。显得您多年轻。”

听到最后一句莉香皱起了眉头。她最不愿意听什么显年轻之类的话，本来就年轻着呢，显什么啊。显年轻那是中年人才该干的事。看看表，觉得改发型时间已经来不及了，莉香一声不吭地付了钱。临出门，小男孩一脸的笑，看不清是真的还假的，他很殷勤地说：

“很高兴为您服务，欢迎再次光临，记得点我，我是12号发型助理。”

街上各种各样的灯光陆续亮起来的时候，整个城市一改白天的灰塌、黯淡，突然变得有些容光焕发了。到了约会的咖啡厅，她找了一个不起眼的位置坐下。这里没有想象中那么幽暗。事实上太幽暗了莉香觉得也不妥，好像头一次见面就要开始暧昧似的。两个人都看过彼此的照片，应该能认得出。尽管如此，莉香还是告诉介绍人，说自己会穿米色的连衣裙来。等了一会儿，有个男人朝她走过来。虽然不能确定是否就是约会的那个人，莉香还是有些紧张，身子慢慢往起坐了坐，她希望这样能显得她更修长、更端庄。男人到了她面前微微笑了一下，问：

“您是常莉香吗？”

莉香很矜持地点点头，也笑了一下。男人坐下后直接介绍自己：

“我是何健雄，很高兴认识你。”

莉香再一次笑了。因为何健雄长得比照片要好看很多，整个人看起来既健康又随和。她庆幸自己刚才进来位置选对了。他们坐在咖啡厅的拐角，如果不叫服务生，几乎没有人再过来打扰他们。很方便谈话，当然也方便更进一步的了解。当然，如果是个长相讨厌的人，莉香一定就不这么想了。不过，心里暗喜的情绪并没有直接表现在脸上。她要先矜持着。其实，矜持有时候什么也说明不了，一切只是时间早晚的问题，心动了再把持着也就是一会儿的工夫。何健雄又点了些零食饮料，点的时候一直问莉香喜欢什么。莉香只是笑着，她一笑就会显得特别妩媚，短小的猫脸上眼睛斜斜地飞上了鬓角，看着都快有些勾引的意思了。两个人边吃边聊着。莉香说起自己的工作，眉头微微皱了起来：

“没意思，没有一点儿意思，每天就是整理档案，要么就是干坐着。看会儿书吧还得躲着领导。领导来了赶紧整理档案，我的桌子上每天一上班就放一大摞档案，就等着领导来检查。”

“其实都一样，我们也就那样。不过，我们那个不好糊弄倒是真的。”

“你在刑警队具体干什么啊？每天都逮杀人犯吗？”

莉香说话的时候突然变得有些像小姑娘，又天真又冒傻气。何健雄呵呵地笑了。看着莉香这么无知，他显然很受用。

“没有，我从来就没抓过杀人犯。我在那儿专门做犯罪的分析，画罪犯的素描。”

莉香睁大了眼睛，不过，她的长眼睛再睁也还是往上吊着，像戏子还没卸完妆。

“画素描？你到底是学什么的？你不是在刑警队上班吗？”

何健雄喝了一口水，脸上的笑一直那么挂着，继续说：

“是在刑警队上班啊，但不是去直接逮捕罪犯。我学了四年的心理学，两年的犯罪心理学，两年的素描。很多时候只有案发现场，没有罪犯的真人记录。只能通过分析、画素描，然后根据这个再展开一系列的排查，最后确定谁是凶手。”

“就和《犯罪实录》里演的一样？”

“比那个要复杂多了，那个只是演了一下案子的简单过程，更注重犯罪的社会效应，怎么审的啊，最后犯人怎么悔过啊，家属怎么难过啊之类的。”

听着何健雄这么透彻地分析这个节目，莉香有些类似崇拜的感觉升了上来。平时，母亲每次看完，总是喋喋不休地唠叨好久，但从来都只是在剧情里来回绕。这个人怎么了，那个人怎么了，应该这么做不应该那么做。末了还要告诉她少出门，出门危险之类的话。莉香本身并不爱看这类节目，纯粹是为了陪母亲。今天听何健雄这么说倒是突然对这个节目生出了许多兴趣。分手的时候两个人都有些意犹未尽，但都忍着没有提出更进一步的要求。莉香是不方便提，而何健雄是怕莉香不同意。其实莉香很希望他能一直陪着他再说下去，就只是说说话。何建雄打车把莉香送到了楼下，约好了下次见面的时间。莉香在车里仍踌躇着，想说一起到楼上坐坐这样的话，又怕对方误会她，从而看轻她。何健雄一样也等着，莉香最后还是什么也没有说，一直笑着看车走远她才上了楼。

后来两个人在莉香家里重新回忆起了这一幕。莉香说：

“我就想你能上来陪我再说会儿话。”

“只说会儿话吗？”何健雄一脸坏笑看着莉香。莉香也觉得无法完全相信自己，但还是说，就是啊，只说会儿话。何健雄摸着她的头发说：“我可不想只说说话就走，那么长的时间只说话太浪费了。”上次两个人分手后，莉香又先后见了三个男人。在认识何健雄之前，她还见过更多的男人。不能说他们不好，因为就外在条件来说，离婚后，她见的都是条件差不多的人。都有工作，有的结过婚，有的没有。如果没有结过婚，那么家庭条件一定很一般。反之，一切又会好一些。但，也只是稍好一些。莉香也明白自己的情况，所以从来不会过高地奢望什么。但那些人似乎都不像何健雄那样，能让她心跳加速。所以几乎不用做什么比较，很自然就选择了他。何健雄摸着她的胸，她把头低下来，开始亲他的身体。

又到了星期四，莉香和母亲一起开始盼望着这个节目。节目果然是何健雄说的那样，莉香不由得笑了。王兰扭过身子有些奇怪地看着她。因为电视里的人死得很惨，而莉香居然笑了。莉香立刻收起了笑容继续看电视。为了见面能聊更多关于犯罪的话题，莉香认真地看完了《犯罪实录》。看完了，母亲开始说话。

“你说，以前都说后妈虐待孩子，那不奇怪啊，谁身上掉下来的肉谁心疼。可现在亲妈能把孩子给打死了。都是些什么人啊？你看看，一下子死一家人，父亲能气得跳了楼。你说说你，居然还笑得出来，怎么受的教育，怎么念的书，怎么工作了这么多年？”

刚才莉香笑的时候电视画面正好是跳楼的人惨死的样子。其实莉香只是想起了何健雄才笑了那么一下。莉香看着母亲机械地点着头。王兰继续说：

“别老这么嬉皮笑脸的，每天什么都不当回事儿，看看年轻人都沦落成什么了。搞得社会乱七八糟的。赶紧再找个人结婚，结婚了就踏实了，再生个小孩儿。唉，我给你的药你还吃不吃了，记得一定要吃啊，别等着要怀的时候才吃，书要早点儿读才管用。到用的时候哪还来得及的啊。”

莉香有些想笑。最近心情好，听什么都顺耳。不过，母亲说话也的确有些逗，自顾自地说，零七碎八还都能联系到一块儿。

睡在她的单人床上，一会儿就传来了隔壁母亲有节奏的呼噜声。母亲总是躺下很快就睡着了，莉香却无法做到。刚离婚的时候，一切还没有那么糟，离婚一年后，她发现自己总是需要小心翼翼地对待睡眠，才能在巨大的黑夜中适当地得到一丁点儿回报。一不留神，睡眠就溜走了。没有人明白她这两年是怎么过来的。睡眠这种东西，既不能使劲抓着，也不能不管不顾。临睡觉前使劲想着，要睡觉，快睡着，那一定睡不着。但如果临睡时完全不把它当回事儿，该干嘛干嘛，兴奋过度也还是睡不着。每次她都听医生的，临睡前喝一杯热牛奶。然后躺在床上，不要想睡觉这回事，只是放松身体，飘起来，那样就会很快睡过去。也就是说心里不把睡觉当回事，但身体要把睡觉当回事儿。她是这么理解医生的话。但实际上医生说的也不太管用，有时候怎么放松都睡不踏实。睡不踏实是最不舒服的，总处在半睡半醒间。从时间上看是睡了，但从质量上看永远属于残次品。她渴望熟睡，就像那天何健雄搂着她一样，说着话就睡过去了。醒来都不知道是怎么说的话，怎么睡的觉。父亲死后母亲也是一个人睡觉，她怎么就能睡着呢？莉香没有问过母亲，母亲也不说这些。清明去给父亲上坟，母亲总记得给父亲带点儿酒。最后把那杯酒洒下去的时候，母亲常常自言自语地说，没人管着你了，你就喝吧，多喝点儿。父亲活着时，母亲和父亲唠叨，父亲死了母亲和她唠叨。也许有话说总是有好处的。她有时候也会想起父亲，有一次，想起父亲临走前还记得给她留蛋糕吃，就忍不住“哇哇”大哭起来。她明白那也许是她生命里对她最好的一个男人。父亲死的时候，一直在她面前用手比划着，很像描绘一些枝枝蔓蔓的花。他们都不知道父亲要说什么。母亲说：

“他让你找个好男人。”

不知道父亲是不是这个意思。反正母亲说完，父亲就放下手咽了气。莉香趴在父亲身上一直摇着，就像一个人在快速地划船。这是几年以后，她同何健雄在湖上才想起的情景。那时，父亲已经死了好多年了。

4

莉香并没有打算把何健雄介绍给她母亲，但常常会和他谈起她母亲。在她的叙述里王兰变成了另外一个人，有时候夸张，有时候含蓄，变得十分戏剧性。说多了，他偶尔也会说：

“你母亲真是有个性啊！她是做什么工作的？”

“统计师。”莉香说得很平淡。

“哦，那数学一定很好。她的性格有些多重性。如果照我们专业的分析你母亲应该长在单亲家庭，或者从小受过什么心灵创伤。”

“去你的。你才受过创伤呢！怎么好好的分析到我妈头上了？”

“那分析你吧。从哪儿开始呢？嘴，脖子？还是这儿？”何健雄说着把手放在莉香身体上开始抚摸。

何健雄曾经画过一张莉香母亲的素描，虽然和王兰的长相有些出入，但还是很像的。尤其是给一个素未谋面的人能画到那种程度算很不错了。莉香盯着母亲的像看了很久，要不是何健雄画出来，说实话，她都不太清楚她妈到底长什么样，好像她从来都没有细看过，更没有仔细想过。看着画像，觉得母亲真是挺好看，她随口问：

“我妈好看吗？”

何健雄亲了莉香一口说：

“说实话？”

莉香点点头。

“说实话，你妈比你长得好看，”莉香撅起了嘴，“但你长得更妩媚，我更喜欢你这种妖里妖气的女人。”

“去你的，谁妖了？”

虽然嘴里不肯承认，但被喜欢的男人夸心里还是有些喜滋滋的。每次亲热完，何健雄都会讲一些有趣的事，虽然多半都和犯罪有关，但都掺杂着些心理小常识。再加上他有意识地发挥，到最后往往会演变成两个人下一轮亲热的前戏。所以莉香很享受这种气氛。那天，无意中说起市里去年的一桩杀人案，何健雄突然很兴奋地说：

“那个案子是我亲自参加破的，而且全靠我才能那么快抓到犯人。”她躺在何健雄怀里准备听他详细地讲给她听，一边继续摸着他的前胸。“我们去现场的时候，人已经死了。血流了一大滩。肩膀和手腕上都有刀剜过的痕迹。少了一大块肉，但并没有性侵犯的痕迹。至于钱，因为一开始确认不了死者的身份，所以也不能确定她身上到底带了多少钱。半夜的案件当然一般也没有目击者。回来后，我和老何一起分析。一开始只能确定，杀人犯是男人，年龄28～35岁；脸色比较黑，手很大；而且是左撇子。”

“光看现场就能知道这么多吗？是你蒙的吧！”

“傻孩子，哪能什么都蒙啊。好好听着。”那天何健雄讲了很长时间。中途莉香几次插话，希望能把他的注意力重新引回到自己的身体上，但都失败了。每次他都固执说了下去，情绪显得相当高涨。莉香中间听了一部分，后来，像陪母亲看电视一样开始有些心不在焉起来。何健雄终于讲完的时候，外面的阳光已经有些落下去了。

“睡着了吗？”何健雄拍了拍莉香的脸。莉香摇摇头慢吞吞地说：

“没有。”

“是不是有些烦了？”

“怎么会？挺好的，你真行。”莉香自己也觉得说话的内容和语气明显地有些衔接不起来，所以边说边伸了个懒腰，补充道，“今天又整理了一天档案，真是烦啊。”

那天两个人都努力地试了半天，但最终还是冷了场。摸来摸去都没有再嗅到一点儿情欲的影子。莉香更为懊恼一些。对于她来说，做爱不仅仅是身体的愉悦那么简单，同时还是通往熟睡最好的一条道路。

周末母亲打电话来让她回去吃翅尖。莉香没有找任何理由，很痛快地就回去了。虽然常常会觉得母亲麻烦、啰嗦，但不得不承认，母亲从来没有带给过她真正的困扰。那些唠叨说到底不过是门口刮风时“沙沙”作响的树叶罢了。心情好的时候甚至可以当成一种享受，心情不好，也不过是一会儿的心情。只要走开了，绝对没有人会再为一棵树而产生任何的烦恼，如此而已。一进门就闻到了麻辣的香气。莉香使劲吸了吸鼻子。这道菜母亲做了有二十年了，父亲活着的时候这道菜是每星期天必备的下酒菜。他总是先小抿一口酒，再叭咂一下嘴，然后很舒服地呼出一口气，带着声音，带着动作，似乎那口酒喝到嘴里直接就进到了心里。然后开始慢慢地吸鸡翅的汁，总是吸一会儿才开始嚼。就是嚼也总是像吃瓜子似的一点儿一点儿地往下磕。

“你母亲做的翅尖啊，真是谁都学不来的。好吃。”

他父亲不止一次说过这样的话，好像做了一辈子饭的母亲就只有这个才做得像个样子。平时没有翅尖的时候，父亲照样也喝酒。但只有就着翅尖喝，父亲才会喝得缓慢，才会显出无比享受的样子来。小时候莉香并不喜欢这种没肉光骨头的东西，长大后每每跟着父亲一起吃，还总是嘀咕着说，还是翅根、鸡腿更好吃，这个算什么？穷酸。谁知道后来吃着吃着居然也上了瘾。那以后，常常两个人就和抢似的，比着吃。她爸在那儿“滋溜滋溜”地喝着酒，她在一边嘎吱嘎吱的磕着鸡骨，一会儿工夫半盆就没了。父亲死后，有一年多她没碰过这东西。别说吃了，就连想都不愿意想起。倒不是因为她时刻都在怀念父亲，她是受不了那种感觉。父亲死后，她常常会无端地生出许多内疚来。比如有很多次父亲让她去买烟，她都找理由推了。还有一次父亲头皮有些痒，让他买一瓶去屑的洗发水回来，她也忘了买了。还有很多。父亲死后她突然想起了很多他生前让她去做而她没有做的事。那些东西让她不断内疚着，包括吃鸡翅。总觉得自己白白的多占了他那份。一直到父亲的周年祭后，一切才突然淡了。好像死去的人总是要在熟悉的地方再停留一段才能离去似的。过了周年，一切突然就走远了，和父亲有关的一切都随着父亲的离去真的走远了，包括内疚。

听见她进门，母亲在厨房就开始唠叨：

“说了多少回了，让你学学，老不学。等我不在了，谁再教你做啊。这可不是简单的事儿。头一天就要先过了水，一定要用麻椒煮过的水过，捞出来再用酱料腌……腌好了再……”

母亲说了不止一次了。但说归说，每次总是她进门母亲早就把翅尖做好了。莉香今天能痛快的回来还有一层原因，她想把何健雄的事告诉母亲。虽然母亲的意见对她来说，一向无足轻重，但既然决定了总还是应该通知她一声。莉香一直寻找着说话的最佳时机，她可不想反复的听母亲就这件事再没完没了的唠叨。吃完饭，又坐了一会儿。准备走的时候，莉香才说：

“最近有人给我介绍了个男的。我们正处着呢。”

听女儿这么说，王兰的眼睛一下子变亮了，她笑眯眯地问：

“哦，好。家是哪儿的呀？在哪儿工作呢？多大了？长什么样儿？怎么今天不带过来看看啊？”

“刑警队的。比我小一岁。我走了啊，还有事。改天再说吧。”说完也不等王兰再说话，一转身出了门。

她走以后，王兰对着门又嘟囔了几句，然后美滋滋地笑开了。姑娘不能留，留来留去留成愁。怎么着也得有个归宿，有了归宿她也就放心了。这么想着开始哼着小曲儿，去厨房洗碗了。

莉香正庆幸母亲没有继续追问，没想到母亲的电话就打来了。电话里母亲有些焦急地说：

“唉，香儿，不行啊。怎么是刑警队的呢。这种工作每天和坏人打交道，多危险啊。而且，你不知道，这些人打犯人打惯了，回来也打人怎么办啊？”

“不会的，别瞎想了。你不知道。他搞的是别的。和你说你也不懂，反正不是抓坏人的。”

“哦，那你说没说那件事啊？”

“哪件事啊？”莉香有些不耐烦了。

“怀孕那件事！”

“没有。好了，我忙着呐。”

挂了电话，莉香觉得更热了。没有同何健雄说这些，倒不是她打算隐瞒什么。两个人在一起这几个月，从来就没有谈起过和结婚有关的话题，似乎就只有性而已。既然连结婚都没有谈到，又怎么会谈孩子。莉香也清楚那不过是早晚要面临的事情，总是要说的。孩子——想到那么个并不存在的小玩意儿，迟早要站在他们中间离间他们，莉香就希望那一天来得越晚越好。但有时候，也会希望那一天早点儿到来，也许来了一切就踏实了。

莉香清楚，自己从来就不是一个出众的人，更不特别。既没有值得人不断回眸的长相，也没有让人起敬的智商。她之所以能考上大学只能用勤奋来形容。但就连勤奋也并不是她身体里固有的东西，它们一有机会就自动溜走了。说到性格，也是一样的。没有时下所流行的抑郁慵懒，但也不像她母亲那样热情豁达，有的只是平常人都有的心机和态度。现在的工作虽然枯燥、乏味，却让她觉得踏实。也许只有踏实才是她真正想要的东西，包括婚姻。何健雄是个有固定工作、长相还不错的人，加上偶尔的小幽默，应该算是结婚的最佳人选。很多个睡不着的夜晚莉香都这么盘算着。当然，肯定还有别的。但她从来不愿意承认。身体，一贯都被她归在另一类里，另一类不能明说也不能明确思考的东西里。即使这样，某些时候，她对于身体的热衷仍旧超过了别的东西。很显然，她在这方面是有优势的。那些优势还并不仅仅是表面的、轮廓性的，而是内在的、很饱满的一种情绪。所以，也难怪她会想离婚。自己唯一可以炫耀的东西突然没有了光芒，放在谁身上都会觉得有些失落。但，她真的就只是想想而已，让离婚变成现实这绝对不是她想要的。那会让她觉得不踏实。离婚后，在何健雄到来之前，她没有安稳地睡过一天。不踏实、空洞的感觉总是和影子一样，到哪儿都跟着她。前不久，看见韩俊骑车带着一个女的，让她想起了他们在一起的时光。没有什么区别，真的没有一点儿区别。她想，他们的日子完全可以过下去。

5

最近，楼上换了新房客，装修的声音很大，搞得好像重新盖房一样。他们说话常常需要很大声，才能听清楚。亲热完，何健雄的手还搭在她身上。见她不说话，他问：

“想什么呢？”

刚说完，楼上的电钻又“嗡”地响了起来。何健雄摇了摇头无奈地笑了，手开始在莉香的乳房上无意识的抚摸着。它们并不太大，但很结实。不过，这并不是他见过的最漂亮的乳房。他有过很多女人。这点很像他父亲。她母亲说过，他父亲就和园丁一样，只要看见花就巴不得立刻上去浇水施肥。他不能确定母亲说这句话时的心情，因为母亲一说起他父亲总像是在逗乐子，仿佛他父亲是个很幽默或很搞笑的人。但实际情形似乎完全不是这样子。记忆里父亲很少笑，至少很少对他笑。和母亲离婚后，父亲每星期会来看他两次。虽然很少说话，但总是会给他买一些好吃的、好玩的。出车祸的前一天父亲还说，考完试就给他买一套好的篮球服，说话的时候仍旧板着脸。在父亲的葬礼上，除了他后来娶的那个女人，还有好多女人都落泪伤心着。他想，也许其中就有父亲的相好。结果，仔细地看了一圈，也没有发现一个是特别好看的。于是，他知道了父亲的品位很一般。其实，对于父亲的死，他也很伤心。但还是无法克制的在父亲的葬礼上不断地环顾着，希望体会父亲的另一种心情，顺便再了解一些他的秘密。那样一个场合，大家看起来似乎很齐心。但他心里清楚，他们每个人都另怀着心思。比如他父亲的情人们一定会想起他们欢愉的场面，身体的某个动作、某个部分。而多数人一定忍着时间，希望早点结束以便及时回去吃饭或者上床。只有极少数的人大概是真的想起了他父亲的某些好，哭他死得有些早。他是个喜欢洞察一切的人。所以，大学一年级时开始改修心理学。事实证明他的选择是对的。他比别人花更多的时间查资料、做记录、做分析，他一点儿感觉不到疲惫。而班主任也认为他是少有的勤奋认真的学生，毕业的时候主动为他介绍了博士生导师。他的导师研究了十年犯罪心理学。在第一堂课上导师用手撑在讲台边上很动情地说：

“这是个比较新的学科，在我国算是刚刚起步。所有的理论还不是很完善。一切都有待于你们去进一步的研究和发现。只有更加深入地了解犯罪心理，我们才能尽可能的避免犯罪。你们肩负着拯救的使命。你们是最有希望的。好好努力吧！”

何健雄听得很激动，像所有的大夫喜欢真正的重病人一样，他也喜欢复杂疑难的病症。普通人的心理即使有些病态，也无非是不能更好的生活而已。但对于一个犯罪的人，他的心理往往已经到了溃烂的程度，稍不留意就是一场对别人的灾难。如果发现得早，那么就能避免一个血腥的场面。想到这些，他觉得自己有些伟大了。“拯救”是一个多好的词啊。

他走的每一步路都是为了做研究，所以他也热衷于研究。他平时有做记录的习惯，日常的事情、生活都被做了记录。他记得老师说过的每一句话，对于心理学来说积累最重要。记录就是一种积累。很多时候他都欣喜地想，如果一辈子这么记录下来，一定是一笔可观的精神财富。他可以把它们当作研究的素材，立一个新的课题，虽然这些和犯罪的关系并不大。

但工作四年后，他对许多东西的热情都开始慢慢变淡了。实际上他研究的那一套在工作中很多人并不承认。他们不相信只凭简单的性格分析就能破了案，那还要警察干嘛！素描也只是可有可无的工具。他们很多时候更愿意自己花时间去找线索，也不愿意听他在那儿漫无目的地分析。他只是个“生瓜蛋子”，他们背地里都这么叫他。和莉香说起那桩杀人案也一样。他一直做着分析，但没有人肯完全信他。就是案子到了最后也还是说是他们排查的功劳。那个人可是他们从六十个名单里一个一个跑着找出来的，不像他坐在屋子里，吹着冷气，蒙一下就能拿了队里的奖励。这些，他从来没有和任何人说起过。他觉得自己有能力消化掉所有的不良情绪。他是学心理学的，具有最专业的知识，没有什么是他不明白的。

“你在想什么？”莉香问。

“想你。”他说着伸过头去亲莉香。莉香笑了，故作轻松地说：

“唉，有空我们去看我妈吧，看一看真人和你画的到底像不像。”

何健雄愣了一下，开始摸鼻子。这是他惯用的动作，只要紧张，只要不自在就会做的动作。

“不想去？”莉香的声音听起来像伤风感冒了一样。

“谁说的？只是，有些不习惯，我还，还没有想好。”

何健雄头一次说话这么结巴。他的确没有想好，不是没有想好见莉香的母亲王兰，而是没有想好是否要结婚。什么事情一旦惊动了家长，马上就会变得严肃起来。结婚会是摆在他们面前唯一的路径。可他并不想这么早就结婚。也许他骨子里承袭了父亲的好色基因，不想被一个女人困住。反正一想到结婚他就总是觉得有些害怕，总是想尽一切办法去躲。他母亲偶尔碰见他和女人相跟着，也不和他搭话，只有回到家才很不屑地说，又勾搭了一个？和你爹一个德行，就爱浇花。反正，他母亲觉得他就是像他父亲。他很讨厌母亲这么想。因为在他心里除了母亲说的那些，父亲什么也不是，一辈子在厂里登记迟到早退，除了和女人的那些事，他什么也没有。可是随着时间的推移，连他自己也觉得和父亲似乎越来越像了。前些天，科长印了一摞表交给他，让他登记考勤。说，最近上面要下来查，让他认真写。当时他突然感觉父亲的皮毛“唰”地一下覆盖在了他身上，也许用不了多久他就会和父亲用一样的眼神、一样的口吻来面对这个世界了。当然，还有女人。唯一不同的是少了他母亲这样一个管束的对象。但，现在看来一切没有什么不同了。生活，完全照着父亲的样子开始不断复制。

最初和莉香在一起，他也担心过她会让他见父母。他想，如果是那样，他就和她早做决断。出乎他的意料，莉香不断地说起母亲却从来不提让他去见她母亲。几个月下来，他已经习惯了和她这样没有目的的相处。他正高兴着，享受着，谁知道莉香却突然这么问他。他不知道自己该怎么应对她。就算是托词，也需要一定的时间才想得出啊。从楼上不断传来“嗡嗡”的声音，及时填充着他们尴尬的气氛。但，时间仍旧是有些多余，怎么打发都不肯快速往前走。何健雄提议去吃饭，说附近又开了一家湘菜馆。莉香没有说话，她实在不甘心这样的局面，但又怕自己一冲动，真的毁了已经铺了一半的通往婚姻的道路。只有沉默，才能暂时让这一切看起来还过得去。见她不说话，何健雄也开始沉默。他想，沉默谁不会呢！沉默了一会儿，莉香开始低声哭泣，哭声像被严重挤压过似的断断续续从胸腔里发出来，显得很委屈。何健雄犹豫了一下，还是决定把手放在莉香背上。他想通过抚摸来平息哭声。没想到，手一碰到她的背，哭声反而变得更大了。仿佛在不经意间触动了什么开关，使眼泪变得顺畅了。后来莉香变换了姿势，整个人趴在何健雄怀里号啕大哭。他凭专业的知识明白自己并非这场痛哭的情绪里唯一的主角，一定还有别的什么。人们总是这样，由一件伤心的事想到另一件更为伤心的事，一波推向一波。但，在现场的只有他，这就是所谓的目击者。后来，他突然想到了“转移注意力”这个心理学里最基本的方法。在这么小的空间里还有什么能转移她的注意力，当然只有性。不知道为什么，他居然倾注了比平时还要多的柔情在莉香身上，或许是女人的眼泪让一切看起来有些脆弱吧。最后，两个人都用力吮吸着对方，最后一丝力气用光的时候，一切停了下来。在做爱的某个瞬间，何健雄突然有种要崩溃的情绪，自己也想哭泣，想大声地哭。那一刻的自己似乎有些离不开这个女人。莉香脸上的泪已经全干了，眼睛有些红肿，但心情似乎比以往任何时候都要好。何健雄也一样，他们之间的距离在不经意的时候又往前走了一步。和韩俊相处的五年里莉香从来没有这样过，没有这么用力，没有和崩溃离得这样近。因为他们都是有分寸的人。

自从知道女儿找了男朋友，王兰的心情格外的好起来，在电话里总和莉香说：

“别老往家跑了。没事多和人家出去转转。要回来就一起回来，我给你们做好吃的。他爱吃什么口味的？你记得问问，男人最希望有人在乎他了。我真没想到我们家能出个警察，这以后还有什么好怕的。尽管出门，想去哪儿就去哪儿……”

不过，星期四莉香还是像往常一样回来了。

再看《犯罪实录》的时候，王兰显得有些心不在焉，不时扭过头来看看莉香，一会儿又抿着嘴独自笑着，一晚上也不消停。等节目完了，她还在那儿笑眯眯地盯着电视看。莉香知道她想什么，所以坐在沙发上没有动，等着王兰盘问她。王兰并没有立刻就说话，而是等广告完了才扭过头说：

“香儿，以后晚上别回来睡了。妈知道你是想陪妈。你现在有了男朋友，别让人家觉得你娘家太事儿，不好处，再耽误了你们。”

莉香没想到母亲会说这些。她觉得嗓子里突然堵了一块东西。

“瞎说什么呢，回娘家是很正常的事，谁会说什么啊，连这都说，那以后还能过下去吗？”

“唉，你不知道，男人有时候也在乎这个。就好比他要是和他母亲太好了，你也不舒服一样。总觉得是别人抢走了你的东西。这不算什么，只能说明他在乎你呢，你妈还是你妈，多会儿都在这儿呢，可男人呢，能一直等着你？所以，还是先管男人吧，有空多带他回来吃吃饭。多关心着点人家，人心换人心。你不吃亏，妈就放心了。”

莉香很想和母亲说些动感情的话，但张了几次嘴还是觉得有些说不出口。最后什么也没有说，点了点头回自己卧室了。那天，莉香很晚才听到母亲的呼噜声，她瞪着天花板，努力不让自己的泪流下来。天花板上的灯挂着厚厚的灰，有些毛茸茸的。小时候，到了打扫的日子，父亲常常会把她举过头顶，让她擦灯。那时只有四五岁吧。每次母亲看见都要说：

“瞧，瞧，两个土人儿，快下来吧，灯没擦干净，自己倒糊了一大片，完了还得我洗。”母亲年轻时据说是个美人儿，认识母亲的人头一次见莉香，总是说：

“哟，这孩子长得跟了谁啦，和你妈可是一点儿也不像。”

要么就是看了什么也不说，只是摇头。母亲呢？只是笑，一点儿也不反驳。莉香想，她心里一定美得开了花了。莉香从很小的时候起就知道自己并不漂亮。长大后，她甚至有些讨厌母亲，母亲尽管已经开始老了，但老得很细腻，连皱纹的走向都显得很柔和。有母亲老那么比着她，难怪别人会觉得她那么不顺眼。她经常这么想，所以和母亲的关系远没有和父亲那么好。平时，她偶尔会缠着父亲的胳膊撒娇，却从来不肯和母亲的身体挨近一点儿。母亲有时候让她搓背，她心里也会生出另一种厌恶来。甚至还有点幸灾乐祸，觉得母亲到底是老了，背上的皮肤松弛褶皱，已经没有了所谓的轮廓，不像她还年轻着。她什么也没有就只有一点儿年轻，但眼看着，它们也开始和她有了距离。要不，理发店的人干嘛会说显得年轻呢！

隔壁传来母亲的咳嗽声，咳了好半天。她想去给母亲倒杯水，但还是犹豫了半天。她不习惯这样，不习惯和母亲说亲近的话，做亲近的事。好像只有远远地隔着，她才习惯。她是个什么人啊？她有些鄙视自己了。后来，母亲又睡过去了。她听见母亲浓重的鼻息声，觉得安心了许多，但仍旧没有一点儿睡意。过去和现在的一些记忆之类的东西，横七竖八地堆在那儿不时发出些声响。不过，她没有一点儿要整理的意思，堆就堆着吧。已经整理了一天别人的档案，回到家，她讨厌做任何的整理。天已经蒙蒙亮的时候，才终于开始睡过去，但也并不安稳，老是觉得有什么在晃，一直晃。

虽然上次的事情发生后，两个人再见面时，都当作什么都没有发生一样，该说笑说笑，该亲热亲热，但在心里有些东西仍是放不下。莉香觉得前途有些黯淡，总是劝慰自己往好了想，希望再找机会提一下。而何健雄托词也早就想好了，但莉香不提，他又不愿意自己提出来。他巴不得莉香完全忘了这件事。但凭他对女人有限的经验，让女人忘记一件事并不比让她记住一件事来得容易，所以一切也就是在拖着熬时间。最近，何健雄写了一个论文，准备在《心理周刊》上发表。拿给莉香看的时候，他已经改过三遍了。他很得意的对莉香说：

“这种杂志很权威的。很快你就能看见上面写我的名字了，高兴吧。”

莉香笑得很委婉，最近她干什么都不是很有心思，更不可能静下心来看任何文字性的东西。但还是勉强看着。见她的兴致不高，何健雄说：

“我先给你讲个故事吧。你一定没有听过。

“那是五年前发生的。对外的报告只是说，他又犯了精神疾病最终导致杀人。实际的情形比人们想象的还要离奇得多。那个男孩儿只有18岁。在他杀人之前，他一直看心理医生。期间还在精神病院住过一段。因为他总是把邻居的猫、狗之类的动物吊起来，但他并不杀它们，就等着听它们惨叫，要么就是拿食物引诱那些动物，等他们过来再用棒子猛地打下去。邻居都受不了他这样。父母是个离异后重组的家庭，打了他几次也觉得管不了他，于是，在医生的建议下送到精神病院住了一段。在那里他表现得很好，常常主动要求和医生谈话，说自己之前的行为是错的，不该对小动物那样。还说，他只是好奇，不知道他们被吊起来是怎样的感觉。医生观察了很久，发现他有良好的睡眠、饮食。而且，看人的眼神也很正常。后来，他通过了医院的心理测验出院了。当时的出院证明上写着‘该病人已经能从过去的暴力及悲剧的阴影走出来。在情绪、运动、饮食方面功能完全正常。并且，病人已经通过三次本院的心理测试，表示他已经完全康复。如果能充分发挥自己的潜能，相信会对社会作出应有的贡献。’就是这份证明最终害了他。其实，当他放出来的时候已经不能控制自己了。你一定会问，为什么那么专业的医生还会出错？难道他们笨吗？不是的。”

何健雄自问自答着，显得很高兴，也很得心应手。莉香却有些不安了。

“不是医生笨，是那个男孩儿太聪明了。因为他病着，所以人们忽视了他的智商。后来测试，他的智商有156那么高。你知道，没有几个人有那么高的智商。在医院里第一次做心理测试时，他就开始记题。通过几次的做题和自己的得分情况，他总结出了标准答案。他背会了它们。所以，他拿到了正常人的分数。谁也不知道，他会在那种时候保持冷静。他只有一个念头，就是等时机成熟了，杀死和母亲在一起的那个男人。他所做的一切都是为这天做准备，包括先前吊那些小动物，他在锻炼自己的胆量。他知道怎么一步一步地去实施。如同在医院里，他知道怎么样让医生相信，他真的是好转了。他太聪明了。

“你知道吗？后来，连医生都说，他们从未遇到过那么聪明的病人。他像正常人一样知道掩饰自己的不足，知道自己哪里有缺陷，所以故意把它掩藏起来。不过，这也很对。严格意义上讲，没有一个正常的人。所谓正常都是需要提前设定的，而设定的人难道就正常吗？呵呵。像你，像我，都一样有不正常的一面。不过，没有人会知道的。我们都隐藏了，我们都很高明。现实生活里所有的人都比病例要高明、要不正常得多。”

何健雄陷入某种情绪中，很高亢。莉香觉得背上有东西凉凉地爬了上来。很快何健雄又像以往一样笑了。见莉香愣愣地看着自己，他又接着说：

“宝贝，怎么了，吓着了？别怕。我说的都是真的。多数人平时不想这些而已。只要细想就会发现许多我们不注意的东西。

我没问题……真的……”

说着，摇了摇莉香。莉香越来越不习惯他这样滔滔不绝地叙述了。她发现，他只要说起这些常常都会陷入一种无法自控的情绪里。对于他讲的内容，莉香其实也很爱听，但何健雄这样说话的状态，让她觉得越来越担心。他说这些的时候常常完全不让她插话。这种时候，莉香觉得自己只是个局外人。她更希望他说一会儿能停下来亲亲她，看看她，或者摸摸她。那么无论他说多久，她都不会觉得长。见何健雄很认真地问自己，她说：

“我知道你没问题。其实谁也不会老想自己有问题。反正我不会老想那些。看得见的事儿还想不过来呢！怎么还会想那些看不见也没影儿的事儿？咱们什么时候去看我妈吧。我妈做的翅尖可香了，你一定喜欢吃。”

何健雄觉得自己还是不了解女人。她怎么突然地又说起这些，刚刚他们说的话题和这个风马牛不相及。如果她一见面就说，那他会觉得有准备得多。

“怎么了？不想去吗？我妈很好的，比我要好。真的。她一定很喜欢你。”

莉香很温柔地说。何健雄摸出烟吸了一口，被呛得咳嗽了好几声。莉香忙起身拍他的背。

“妈的，假烟。”何健雄把气全撒在了烟上，用力把一盒烟都揉碎了。

“唉，什么时候去啊？”

“见了你妈，然后呢？”他的语气明显带了些挑衅。

“然后？什么然后？你还打算在那儿住啊？吃了饭回来呗。”

本来灌了一管儿枪药，被莉香几句话说得又没有了方向。何健雄不知道该说什么了。他觉得女人到底是女人。除非她们不想说，要说你一定说不过她们。他父亲在家里之所以那么话少，一定也是被他母亲练出来了。要不他母亲的嘴怎么那么好使呢？院里的人常说，他母亲长了一张能把死人说活的嘴。他觉得所有女人都具备这样的本领。

“唉，什么时候啊，你定一下，我好告诉我妈准备。”

“明天，明天吧。”何健雄想，与其这么每天都烦着，倒不如早点了断的好。见就见吧，反正谁也不能因为见一面就非要把婚姻大事给定下来。

莉香高兴地给王兰打电话，她知道母亲一定高兴得都不知道说什么好了。果然，王兰一直笑着，笑了一会儿，说，哎哟，快挂了吧。再不准备就晚了。好多肉还没买呢！还要腌！不行了。说完“啪”地一声挂了电话。莉香在电话这边嘻嘻笑着，她开始觉得母亲是个有意思的人了。何健雄见她笑得那么欢，也尽量高兴着。但想想要见另一个和他母亲差不多大的陌生女人，还是让他觉得有些懊恼。试想他如果和母亲说，让母亲见见莉香，母亲一定会说：

“选好了吗？不再挑挑了？等确定了再往回领啊，省得你换来换去的，我记不住她长什么样。到时候怎么和邻居介绍？和你爸一样的料儿，瘦身子骨儿，还老觉得自己多宽广似的。见一个爱一个。谁跟了你谁闹心。”

他知道母亲会这么说。因为母亲这样的话已经说过不止一次了。不过，他也知道，母亲这样说并没有侮辱他的意思，也许连侮辱父亲的意思也没有。她就是惯性，像车速太快刹不住闸一样。母亲说这些话的时候总是带着笑，好像说这些能愉悦她自己的心情。

王兰不停地往何健雄碗里夹菜。除了夹菜就是笑眯眯地看着何健雄。那种笑无论谁都很受用。它能让你明确地知道自己很受欢迎，而且是中心。何健雄长这么大还从未这么高兴过、受宠过，从来没有人这么把他当回事儿。一桌子的菜，摆在那儿，就等着他吃，只要看着他动筷子，王兰就很高兴。快吃完的时候，王兰叫莉香去给何健雄端碗汤。王兰心里清楚，无论什么样的男人，总是喜欢被女人伺候着。她让莉香去，就是想让他知道娶莉香这样的女人错不了。以后，她能伺候你。除过这些，其实打心眼里她也确实觉得这个孩子不错。都说女婿是半个儿，一辈子她都没有个儿子。她有些把何健雄当儿子看了。一开始，她也想把韩俊当自己的儿子看，但韩俊似乎总是很客套、很冷淡。那种距离让她清楚，他们只是外人和外人的关系，连朋友的情分都没有。何健雄不同，眼睛里的留恋让她觉得他就是自己的孩子。王兰是个热心的人，无论遇着什么人，总是先一门心思的对人家，实在不行了才会关了门自己反省。但再遇着事，总还是一样的态度。吃完饭，何健雄起来要去洗碗，被王兰叫住了：

“快去看电视吧，要不你上香儿那屋看会儿书去。穿那么干净的衣服哪能洗碗呢？”

说着自己麻利地把碗摞起来进了厨房。何健雄也跟着进了厨房，帮着放水，递碗筷。这样一来，王兰越觉得他好了，至少不娇气。人都是这样，说归说，心里总还是有另外的念头会冒出来。该做和不该做之间并没有明确的界限来划分。做了不该做的，有时候往往会更讨人喜欢。这一点，何健雄懂。他陪着王兰有一句没一句说着话。很快碗就洗完了。他们聊的时候，莉香在自己的屋里翻着书，但耳朵和心思都在厨房里。今天，她多少像个外人，什么都不用她参与。但这一切又分明都是为了她。没想到，何健雄和母亲居然处得这么好，比过去韩俊在的时候要好得多，根本不用她来打圆场。也许这就是缘分。她仿佛看见了自己的未来，她有些踏实了。

醒来的时候，客厅里不断传来何健雄爽朗的笑声。见她从房间出来，母亲体贴地端过一杯水。何健雄继续说着，不用细听她也知道他又在说那些——心理游戏。母亲看起来很喜欢听他讲，不时笑着。脱离开了他们两个人的小环境，她发现自己也很喜欢听他讲这些。好一会儿，那个故事才算讲完。何健雄问她：

“睡得好吗？我洗碗出来，你就睡着了，睡了差不多一下午。还说自己失眠？”

她也不知道自己怎么就睡着了，本来还听着他们说话，后来突然就睡了过去，而且是熟睡。这在莉香几乎是没有的事。离婚后，除了做爱，没有什么能让她一下子就熟睡过去。但这个中午她却睡着了。她笑了，笑得有些妩媚，短小的猫脸呈现出了很有风情的样子。

6

最近，莉香老是想睡觉，开始像猫一样变得慵懒起来，完全像换了个人似的。常常是何健雄说话才开个头，莉香已经半眯着眼快睡着了，稍微地停顿一下，她直接就可以进入熟睡状态。对做爱的兴趣也明显没有过去那么强了。只是专注地喜欢睡觉。连她自己也不清楚，怎么会变成这样。自己一直小心翼翼对待的睡眠仿佛在一夜之间改变了习性，随便她怎么摆弄都死活不走了，就赖着她。她高兴得都有些厌烦了。还是母亲王兰觉出了不对劲儿，问她：

“唉，你是不是和健雄住在一起了？”

“说什么呢？”莉香有些不好意思地辩白着。她并不怕母亲知道这些事，只是不习惯和母亲一本正经的谈论这些话题。

“我是觉得你最近有些不对劲儿。我怀你的时候，就老想睡，怎么都睡不够。连坐着也能睡着。在单位开会，开着开着就睡过去了。闹得人老笑话我。后来才知道是怀孩子了。女人怀了孩子，各人是各人的反应。刚怀的时候，多数都会想睡觉。”王兰越说越像，好像女儿和她当初的反应一样。

“怎么可能呢？结婚三年都没有怀上，现在这么快就怀上了。可能吗？你老是瞎想。”

“怎么不可能，这怀孩子啊，寸着呢！大夫又没说过你不能怀，没来例假几天了？”王兰一副过来人的口吻。由不得人不信。莉香开始在心里盘算着时间。还真是，快二十天都没有来了。和韩俊离婚后，莉香一直觉得自己不会再怀孕了。何健雄开始也问过她。她只是说，“别管了，保证不会怀的。”后来何健雄也就没有再问过，觉得她反正离过婚，总应该是有些经验的。她自己也从来不往这方面想。总是这样，要么早来几天，要么晚来几天，好像从来就没有丝毫不差地规律过。就是一个月不来，她也绝不会往怀孕这上面想。要那么容易怀，她也就不会离婚了。这么一想，觉得一切又变得惨淡了许多。

“别瞎想了。不会的。”

“你算过了？几天呢？”王兰有些不依不饶。

“二十天吧。”

“唉，傻丫头。去查查吧。十有八九是有了。别耽搁了。明天妈陪你去。要不，你找健雄陪你？不行，还是妈陪你吧。等确定了再说。”王兰转着圈儿看了莉香一遍，又不踏实，让莉香自己也转了一圈。因为老人们说，一怀孩子，女人的身子就开始往后仰了。王兰觉得说得很有道理。莉香的身子是有点儿后倾了。不过不是很明显。等不到明天，她已经急切地想知道结果了。看了看，又拉着莉香坐下说：

“记着，这头四个月，最容易流产。别抬手够高处的东西，也别从低处往起拿重的东西。这样最容易流产了。走路平平的，别跑。”

听母亲这么说，莉香也有了种已经怀孕的错觉。但马上自己就否定了这种想法。她不能跟着母亲瞎起哄。这太可笑了，像那些想孩子想得疯了的女人。

“好了，妈。真的别瞎想了。以前我也有过一个月不来例假。还不是照样没有怀。明天，我自己去就好了。不用你陪。你在家该干嘛干嘛吧。”说完站起来打算走了。王兰起身一把拉住她，又把她按回沙发上，有些生气地说：

“瞎想？我是瞎想吗？你看你瞌睡的那个样子，和平时一样吗？你知道孩子多重要吗？这要是一不留神再没了，你去哪儿后悔去！哪儿都不许去。明天我和你去检查。”

说完王兰起身把门反锁了。这太不像她一贯的做法了。以往再大的事儿，也只是说说而已，不会真的动怒，更不会强求莉香什么。过了一会儿，王兰又回自己屋，抱了两个大枕头出来。放在莉香腰那儿，让她靠着。

“记着，腰不要吃力，要不然，以后会腰疼的。”

这一晚，莉香还是睡得很沉，母亲进来了几次，她隐约觉得，但就是醒不了。还做了许多梦。只是一醒来又全忘了。母亲出门的时候居然打算搀着她下楼。被她拒绝了。被人看见像什么样啊，简直笑话死了。路上母亲紧紧地拉着她的手，生怕她从她手里滑落。就像她小的时候一样。这么多年来，她不记得她们还这么亲近过。母亲的手很硬，但极暖和。母亲这么拉着她，她突然觉得自己的心里变踏实了。遇着路上不平，母亲总要叫她小心。眼睛盯着她走过去才放心。母亲怕摔了她，就和小时候一个样。母亲还是怕摔了她。莉香的脸上突然湿了。被风一吹，有些凉凉的，痒痒的。她用手往开摸了一把。母亲本来专注着看路，见她用手摸脸，赶紧看她的脸。

“怎么啦？迷眼了？还是不舒服了？”王兰那张白胖的脸看起来有些急切。

“没有，就是迷眼了。”莉香赶紧说。

“哦，要是不舒服了，就说，咱们就歇歇。怀了孩子容易累。”王兰站在那儿，喘了几口气。眼睛仍一刻不离地看着莉香。

“没事了，走吧妈。”这次是莉香主动拉起她母亲的胳膊。母亲的胳膊胖胖的很绵软，像棉花糖。想到这儿，她笑了。

何健雄的宿舍离单位很近，但离莉香住的地方很远，打车需要走四十分钟左右，而且还是不堵车的时候。遇着堵车一切就更没准儿了。莉香来过宿舍一次。和所有男性单身宿舍一样，又脏、又乱，东西扔得哪儿都是，而且还什么都没有。莉香不知道他每天是怎么在这儿住的。这里实在太简陋了，和她正式的家简直不能比。所以他们每次都会选在她家里约会。躺在她的床上，他常常说：

“我老有一种成家了的错觉，怎么回事儿？这就是家？”

她不说话，只是看着他笑，心想，这儿本来就是个家。虽然散了，框架总还是在的。很多没有生命的东西也和人一样在一种氛围里呆久了难免会沾染上些环境的气味。离婚后，莉香一直觉得家里的物品、家具总还是成双成对的出现着，完全不像她一个人在住。后来何健雄过来住，也许只是填充了某种空缺。反正，对她来说，根本不存在适应，她已经习惯了两个人住了。这就是她生活的全部格局。

今天，她想给他一个惊喜。所以，大中午，晒着太阳那么远打车过来。她知道平时中午他都在宿舍，他说过，中午吃了饭，连碗都不想洗，就先躺在床上睡过去了。看见她出现在宿舍门口他一定会吃惊，再告诉他就要当爸爸了，那更不知道他会吃惊成什么样？张大嘴巴？瞪大眼睛？想着他可能出现的傻乎乎的样子，她就忍不住想笑。谁能想到呢？等的时候不见它来，不当回事儿了，反倒来了。如果韩俊知道她这么快就能生孩子了，不知道会怎么想，会后悔吗？也许吧。不过，看情形，不大可能。上次见他已经有了女人了，孩子还不是早晚的事儿。没准儿，有了她这样的前车之鉴，再娶女人，首先要的就是能怀孩子。换了谁都会这么想。不能说韩俊不好。管那么多呢！她已经有了，怀孕都五十天了。那个小人儿，已经在她的肚子里呼吸着。别的，都不重要了。她摸着还没有鼓起来的肚子，希望能触摸到那个孩子。可摸了一会儿，什么也没有摸到。她笑了，觉得自己真是有些傻气。像她以前见过的所有大肚子女人一样的冒傻气。不知道它是男的还是女的。那么个小东西、小玩意儿，就能长成有手、有脚的人吗？真是太奇怪了。等车到了何健雄门口了，她才发觉已经到了。自从知道怀孕以来，时间就开始过得特别快。好像一眨眼就过了一天。她很小心的下了车。出租司机一定觉得好笑，她走得居然那么慢，是应该小心点。母亲说得没错。真的闪失了，她承担不起，也后悔不起。现在，她开始觉得母亲说的是对的。

和她想象的一样，何健雄在宿舍里。看样子应该是刚吃完饭。看见她，何健雄显然有些不太相信。眨了眨眼睛，没说话，也没动。莉香把小下巴抬了抬说：

“唉，干嘛不动啊，不希望我来？”

“什么？没有！怎么会不希望你来。你怎么会来呢？出什么事了？”何健雄站起身，看着莉香还是觉得有些匪夷所思。

莉香笑得很神秘：

“你猜。是一件和你有关的事。”

“猜什么猜，快告诉我，给我带好吃的了？”说着何健雄过来要抢她的包。她赶紧把包递过去，身体往开躲了。

“唉，你可别碰我，小心碰坏了。”听她这么说，何健雄笑了。用胳膊抱着膀子一脸坏笑的看着她。

“是希望我碰吧。”说着，就打算往起抱莉香。

“别闹了，快当爸爸的人了。还闹。”莉香忙用手推着他说。见何健雄没有什么反应，还是一副嬉笑的样子。她又说，“我怀孕了。你要当爸爸了。”

“什么？”何健雄一脸的茫然。莉香又说了一遍。她在何健雄脸上看见的只有惊奇没有什么惊喜。

何健雄走到床边，坐下来，看莉香的眼神有些陌生。

“怎么啦，傻了？”莉香走过去摇了摇何健雄。何健雄把她的手从肩上拿开，长吁了一口气，开始盯着墙角发呆。莉香还想摇他，被他提前捉住手甩开了。

“你什么意思啊？我大老远的跑来。你就这么对我？”莉香带着哭腔说。见何健雄还是不吭声。莉香彻底哭了出来。

“行了，别哭了，这是宿舍，让别人听见了，不好。”他不耐烦地说，说完还是看着墙角，只是换了角度看。莉香的哭声虽然压着，但看起来没有任何要停止的意思。何健雄有了上次的经验，没有再用手拍她，只是越来越不耐烦起来。起身提暖壶，发现壶已经空了。老是这样，想起喝水，壶总是空的。他拿起壶对莉香说：

“你先坐会儿，我去打水。”说完也不等莉香说话，出门走了。过了几分钟，莉香停止了哭。没有了观众，一切突然变得没有了价值。这一切都太出乎她的意料了。不是每个男人都希望有自己的孩子吗？那天一检查完，母亲就想告诉何健雄。被她制止了。她想亲口对他说，然后亲眼看他欣喜的样子，然后两个人再一起计划怎么结婚。没想到会是这个样子。问题出在哪里呢？他不喜欢孩子？还是怀疑孩子不是他的？莉香想来想去，觉得还是等何健雄回来问他，究竟为什么？可过了很久也不见他回来。桌子上摊着一个厚重的本子，莉香随意地翻起来。

何健雄出去打完水直接去了自己办公室。他不想再听这个女人哭了。居然这么做戏给他看。先是让他见父母，现在居然又瞒着自己怀孕。把他当什么？傻子吗？真是太有心计了。自己太相信她了。本来，他见过她母亲之后，已经打算和她结婚了。那样的家庭气氛是他一直渴望的。那个女人说的话、做的饭，都让他觉得舒服极了。他想他真的该结婚了。莉香，这个女人，像猫一样的女人，就是他要找的人。可现在，一切都让他讨厌透顶。包括她母亲，一定也是装的。没想到，自己念了那么多年书，居然被两个女人耍得团团转。想结婚，为什么不明说呢？这样逼他就范。他算什么！根本就没有把他当回事儿。而且，他不能想象，他这样子居然就要有孩子了，而且还要叫他爸爸。“爸爸”这个词，他早就腻歪透顶。他怎么能让它再戴在自己头上。看看表已经过了一个小时了，觉得莉香应该已经停止哭了。他可不想和一个女人大喊大叫，尤其是在离单位这么近的地方。

何健雄用脚踢开门，门哐地一声碰到墙又反弹了回来。他没有去管它。他只想快点儿结束这件事。莉香坐在床边一动不动，听见门响也仍是一动不动，何健雄用手拍了拍桌子说：

“我们分手吧，如果你觉得你有什么损失，我可以赔偿你。不过，这是咱们两个人的事，不要到我单位去闹。”

听见他说话莉香抬起眼睛，很空洞地看了他一眼，然后呲开嘴笑了一下说：

“实验结束了，是吧？你研究的课题已经结束了，是吧？你个疯子，你居然一面看不起我，一面还和我上床。你以为我爱听你说的那些破事儿吗？我根本就不该忍，你就是个疯子，彻头彻尾的疯子。我瞎了眼才会怀你的孩子。你是疯子。滚……”莉香几乎是在喊。然后把手里的黑本子向何健雄甩了过去。何健雄躲了一下。本子啪地一声落在地上。何健雄不明白莉香在说什么，还没等他开口，莉香呵呵地笑了，笑声听起来像另外的人隔了时空用手抛过来的，很突兀，也很怪异。连何健雄也觉察到了异样。笑了一会儿，莉香起身用眼睛死死地盯着他又看了几眼，他发现她的眼睛也开始变得很空洞。之后，她没有说话走了出去。

过了很长时间，他才捡起地上的本子。这是他的记录本。有一页掉下来了。见莉香这么容易就走掉了，让他多少有些不习惯。本来还想好了一堆词，甚至连一些专业的知识都想到了。谁知道根本没来得及用居然已经解决掉了。最奇怪的是，他一点儿也没有轻松的感觉，也不高兴。只是木木的，甚至觉得这根本就是个梦。莉香坐过的地方，还热热的带着她身体的余温。他用手摩挲着。想起莉香说的“疯子”，谁是疯子？说自己吗？莉香刚刚手里拿着本子，那么在他来之前一直在看他写的东西？他翻开记录本。上面的字很整洁。他想莉香究竟看了些什么呢？应该是和她自己有关的。翻来翻去，找到了他们第一次见面时他做的记录：

> 6月10日
>
> 这是个长着一张猫脸的女人。选择约会的地点比较昏暗，说明她心里在渴望男人。身高162厘米，体重大约50公斤。皮肤很白，谈吐一般。很小市民。是一个既没有丰富的知识也没有丰富阅历的人。

这是他写的吗？他几乎不记得了。他不记得这样想过莉香。接下来的记录更让他吃惊：

6月30日

她的身体一般，叫声一般，和整个人的风格很统一。家里布置得很俗气，当时一定参考了一些流行的杂志或是图片。打扫应该是每天一次。这样平庸的人一般都这样。

8月5日

和她说话可以放松神经，因为她什么也不懂。今天的阳光很好，发现她的皮肤在阳光下有些晦暗。也许年纪大的人都会这样。做爱两次，她感到满足一次。她的表情有些假。可能是出于习惯。

10月7日

昨天见了她母亲，人很好。应该是段不错的婚姻。吃的也很好。显得我很重要。这才是我想要的。

又翻了半天没有别的了。关于莉香的记录没有别的了。他很奇怪自己怎么写这些话，他不是这么想的。至少，早就不这么想了。莉香一定是看了这些才说他是疯子。他又翻了半天，看见以前自己和另外一些女人的记录，更陌生了。他连她们的长相都快不记得了。只有莉香那张短脸在眼前来回地晃。也许莉香还看了他写的别的。可这些都是做记录用的，并不全是他真实的想法。他也不明白，他写那些东西的时候究竟怎么想的。“看起来很冷静的时候也许很慌乱。”这是他在一本书上看到的一句话。他一直认为自己所有的记录都是在很冷静的状态下写的，或许是他不肯承认他很慌乱？但一个心理学医生最应该具备的就是冷静。难道说，学了这么久，他根本就不具备这些本领吗？何健雄觉得有些凉意从身体里渗了出来。

莉香没有回母亲那儿，直接回了自己家。一刻都没有休息，她把何健雄的衣服、茶杯、被子、一切用过的东西统统装在袋子里，然后跑下楼放在门口的垃圾箱里才长出了一口气。再回到家，她开始左右环顾着自己的房子。俗气？真是个疯子。自己居然和一个疯子住了这么久。他懂什么？什么都不懂。莉香不知道怎么和母亲解释这些。那些话，她这辈子都不想和第二个人再说起。耻辱，这是她第一次清晰的有了耻辱的感觉。靠在沙发上她觉得自己丧失了所有的力气。后来，电话铃响起的时候，她才发觉自己又睡过去了。那么难过居然还睡过去了，真是不可思议。母亲在电话里显得很担心。她说她已经打过她的手机了，总没人接，打单位也不在。担心死了。问她怎么又跑回家了。是不是不舒服。莉香有些疲倦地说：

“没事，真的没事。”

“没事吗？怎么我听你说话不对劲啊？你可什么都别瞒着我啊。晚上吃炖肉，你叫何健雄一起过来吧。”

“不用了。我挂了。”莉香不想再听到和这个人有关的一切。怀孕以来，她很少和母亲说话不耐烦。检查完的那天母亲高兴得像个孩子，不停笑着。一回到家就翻箱倒柜给她找小衣服。她当时就想，再也不惹她生气了，从今往后耐心听她唠叨。但今天却一点儿也控制不了情绪。王兰听着电话里“嘟嘟”的断音。觉得有些不对劲儿。起身去腌了肉，又把菜洗了。心里还是踏实不下来。越想越觉得不对劲。早晨还那么高兴，怎么突然又回那头了，连班也不上。这么想着，王兰心里开始发慌了。

莉香住在四楼，王兰爬得有些气喘。按了门铃，开始扶着门框大口喘气。莉香听见门铃第一反应是何健雄来了。气鼓鼓地去开门，竟然发现是母亲。王兰把气又往顺利调了调才开口问她：

“怎么了啊你，吓我一大跳。这么高，快别回这儿了。爬得心脏都快跳出来了。”莉香没有说话，但眼眶已经有些红了。看着母亲，她觉得所有的委屈都更委屈了。王兰见她这样，用手拍了拍她又问：

“怎么了？啊？到底怎么啦，和健雄吵架了啦？”莉香被母亲用手一按立刻掉下泪来，止都止不住。王兰用手摸着她的背和头发一直说：

“好了好了，不敢再哭了，动了胎气可怎么办？”从懂事起，莉香从来没有在母亲怀里这么哭过，父亲死的时候也没有。母亲像哄小孩儿一样哄着她：

“好了，好了，不哭了，晚上回去吃好吃的，今天不给那坏小子吃了。”越哄，莉香就越哭得厉害，后来开始边哭边说。王兰断断续续听了半天，也没有完全明白。不过，倒是知道吵架了。有什么呢？夫妻吵架还不是正常？虽然没有结婚，但王兰已经把何健雄当女婿看了。又哭了一阵儿，莉香的怨气终于平息下来。

“我和他完了。孩子明天我就去打掉它。省得烦心。”

“多大的事啊？就不要孩子了，有你们这样的爹妈吗？有了问题解决问题，哪能动不动就拿孩子说事啊。他知道你怀孩子了吗？”王兰瞥了她一眼，有些生气地说。

莉香点点头。王兰拉起莉香，神情突然变得很坚定。莉香看着王兰，不知道她要干什么。王兰说：

“先回咱们家，然后一起去找何健雄。让他给我把话说清楚了。告诉你们，你们不养，我养。我的外孙我自己养活。”

话里不但撇开了何健雄，也撇开了莉香。跟着母亲，莉香没有再说话。但她知道自己是不会跟母亲去找他的。无论说什么都不去。虽然，她心里似乎隐约仍旧希望他再来哄哄她。

王兰并没有勉强她，只问了她一句。听她说，不去。王兰自己穿好衣服出了门。莉香觉得自己真是有些不了解母亲了。母亲似乎比她想象的要有主意得多，也利落得多。

王兰没有费什么劲就找到何健雄的宿舍。门大开着，何健雄一个人躺在那儿。王兰其实并没有生多大的气，她清楚，还不就是花心吗？男的有几个不花呢？就连莉香的父亲也一样。但她从来没有揭穿过。就像她自己也一样，也有一些谁都不知道的秘密。但这不妨碍他们过一辈子，而且还是很好地过了一辈子。她常常还是会想莉香的父亲，虽然越来越淡了，但还是比别人想得要多些。生活有时候是需要适当的掩饰的。她站在何健雄面前，何健雄赶紧一骨碌爬起来。何健雄有些害怕，不知道究竟她要干什么。也许骂他一顿，那就骂吧。想了一下午虽然什么也没有想明白，但总还是生出了许多愧疚来。尤其一想莉香的眼神，他就有些难过、甚至是心疼。王兰坐在他床铺上看着他，半天不说话。他等得都有些急了。他很想说，要骂就骂吧，随便骂。王兰往起规整规整了他的书，慢悠悠地说：

“我不知道莉香有没有和你说过，她以前离婚的原因，是因为她不太容易怀孕，结婚三年后因为那个离的婚。现在好不容易怀上了，我觉得是好事儿。如果，你真的已经想好了分手，那阿姨尊重你的意见。但孩子我还是会让她生下来的。你们的事儿，不应该伤害孩子。你说呢？”

何健雄点着头，又摇了摇头，好像突然明白了什么。见王兰等自己说话，才结结巴巴地说：

“没有，我其实没有要分手。我不知道她的这些事。她没和我说过。我其实是紧张。她看了我写的东西就跑了。”说完又觉得没有说明白，又补充说，“这是个记录本，我写的其实不是那么想的。阿姨。我真的不是那么想的。我发誓，里面写的不是我的意思。我喜欢莉香，我真的是很喜欢她，以前我也不知道我这么喜欢她。”

王兰翻开手边的本子看着。看了一会儿，她笑了。

“你说，你写这些干什么？谁看了都会觉得不舒服。你这么个聪明的孩子怎么弄这些啊？”

“我是，我是准备分析研究的。”何健雄自己也觉得有些说不过去。

“你分析不相干的人不行吗？干嘛和自己的生活过不去呢？哪能什么都弄那么清楚，一句话、一个表情，老这么把他们剥开了、揉碎了弄，那没有几个人能过下去。你还小，慢慢就懂了。莉香，你就别担心了。我去劝她。明天记得过来吃饭。我就不给你打电话了。”

何健雄听着王兰柔和的说话声，觉得心里突然敞亮了许多。

莉香把何健雄的手拨开，专心看书。何健雄不肯罢休，还是在她眼前晃。莉香没好气地说：

“晃什么晃？你不是讨厌我吗？我那么庸俗。”

“那你还说讨厌我说话，说我是疯子。”何健雄呵呵笑着。莉香瞪大了眼睛。“别瞪了，会吓着孩子的。后天结婚，该请的人还没请吧？你去再想想吧。等结完婚就开咱们的诊所。你说得对，我完全可以自己开诊所。老在刑警队待下去，没准儿我真会疯掉。”

何健雄舒展了一下身子。见莉香不动，又跪着求她：

“孩子，快让你妈去准备吧，再不快点儿，你可就能看着你爸妈结婚了。要不就当花童吧。”

莉香笑着伸脚去踢他。

那天，母亲回来说了很多，第二天何健雄也说了很多。但真正让莉香下决心的还是孩子，她觉得孩子在肚子里踢她了。说到底她就只是个平庸的女人，她要的无非是踏实的生活。但，有天晚上，何健雄哭了，因为喝了酒，也因为和莉香之间的这些事。他哭了，抱着她哭了很久。说了很多话，很多讨厌工作、讨厌生活的话。听他还讨厌着那么多东西，莉香突然觉得自己并不那么讨厌了。而且，何健雄抱着她哭的时候，她觉得他还是个孩子。女人，一旦动了情，就总觉得男人是孩子。从那晚开始，莉香知道自己是真的没事儿了。但她还是常常想刺激他，看他急，听他哄她。

诊所开业的那天，何健雄接待了他的第一个病人，一个孕妇。他说了一会儿话，发现孕妇已经靠在椅子上睡着了。于是，他在病例本上最后一行写道：

处在焦虑中的孕妇在接受治疗半小时后，开始熟睡。